Composite

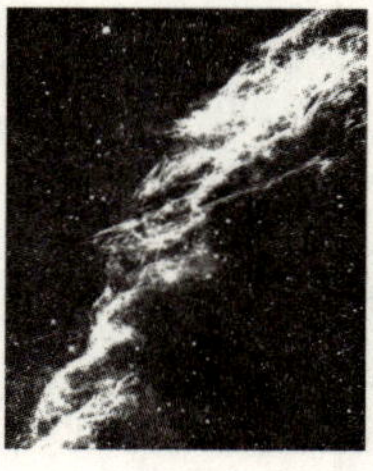

LA DENTELLE DU CYGNE

DU MÊME AUTEUR
À L'ATALANTE

Les loups de Prague

Le Melkine
La mort du Melkine
L'esprit du Melkine

Bleu Argent

Structura Maxima

Jardin d'hiver

Faux-semblance

Les machines fantômes

Olivier Paquet

Composite

L'ATALANTE
Nantes

L'auteur de cet ouvrage a bénéficié d'une bourse d'écriture de la Direction régionale des affaires culturelles Auvergne-Rhône-Alpes/Conseil régional Auvergne-Rhône-Alpes.

Illustration de la couverture : Aurélien Police
Maquette et graphisme : leraf

ISBN 979-10-360-0121-5

Librairie L'Atalante, 15, rue des Vieilles-Douves, et 4, rue Vauban
44000 Nantes
www.l-atalante.com

Un désir sans qualité

Vous vous êtes arrêté au milieu du chemin, sous deux arbres centenaires près du bord de la Saône. Par quoi votre regard a-t-il été attiré ? L'amas de roseaux à droite, le squelette gris d'un tronc torturé qui émergeait au centre ? Votre femme a fait deux pas avant de se rendre compte que vous ne suiviez plus, et il a fallu qu'elle crie pour que votre fille revienne en arrière. Vous, vous avez sorti le téléphone de votre sac en bandoulière et vous avez pointé le paysage.

L'eau sombre, un vert tirant sur le marron, charriait plastiques et débris sur les rives après un orage. Pourtant, à cet endroit précis, on ne voyait que les hautes herbes, la mousse et la rivière, même les collines au loin ne laissaient percer aucun toit dans le feuillage touffu des chênes. Est-ce pour cela que vous avez stoppé votre balade ? Il fallait un souvenir de ce lieu, de cet espace naturel, cela vous a frappé comme une évidence. Vous auriez pu mieux cadrer, vous accroupir pour intégrer la souche blanche en premier plan et donner de la profondeur au cliché. L'image est plate et, en dépit des corrections de l'algorithme, manifestement surexposée. Au moins, elle n'est pas floue, vous avez pris le temps malgré votre fille qui vous pressait de repartir, et vous avez appuyé sur le bouton.

Tchic-clac.

Vous avez regardé le résultat sur l'écran, trop sombre sous le couvert du feuillage, vous n'étiez pas satisfait. Que manquait-il ? Vous vous êtes baissé, sans cadrer la souche en premier plan pourtant, et de nouveau…

Tchic-clac.

Ensuite vous avez rejoint votre femme et votre fille. Plus tard, vous prendrez une photo de la petite en train de manger une crêpe chocolat-banane sur la terrasse en bois d'un restaurant. Vous n'avez donc pas jugé utile pour conserver ce souvenir de réaliser un troisième cliché. Quelle était la différence ? Pas la rive proche puisque sur la deuxième image la ligne d'horizon est plus basse. Ah oui, un décrochement rocheux en face, un à-pic bleuté, rainuré de gris, presque découpé par une cascade paresseuse. Dans un amas de verdure, depuis l'amande des hêtres jusqu'au brun des sapins, la pierre devient précieuse, éclatante, joyau dans sa gangue. Voilà ce qui était important pour vous.

Voilà ce qui a disparu en vingt ans. Sécheresses et canicules ont brisé la roche, effrité l'à-pic et tari la source. Il ne reste plus aujourd'hui qu'une face morne, tachée de lichens et dégoulinante de rouille à cause d'une *via ferrata* installée pour rendre l'endroit touristique en vain. De nos jours, le regard ne s'arrête pas, il se détourne, il contemple le lit de la Saône et les bancs de sable qui dessinent des arabesques sous la surface. On pagaie encore, mais il faut parfois traîner son kayak derrière soi pour passer des zones envahies par les boues et la pierraille. Les familles pique-niquent sur les bords, au milieu des cailloux, laissant derrière hautes herbes et roseaux qui délimitaient les contours de l'ancienne rive. On est au printemps, on se croit dans un désert. Nous sommes habitués, nous avons investi ces lieux modifiés pour nos loisirs et tout le monde apprécie l'endroit. On y reviendra le prochain week-end, avant juin et les grosses chaleurs qui obligent à s'enfermer chez soi. Ce n'est pas grave, on en aura bien profité.

Je bouscule ces pensées confortables au nom de souvenirs, en mémoire d'une nature séduisante pour les générations qui nous ont précédés. Il a fallu des années pour comprendre comment faire grossir le cours de la Saône, retrouver les sources, les protéger. Désormais, on peut montrer comment valoriser le paysage, définir une restauration écologique en partant des images et vidéos conservées sur nos téléphones et nos ordinateurs. J'ignore si la cascade reprendra sa chute, si la pierre récupérera son bleu, mais quelqu'un, quelque part, aura le choix de faire revivre l'émotion ressentie par mon inconnu quand il s'est arrêté pour prendre la photo.

Tout ne peut être refait à l'identique – il faudra interpréter –, je me contente de diriger le regard de mes commanditaires. Dans dix ans, vingt ans ou plus, on n'étendra plus de serviettes sur les galets en se cachant sous d'immenses parasols d'un jaune criard ; on cherchera une place près des roseaux, rafraîchi par la brise humide portée par la rivière. Des barques descendront le courant sans s'inquiéter des bancs de sable, et peut-être que les enfants que je vois patauger aujourd'hui diront qu'ils s'amusaient bien mieux avant et qu'ils auront désormais peur de se baigner dans une eau si profonde.

Une reconstitution écologique n'est jamais un consensus, c'est une élaboration complexe, un art, si j'ose dire. Je compulse les souvenirs et définis la masse critique, celle qui a suscité le plus d'émotions à un moment donné, celle qui a le plus enrichi nos existences tout en demeurant compatible avec les modifications majeures des ingénieurs. Il est tout à fait possible de remonter le temps avec nos techniques, d'offrir un bassin de la Saône comme il était dix mille ans plus tôt, mais il nous serait étranger, il n'aurait aucune valeur. Pourquoi le défendre et le préserver ? Lorsque mon inconnu a pris cette photo de la cascade, il a montré une inquiétude : il désirait que le lieu perdure. Nous faisons désormais le pari qu'en redonnant vie à ce souvenir les nouvelles générations se sentiront solidaires des anciennes et ne détruiront pas ce que nous faisons.

Mon regard sélectionne les outils graphiques dans la projection tridimensionnelle déployée dans mon casque, il volette sur l'arête d'un bloc de pierre, adoucit l'angle pendant que les algorithmes recalculent l'impact de la pluie et l'érosion à dix ou cent ans. Mon art est géologique, il s'adresse aux éons qui nous suivront, pas à l'instant. J'anticipe les effets, les alluvions qui vont s'accumuler, la puissance du fleuve qui les emportera. Quand les randonneurs passeront, ils diront « ce lieu a vraiment du caractère, on a bien fait de venir ici », et ils ne sauront rien des forces à l'œuvre, de ce chantier continu libéré de la main humaine. Et s'ils s'asseyent pour humer l'air, pour profiter de la brise sur la rive, ils diront « on est mieux ici qu'en ville, hein ? ça fait du bien, toute cette nature sauvage », et ils auront tort, car je l'ai créée. Je sens ce balancier, ce va-et-vient entre ce que j'efface dans ma projection et ce que la terre, le ciel et l'eau vont manipuler, concasser ou effriter. Je suis l'humble déesse de ce paysage.

J'aimerais quelques chênes de plus à cet endroit, des frênes plus hauts et un vieux saule trempant ses branches là-bas. Bien sûr, quand tous les travaux seront terminés, je ne verrai que des jeunes pousses, des faces de pierre encore blanches et un flot toujours glauque à mes pieds. Dans deux ans, les relevés géologiques confirmeront l'évolution que j'ai initiée, peut-être faudra-t-il procéder à une ou deux retouches, mais le résultat définitif n'aura de sens que dans trente ou cinquante ans. J'aurai oublié l'endroit d'ici là, je ne peux m'y attacher. Je dois gommer l'empreinte de l'Homme en me servant de toute la technologie à ma disposition puis disparaître. Comme jadis les architectes ont bâti de monstrueux ensembles de banlieue que leurs successeurs ont fait raser pour des constructions plus modestes, plus respectueuses, d'autres viendront après moi, dans cent ou deux cents ans, pour corriger mes erreurs, mon ignorance, mon insensibilité à certains détails écologiques.

Dans ma branche, nous devons assumer l'imperfection, sinon autant ne rien faire et nous contenter de rapports ou d'alerter les pouvoirs publics. Nous avons passé le cap où la nature peut se réparer d'elle-même, il faut lui redonner un élan, la libérer. Nous avons la clé des menottes ; qui peut s'empêcher de l'utiliser au nom d'une pureté qui n'existe pas ?

Un point clignotant s'afficha dans le bord haut de ma projection, un clin d'œil suffit pour accepter l'appel.

« Oui, Evguéni, j'ai bientôt terminé la reconstruction de la zone 143 Ouest, 12 Nord.

— Je ne t'appelle pas pour ça, Esther. J'ai un maire qui n'apprécie pas que tu lui rases son rond-point à Champigny.

— Le truc avec la statue de Greta Thunberg en aluminium ?

— Un hommage, qu'il dit.

— Ces gens me tuent. Qu'il l'installe devant sa mairie, la route doit être déplacée pour limiter l'emprise au sol dans cette cuvette. Tu parles d'un symbole que la nobélisée les pieds dans l'eau à la prochaine inondation !

— Ce n'est pas moi qu'il faut convaincre. Il veut vraiment que tu l'appelles. Fais un effort, cette fois.

— Ils sont tous pareils, ces politiques. L'écologie, c'est merveilleux, à condition qu'elle les serve.

— Il nous a aidés pour notre premier contrat. »

Argument fatal. D'habitude, on laissait nos commerciaux démarcher les élus pour les éco-restaurations, il était rare qu'on demande aux équipes d'archécologie de défendre leurs choix. J'adorais présenter mes projets aux politiques quand j'avais suffisamment d'explications scientifiques pour les dissuader de me faire des remarques électoralistes.

« On a été trop gentils avec le maire de Champigny, Élisabeth et Arthur ont dû lui faire croire qu'une négociation était possible.

— En tant qu'associés dans la boîte, c'est à nous d'y aller. Je finalise un dossier à rendre la semaine prochaine, et je ne vais pas envoyer ma sœur. »

Il entendait quoi, par là ? Lyudmyla n'aimait pas s'exprimer en public, il fallait tendre l'oreille quand elle parlait lors des réunions de travail.

« Je ne peux pas tout faire. »

J'étais injuste, je le savais. On me pardonnait beaucoup en tant que fondatrice de ReNaturel. Dans l'équipe, on disait qu'il fallait courir vite pour me suivre. Heureusement qu'il y avait des cadres et un directeur des ressources humaines pour tenir l'ensemble.

« OK, j'irai voir le maire après-demain. J'ai presque terminé l'esquisse, j'envoie le fichier pour traitement dans la nuit.

— Arthur va réserver tes billets de train et l'hôtel à Paris. »

Une fois l'appel terminé, la représentation en réalité augmentée cessa de m'amuser. La magie s'était dissipée. Je pouvais enlever mon casque. La saleté du réel m'accrocha comme des rats dépeçant une poubelle ; j'avais gommé les détritus, les reflets noirs dans l'eau et la structure métallique de l'usine dans mon dos, qui achevait de rouiller en coulures ocre et rousses. Des relents putrides cherchaient leur chemin vers mes narines, souvenirs de décharges et d'animaux morts après un déversement de boues toxiques. Même après avoir nettoyé l'endroit pour l'ouvrir aux promeneurs, l'atmosphère avait conservé la mémoire des traumatismes anciens, à moins que je sois en train de l'imaginer, à force d'avoir lu les rapports sur la pollution. J'étais là pour nous faire pardonner, mais ni les arbres ni l'eau ne me remercieraient.

Mon téléphone personnel vibra dans la poche de mon jogging. La messagerie afficha un nom que je connaissais bien et une vidéo. Mon chéri se mettait en scène devant la cuisinière, faisant mine de préparer un magnifique plat, mais, au moment de servir dans l'assiette, le manche de la casserole sembla se dévisser et tout le contenu se répandit sur le carrelage. Sylvain prit un air désespéré aussi crédible que dans une mauvaise série et m'annonça qu'il avait réservé une table demain soir dans un restaurant surprise pour nos cinq ans.

Chaque année, la même pièce, une recette loupée, des ingrédients gâchés, un four en panne, et la solution à l'extérieur. Lors de notre première rencontre, il avait voulu m'impressionner avec un gratin d'écrevisses, mais son sabayon était raté et l'ensemble n'avait aucun goût. Je l'avais donc invité pour le consoler dans une taverne japonaise, et on s'était embrassés au moment de prendre le métro. Depuis, on ritualisait la scène. Je le laissais choisir l'adresse, c'était sa compensation. Bien des mois plus tard, j'avais fini par goûter son gratin d'écrevisses, tout à fait délicieux.

Oh zut, le rendez-vous avec le maire !

« Allo, Sylvain, désolée, mais il va falloir décaler. Je dois monter à Paris pour un truc chiant.

— Oh non, chérie, j'ai dû me battre pour trouver une table.

— Ça va, on va pas en faire un drame si on dîne samedi au lieu de vendredi.

— Match samedi.

— La semaine prochaine alors !

— Pas pareil. »

Je le sentais déçu, sa voix avait grimpé d'un cran dans les aigus et traînait, plaintive. Il pouvait être touchant quand il prenait ce ton.

« J'ai promis à l'équipe d'y aller. On essaie de se partager les corvées, tu comprends ? Ton resto ne va pas disparaître en une semaine.

— C'était notre soirée. »

Sylvain aimait se comporter comme un adolescent qui fait un caprice, je n'étais pas dupe mais je le trouvais si mignon avec cette faiblesse-là.

« Vendredi prochain, même jour, même heure, juste une semaine plus tard.

— Tu avais oublié ?

— J'étais en plein boulot quand on m'a demandé d'y aller. Au début, j'ai refusé, je voulais envoyer Lyudmyla.

— Tu as oublié.

— Excuse-moi. Je me ferai pardonner, ne t'inquiète pas. Tu le sais. »

Silence à l'autre bout, avant qu'il réponde : « Je t'aime, ma chérie.

— Moi aussi, Sylvain, à ce soir. Kiss. »

Cette soirée m'était totalement sortie de la tête. Je bosse trop, sans doute. Je fais confiance à ma mémoire et je ne note pas ce genre de dates sur mon agenda. Je devrais. Un jour, Sylvain ne se contentera pas d'un ton plaintif et osera me faire des reproches. Ce jour-là, je deviendrai moins libre.

Des merles paraissaient se réjouir de ma présence, ils n'arrêtaient pas de chanter, dominant tous les autres oiseaux de l'île. Si j'étais née à la campagne, peut-être que j'aurais pu identifier chaque espèce par les sons qu'elle émettait ; je ne connais que les plus courants : rossignols, pinsons, coucous. Une vraie fille de la ville. Heureusement, les restaurations écologiques n'avaient pas pour but de reproduire la biodiversité ancienne ; je me contentais du décor. Les animaux jouaient leur propre partition dans ce renouveau, et d'autres que moi agissaient pour garantir l'équilibre entre prédateurs et proies. Même si des archives nous détaillaient la faune et la flore d'il y a cinquante ou cent ans, combien d'insectes avaient disparu ? Combien de mammifères avaient été exterminés par la chimie et l'urbanisation ? En recréant un lieu moins envahi par l'Homme, on ne retrouverait jamais son caractère originel, sa particularité. Il deviendrait différent, à jamais inédit, adapté à nos nouvelles consciences et à nos nouveaux besoins. Je me servais du passé pour le détruire avec une meilleure intention, plus de responsabilité. Ensuite, il faudrait l'habiter, coexister avec cet environnement respecté, nous réconcilier avec lui.

Une vibration secoua mon téléphone.Cette fois, il s'agissait d'une notification de TwitBook. Pas un message privé, pas un anniversaire. Cela commençait par « Ce jour-là, il y a quinze ans », puis une vidéo.

L'objectif filmait une porte-fenêtre ouverte sur un petit balcon à la rambarde en fer ouvragé et un chaos de toits et d'immeubles. On devait être en début de soirée, les rougeurs du soleil laissaient filtrer une atmosphère bleutée, estompant les contours et les angles droits. Le ciel s'assombrissait à peine et on sentait qu'il devait faire bon. Quelqu'un chantait dehors, accompagné par des bruits de casseroles que l'on frappe et des applaudissements. Ce soir-là, chacun semblait se libérer de la tension générale, de cet enfermement. Je me souviens avoir adoré cette époque, ma mère était coincée à Lille avec David, j'étais seule avec mon père qui ne surveillait pas vraiment si j'utilisais l'ordinateur pour faire mes devoirs ou pour jouer. Ce n'était pas l'année du bac, j'avais de bons résultats, pourquoi m'espionner ? Il préférait prendre soin de ses plantes, vérifier le terreau, l'humidité, scruter les feuilles à la recherche du moindre signe de sécheresse ou de maladie. Ma mère culpabilisait dès qu'elle coupait des fleurs pour composer un bouquet sur la table du salon, alors que mon père ne lui faisait aucun reproche. Moi, si. Je n'ai jamais été très juste avec elle, mais je plaide les circonstances atténuantes.

Pourquoi avais-je conservé cette vidéo ? Pour la chanson et les bruits de casseroles à 20 heures ? Bizarre. Je préférais entendre les oiseaux qui se déchaînaient dans la journée, comme s'ils n'en revenaient pas de la fin des voitures et de la disparition des humains. Si je fouillais dans les archives de la veille, je devais avoir enregistré cette fête des trilles dans l'après-midi. De quoi voulais-je me souvenir en filmant le balcon ? Après quinze ans, difficile de tisser un lien avec cet instant.

Plus j'essayais de rechercher dans ma mémoire, plus les souvenirs se superposaient, se mélangeaient. C'était d'autant plus difficile que le confinement avait dupliqué les journées, chacune copiant la précédente, avec ses mêmes réveils, ses mêmes activités du matin, son même déjeuner, ses mêmes lectures ou films ou épisodes de série de l'après-midi, son même dîner, ses mêmes soirées. Reproduction inéluctable. Il aurait fallu un détail précis pour que j'identifie la séquence, ce que je voyais me semblait trop anodin pour être remarquable. Pourtant, je ne m'étais pas contentée d'une photo, d'un selfie, j'avais vraiment enregistré une vidéo et l'avais classée dans mes archives sur serveur distant.

Je voudrais bien pouvoir dialoguer avec ce moi d'il y a quinze ans, même à propos d'un simple souvenir. Il aurait sans doute beaucoup à me dire. Je pense lui avoir été fidèle, en tout cas. Nous marchions les vendredis pour sauver la planète, pour alerter les dirigeants et leur montrer que nous ne souhaitions plus subir les conséquences de leurs erreurs, cet héritage qu'ils nous imposaient. Nous n'avons peut-être pas changé le monde, pas aussi radicalement que nous l'imaginions, mais je préférais vivre dans une époque où je me sentais utile. D'autres diront que je rafistole, que je bricole avec la nature en la taillant à échelle humaine. J'avais un père qui jardinait, il revendiquait de n'avoir que ses mains pour agir, et il parlait peu. Je me contente de faire ma part, je ne désire aucune médaille, aucun réconfort pour l'ego : les fleurs du printemps, belles et généreuses, suffisent pour satisfaire le jardinier sincère.

Pourquoi je ne vois pas tout cela sur la vidéo souvenir ? J'extrapole, je creuse dans ma mémoire, mais les images qui défilent ne me touchent pas, elles n'ont aucun caractère précis. D'où vient le manque ? Je range le téléphone et retourne à la contemplation du paysage. Là, assise par terre sur de l'herbe rase, malgré les relents désagréables dans l'air, ma peau frissonne. Je me représente le futur de cet endroit, sa beauté qui se construira, et je savoure davantage ce plaisir qu'une vidéo récupérée d'adolescente. Après tout, je n'ai jamais été nostalgique, normal que le présent et l'avenir me concernent davantage. Pourquoi ne pas dire adieu à cette Esther qui écoutait les chansons et les casseroles pendant le confinement ? Elle est toujours en moi, j'ai juste évolué.

Si tout se passe bien, les travaux commenceront sur les bords de Saône dans pas longtemps : six mois pour nettoyer le lit de la rivière, six encore pour décontaminer les rives et un an pour raboter la roche, la polir et la protéger. Au premier coup de pioche, je partirai ; je ne vais pas gérer les dix-huit millions d'euros de budget ni piloter l'organisation de la centaine d'entreprises impliquées. Je ne suis que la compositrice de cette symphonie. J'espère qu'elle plaira au public.

D'ailleurs, il faut que je me prépare pour le trajet, ce politique que je dois voir pour éviter un couac en pleine représentation. Si j'étais reconnue comme artiste, et pas comme ingénieure, je pourrais invoquer le droit moral pour repousser la demande du maire. Cela serait bien plus facile. Au lieu de ça, je vais devoir chercher des arguments solides et convaincants, et surtout crédibles aux yeux d'un élu. Moi qui ai toujours refusé de comprendre leur logique : ils n'appartiennent pas au même monde que le mien.

Mais quel connard, ce type ! Même installée à ma place de TGV, je n'arrivais pas à me calmer. Je n'aurais jamais dû aller à Champigny, Lyudmyla se serait mieux débrouillée. Le maire m'avait fait une visite du chantier, louant mon projet, sa « pertinence écologique », enrobant ses formules dans le miel habituel des communicants. J'avais pensé qu'il serait plus direct, plus agressif, mais il avait bien joué. Je n'ose même pas imaginer ses succès lors de négociations. Si je me souviens bien, il était commercial avant d'être élu : il ne l'a pas oublié. Plutôt que de discuter dans sa mairie, il avait proposé un déjeuner dans un bistro-restaurant avec vue sur le parc du Tremblay. Comme prévu, le golf avait été supprimé et l'avenue du Général-de-Gaulle entièrement végétalisée. C'était intelligent de sa part, le nœud du problème se situant dans le parc départemental du Plateau, avec le démantèlement du centre Leclerc et la destruction d'un ancien garage. Le rond-point fatidique se trouvait sur l'avenue Ambroise-Croizat qui coupait le parc en deux.

Plutôt que de chercher tout de suite à crever l'abcès, le maire avait insisté sur son respect à 99 % de notre projet environnemental.

« La statue est totalement réalisée en aluminium recyclé.

— Vous la déplacerez, je ne vois pas le problème.

— Vous imaginez l'effet de découvrir Greta Thunberg en entrant dans le parc ? Un prix Nobel, tout de même.

— Qui n'a jamais demandé qu'on lui rende un tel honneur. En faisant disparaître ce rond-point, on augmente la surface de plusieurs hectares et on diminue l'emprise au sol.

— Je l'ai inaugurée en sa présence, vous savez ?

— De qui ?

— Greta, elle est venue à Champigny.

— Avec la diminution des commerces, on a une chance de pouvoir densifier la végétation. Même un flux minimal de voitures est une gêne.

— Vous ne comprenez pas, mes concitoyens aiment cette statue.

— Renommez-le parc Thunberg, et ils continueront de voter pour vous. »

Cette fois, il s'était mis à sourire, mais je n'arrivais pas à croire qu'il appréciait mon humour. J'essayais d'évaluer sa sincérité, je lui donnais un quatre.

« J'ai dépensé 3 millions d'euros pour une voie réservée aux bus, deux ans de travaux pour qu'elle soit opérationnelle il y a trois mois. Qui va me rembourser ?

— Vous le saviez en faisant appel à notre société. Le contrat précise que nous sommes libres de nos propositions, elles doivent juste se conformer à l'ensemble des archives que vous mettez à notre disposition. Avant ce rond-point, il y avait un bidonville de Portugais qui fuyaient la dictature. Vous avez bien déplacé le monument qui honorait leur mémoire et celle du maire de l'époque, non ? »

Mal à l'aise, il s'était enfonçé dans son siège comme s'il recherchait une meilleure façon de s'y asseoir.

« Les Portugais sont partis et leurs enfants ont d'autres priorités.

— Alors une forêt en pleine ville les comblera davantage qu'une statue, croyez-moi. La nouvelle voie Delaunay n'est pas encore en chantier, vous y ferez passer vos bus et nous l'inclurons dans la subvention ministérielle. »

Je n'avais pas réagi quand son regard s'était mis à briller tout à coup. On aurait dit un chat sur le point de sauter sur sa proie, non pour la tuer, mais pour jouer avec.

« La première fois que vous êtes venue me voir, vous m'avez parlé d'environnement, de lutte contre le réchauffement climatique et de biodiversité. Vous débitiez le bréviaire auquel je m'attendais, je connaissais déjà les mots puisqu'ils ont alimenté ma propre campagne. Je savais que nous pouvions nous entendre.

— C'est toujours le cas.

— J'imaginais, en vous accueillant aujourd'hui, recevoir le même discours, le même sermon écologique, me renvoyant à mes promesses électorales, à l'héritage pour les générations futures, et je m'étais préparé à vous répondre réalisme et situation pratique. Nous aurions joué le rôle de l'homme proche du terrain et de la passionaria idéologique.

— Je vous fais gagner du temps.

— Voilà, je constate que nous utilisons un langage commun, que nous pouvons nous comprendre sans tout ce jargon convenu. Vos arguments, ils pèsent : vous avez bien changé. Tout comme moi. »

J'étais restée silencieuse un bon moment, m'absorbant dans la mastication de ma viande et de mes légumes. Le maire arborait un sourire satisfait qui me donnait envie de le gifler. Je n'avais pas changé, je voulais juste en terminer avec ce contretemps et retourner sur les bords de Saône. Je refusais d'être comme lui.

« Vous aviez déjà en tête ma proposition, avouez-le. Tout votre numéro sur le symbole de Thunberg à l'entrée du parc, c'était du pipeau. Pourquoi me faire venir ? Vous aviez la solution.

— Je vous l'ai dit, j'étais resté sur l'Esther Manolli qui se réclamait de la génération Covid, du renouveau écologique, qui se foutait des budgets, me répétant que nous étions dans l'obligation de tout reconstruire à nos frais. Cette personne, on ne l'aurait pas convaincue par téléphone, il fallait au moins l'inviter au restaurant, lui accorder toute notre attention.

— Je suis toujours la même, et j'apprécie votre geste, j'essaie seulement de dénicher la meilleure solution.

— Et vous l'avez trouvée ! Vous n'auriez jamais proposé d'intégrer la dépense à la subvention. Vous avez mûri en deux ans. Attendez les desserts, ils sont somptueux. »

D'un point de vue objectif, tout était parfait. Mon projet serait validé sans modification et je n'avais qu'à rédiger un courrier à la Commission européenne qui pilotait ces rénovations environnementales, comme les fonctionnaires les nommaient. Lyudmyla n'aurait jamais proposé ça, elle se serait recroquevillée sur sa chaise dès que le maire aurait haussé la voix et se serait gavée de pain. Pourquoi étais-je en colère ? Contre l'élu, bien sûr, mais surtout contre moi. J'avais été manipulée d'une manière douloureuse, à la manière d'une lame dans le ventre pour l'ouvrir et en sortir les viscères.

« Vous êtes content, n'est-ce pas ? Vous ne vous attendiez pas à un tel succès.

— Plutôt le vôtre que le mien, non ? Il me faudra payer le déplacement de la statue.

— Je justifie vos renoncements, vos petits mensonges, vos accommodements.

— Un homme politique s'arrange toujours avec la honte, cela fait partie du métier. Pour vous, en revanche… »

Je me sentais salie par ce qu'il avait révélé de moi. Non, je n'étais pas comme ça, et pourtant je n'arrivais pas à trouver comment j'aurais pu me comporter autrement. Tout était logique, argumenté, efficace, je ne souhaitais rien d'autre. Je n'avais pas prolongé le repas avec un café et j'avais demandé qu'on m'indique la gare RER la plus proche. Le maire avait voulu me prêter un de ses véhicules avec chauffeur, mais je n'avais pas envie de lui devoir ça. Sur le trajet, j'avais essayé de me rappeler les années précédentes, mes argumentaires devant les élus, les gérants de parcs nationaux et les agences environnementales. J'étais convaincante, mais quels mots j'employais ?

Assise dans le train qui me ramenait vers Lyon, toutes les phrases qui me revenaient me paraissaient vides, comme prononcées par quelqu'un d'autre. Alors voilà comment on change ? Un jour, plein d'idéaux d'adolescente et un autre, vous vous métamorphosez en adulte, adaptée aux contingences du réel. Mais quand est-ce que j'ai franchi le seuil, quand est-ce que j'ai abandonné ma flamme pour me transformer en gestionnaire ? Je veux redevenir celle d'avant. Putain, même cette vidéo souvenir de 2020 ne m'aide pas, elle est vide alors que je désire justement me voir à cette époque, redevenir fidèle à ce que j'étais à quinze ans. Je ne suis pas vieille, pas encore, je peux agir sur ce monde et non le subir. Où est cet esprit qui m'animait il y a deux ans, celui qui avait intimidé le maire de Champigny ? J'angoisse et j'ignore pourquoi. Un diagnostic de cancer ne doit pas avoir un effet très différent. Je me sens condamnée à mort, privée d'énergie, simplement à cause de quelques mots d'un élu. On ne devrait pas les fréquenter, ils savent tellement comment vous détruire, et toujours avec le sourire.

J'essayai de somnoler à hauteur de Dijon, mais je persistais à fixer le paysage, les éoliennes, les parcs solaires, qui se couvraient d'orange et de cuivre à mesure que le soir avançait. Peut-être que l'Esther de mes vingt ans aurait été enthousiaste en constatant que le monde évoluait, ou alors aurait-elle été mise en colère par la lenteur des changements. Je suis trop jeune pour me poser ces questions, on ne regarde pas en arrière quand on a passé la trentaine, on bénéficie de l'élan de sa jeunesse pour s'élever. Je n'ai qu'à oublier ce déjeuner à Champigny, le rayer de ma mémoire, avec interdiction aux réseaux sociaux de me le rappeler : « Je ne veux pas afficher ce souvenir sur ma page. » Cela devrait être possible, non ? Demain, je redeviens Esther, archécologue, foreuse dans les archives des autres, à la recherche de l'émotion la plus enivrante. Je n'ai pas besoin d'autre motivation pour travailler, pour me débarrasser de mes doutes et devenir heureuse.

Non, heureuse, je l'étais déjà. Un métier passionnant, un compagnon parfait, pas de névrose, pas de séances chez le psy. On me considérait comme équilibrée, on m'enviait et je l'assumais. Même ce maire imbécile ne pouvait m'enlever cette certitude. J'avais le droit d'ignorer ce qu'il m'avait dit et de vivre comme si ce moment n'avait pas existé. Alors, si j'y arrivais, si je l'effaçais totalement, je redeviendrais fidèle à ce que j'étais plus jeune, je retrouverais de la colère, ces grands mots dont je me délectais, cette espérance fiévreuse qui convainquait mes interlocuteurs en réunion. Il suffit de pas grand-chose.

J'appelai Sylvain. Répondeur.

« Allo, ça marche toujours pour le resto la semaine prochaine ? Il y avait une table de libre ? Je peux venir au match avec vous ? Rappelle-moi. »

J'écoutai le message, je perçus l'inquiétude, le ton forcé, le faux intérêt pour le foot. Tout ça en dix secondes. J'effaçai et je rangeai le téléphone dans mon sac. Je devais absolument me mettre au travail, réviser le projet et vérifier l'intervention des algorithmes lors du traitement d'images sur mes indications. Au moins, je n'entendrais ni le politique ni ma voix. Rien de faux.

Quand j'entrai dans l'appartement, Sylvain débarrassait les courses sur la table de cuisine. Je l'aidai à ranger dans le frigo les yaourts et les légumes.

« Tu as tenté de m'appeler, ma chérie ?

— J'étais dans le train.

— Tu voulais me dire quoi ?

— Je sais plus, j'ai oublié. Si c'était important, je t'aurais laissé un message, non ?

— J'étais en voiture, je préfère ne pas décrocher quand je conduis.

— Encore heureux ! »

Il rit, de sa manière généreuse, trop forte mais adorable en réalité. Sylvain jouait toujours un peu faux dans la vie. Ses enthousiasmes se portaient sur du commun, ses indignations sur des détails, et pourtant il ne m'agaçait pas. J'étais la pondérée, l'équilibrée, tous nos amis le disaient, et ils ajoutaient que cela rendait notre couple atypique et charmant. Pas de risque que Sylvain me balance que j'avais trahi ma jeunesse, mes idéaux ou quoi que ce soit d'approchant. Je ne lui demandais même pas de me soutenir, juste d'être là.

« Tu es prêt pour demain ?

— Le match ? Oui, mes frères ont déjà préparé les maquillages et les écharpes pour le stade. Un jour, il faudra que tu viennes, quand même.

— J'y suis allée l'année dernière.

— On a perdu, cette fois-là. Les joueurs étaient nuls, ça ne compte pas. Je suis sûr qu'ils vont remporter le championnat cette saison. »

Je me demande s'il doute parfois, s'il se laisse gagner par l'idée qu'il aurait pu mériter mieux que de vivre avec une femme réfractaire au foot. On m'assurera que j'ai de la chance qu'il m'accepte comme je suis, mais lui…

« Et ton maire, à Champigny, il était comment ?

— Pénible. Ce genre d'élus qui croient avoir toujours raison, on a juste envie de les gifler. Il ne m'écoutait pas vraiment, il savait déjà ce qu'il allait dire.

— Et il a décidé quoi ?

— On a trouvé une astuce pour ne pas ruiner sa commune en déplaçant la statue et la route qui allait avec. C'est pas joli, mais les politiques ne comprennent que ce langage-là.

— J'imagine que tu devais bouillir, tu n'as jamais pu supporter ce genre de stratagèmes. Tu voulais toujours qu'on pense d'abord à la Nature, avant l'argent. »

Voulais, lui aussi ? C'était un complot, une pièce de théâtre ?

« Cela ne coûte rien à personne, et j'obtiens le maximum. Oui, ça m'a énervée, mais Evguéni m'aurait tuée si j'avais lancé un ultimatum. L'honneur est sauf.

— Tu as bien raison, et je t'admire pour ça, ma chérie.

— Pour ?

— Tu ne te trahis pas. »

Le mot ne me paraissait pas très bien choisi, trop violent pour la situation, mais j'avais tellement envie de l'entendre. Je n'avais qu'à me rapprocher de lui, un pack de compotes de pommes à la main, pour qu'il m'enlace et m'embrasse. J'avoue, un frisson me parcourut l'échine, une vague brève et intense qui suffit pour brouiller un instant, quelques heures peut-être, l'image du maire de Champigny et la lumière dans son regard.

Je fus contente de reprendre le travail le lendemain, même si le voyage en train me pesait encore. Des heures de traitement d'images m'attendaient, à la recherche du petit détail, de l'accroc dans les textures qu'il faudrait corriger pixel par pixel. Aucun souvenir ne vient vous parasiter quand vous vous concentrez sur ce type de tâche, vous devenez une machine subtile mais une machine quand même. L'humain doit passer derrière les algorithmes pour repérer ce que le programme ignore. Lorsque je sélectionne avec le stylet de ma tablette la déformation d'un arbre dans le paysage, on peut se dire qu'il n'y a aucun exploit dans ce geste. Pourtant, il est le résultat de ma véritable intelligence, celle que l'algorithme ne possède pas, ou pas encore. Le programme ne connaît pas toutes les formes de sapins, parce que pour lui ce ne sont que des pixels, pas des plantes, pas un réel concret et contraint. Tandis que moi, humaine, je serais bien incapable de traiter tous les fichiers pour les concaténer sous un aspect uniforme. La gloire de notre cerveau biologique se niche dans les détails, comme des parasites.

Justement, ma tête était farcie de pensées parasites qui s'accrochaient comme un défaut dans l'image. Le maire de Champigny se confondait avec la vidéo souvenir et notre prochain dîner avec Sylvain. J'observais le panorama et je marouflais pour cacher les ruptures. Oui, ruptures dans une vie calme et heureuse, étrange ?

« Tu as une réunion avec le syndicat d'aménagement écologique bientôt, Esther ?

— Rien de précis, ils attendent le projet définitif pour dans un mois.

— On aura fini avant. Tu veux que je lance les recherches sur la Grande Butte ? L'appel d'offres se termine en janvier.

— Il faudrait que je jette un coup d'œil. Je t'avoue, je ne m'en souviens plus.

— OK, je prépare la nasse. »

Dès qu'il se lasse d'un projet, Evguéni me presse pour démarrer le suivant. Cela pourrait nous jouer des tours, mais mon associé est encore plus performant quand il sent la fin. Je dois cependant lui rappeler que nous n'avons aucun intérêt à devancer les dates limites : elles nous offrent une sécurité.

« Je vais regretter nos balades dans la nature.

— Un automne pluvieux et un hiver triste suffiront à te faire changer d'avis. En plus, on a jamais restauré d'ensemble architectural.

— Une cité-jardin. On ne retape pas une barre d'immeubles.

— Si tu préfères. En tout cas, on aura plus de ressources iconographiques et de vidéos pour les recherches préliminaires. Pas besoin d'aller fouiller Insta tout de suite.

— Mon père adorait les plantes chez lui. Il aurait pu déménager à la campagne, mais il me disait qu'on ne devait pas laisser le béton tout seul, qu'il allait s'ennuyer sans arbres et sans fleurs.

— Ce contrat est une mine d'or, Esther. J'ai toujours pensé que l'éco-restauration ne se limitait pas aux paysages.

— On n'est pas une entreprise de ravalement. Je sais que tu penses à Kharkiv, mais tu ne peux pas effacer les bombes avec ce projet. »

On avait déjà eu cette conversation, lui et moi. Je tenais au lien avec la nature, c'était mon énergie, et un legs que je voulais faire perdurer. Je connaissais l'histoire de la Grande Butte, sa tradition ouvrière, l'enclave autonome dans la verdure et les jardins, je n'allais pas la trahir ; mais ce n'était pas pour la pierre que je m'étais engagée dans ce projet. Il est tellement facile d'avoir des souvenirs avec une maison, un toit, un balcon. Il suffit de marques au crayon sur un mur avec la mesure d'un enfant et chaque centimètre vous émeut. Alors qu'une fleur, au milieu de tant d'autres ou de si peu… Je voulais m'occuper du difficile.

« Quand les berges de la Saône seront restaurées, l'attachement au lieu servira les animaux et les plantes, pas l'humain. Tu saisis la différence ? »

Evguéni poussa un soupir sonore qui signifiait autant l'ennui que la concession. Je ne l'avais pas convaincu, il ne souhaitait pas perdre de temps à discuter avec moi, au risque de refaire surgir les souvenirs douloureux, quand il avait fui son pays. Je crois que nous cohabiterons toujours ainsi. Je ne lui en veux pas, nous nous équilibrons. Parfois, il trouve que j'oublie trop les réalités économiques de notre boîte, et il a peut-être raison. Mon père a réussi sa vie sans renoncer à ses principes, pourquoi pas moi ?

« Bon, prépare la nasse, mais je lancerai les premiers filets pour orienter les recherches. Je te laisserai peaufiner plus tard.

— Ça marche ! Je finis un calcul et je configure les algos cet après-midi.

— Je n'ai pas dit que je m'en occuperai tout de suite.

— Un plaisir que de te rendre service. »

Le ton était si mielleux qu'il réussit à me faire sourire. J'avais bien fait de me plonger dans le travail pour oublier tous ces parasites qui m'encombraient le cerveau. Plus de Champigny, plus de vidéo, même plus de dîners en amoureux, juste mes projets et l'équipe. J'étais faite pour ça.

Evguéni n'avait pas tort en me poussant à changer d'horizon. Mon esprit flottait loin des berges de la Saône, vers les idées qui allaient guider la nasse. Dans les premières étapes d'une écorestauration, on ne dispose pas des plans ni des archives papier, il faut composer soi-même une proposition après avoir accumulé un corpus de documents. Il serait facile de lancer une recherche avec les mots « Grande Butte » pour rapatrier images, vidéos et textes. Souvent, hélas, il ne s'agit que d'une projection institutionnelle, officielle, une mise en beauté par des militants. Ils nous présentent un idéal, leur regard sur le lieu, mais nous ne sommes pas là pour satisfaire leur fantasme, leur désir singulier. Non, nous voulons construire un site qui s'installe dans la vie de chacun, même celle du passant ou du touriste. Alors nos algorithmes doivent fouiller le Net pour ramener toutes ces images accidentelles, ces selfies machinaux intitulés « moi et ma girl », « mon papounet » ou « les trois guerrières du 9-3 en vacances ». Derrière ces visages maquillés ou vieux, derrière ces doudounes fluo et ces couettes enfantines, il y aura un bout de bâtiment, un arbre, une cour en arrière-plan, et je capterai ces éléments. Ils formeront la trame du projet, une galaxie qui se condensera en une vue panoramique ou un diaporama tridimensionnel selon les exigences du donneur d'ordres.

Lorsque les premières sociétés d'éco-restauration ont défini leurs attentes, il a été vite question de l'usage des données personnelles, d'intimité violée et d'intégrité. Nous avons tous plaidé, main sur le cœur, que nous respections toutes les lois et règlements, qu'il n'y aurait aucune utilisation frauduleuse de ces images, sons et vidéos. Personne ne nous a crus, évidemment. Des instances de régulation, des organismes administratifs indépendants ont fondu sur nous pour nous surveiller, attentifs au moindre dérapage, et s'il ne survenait pas, il y avait toujours un militant politique pour se plaindre, nous accuser d'être vendus à Elon Musk, Zuckerberg ou Bill Gates.

Si vous saviez à quel point on s'en tape de votre visage, de votre sourire sur un selfie réalisé voilà dix ans et jamais effacé sur Insta ou TwitBook. Votre narcissisme, on s'en fout ; votre égocentrisme, on s'en balance ; votre pitoyable vanité, je l'annule avec ma tablette graphique sans hésiter. Je ne respecte que le décor de vos délires, les fleurs dans votre dos, la branche de chêne que vous tentez de briser en sautant dessus ou les herbes que vous écrasez en roulant à travers champ sur un quad. C'est quand vous êtes absents de la scène que j'ai envie de vous connaître, quand vous vous effacez que je vous apprécie. Mais non, vous nous inondez de mails agressifs exigeant d'être retirés de nos archives de travail dès que vous recevez un avis de la Cnil sur l'utilisation d'une image floue de vos pieds sur du sable. Même vos menaces de mort ne me font pas peur, je les méprise, elles sont aussi vaines que vos colères factices. Vous vous persuadez de votre importance en clamant votre indignation sur les réseaux.

Pendant que vous gesticulez, je copie le paysage, la forme d'un coquillage près de votre orteil, ou les fissures du granit sur lequel vous vous êtes assis, et je détruis à jamais ce souvenir qui ne vous intéresse pas vraiment. Depuis cinq ans que nous travaillons sur ces projets d'éco-restauration, je n'ai jamais reçu de demande légitime d'effacement, même pas d'adultère sordide. La grande majorité des gens se foutent de leurs souvenirs électroniques, seule une poignée s'arc-boute sur le principe d'un viol d'intimité. Je ne vous volerai rien, vous n'aviez de toute façon pas conscience du trésor que vous possédiez.

À chaque fois que j'ai eu accès à des archives physiques, jusqu'à sortir des fonds un daguerréotype, j'ai tout de suite senti la différence. Celui qui capturait le cliché savait qu'il voulait garder l'endroit en mémoire. Même les premiers reportages d'Alexandre Promio en 1896 manifestaient la volonté de cataloguer le monde, pas pour soi, pas pour se mettre en valeur, mais pour les temps à venir. C'est pourquoi je ne prends plus de selfie sans réfléchir, que je ne démarre plus un enregistrement vidéo à la moindre suggestion de Sylvain. On croit marquer l'instant, il nous échappe. La nasse me permet de tous les rattraper.

« Je m'en occuperai demain soir, Evguéni. Te presse pas. J'aime bien faire ça seule.

— Vendredi ? Vous ne dînez pas finalement ? »

Oh zut, c'est vrai. Complètement sorti de la tête.

« Bon, la semaine prochaine alors.

— Ça va, Esther ?

— Bien sûr.

— Chaque année, tu nous bassines avec cette soirée, que c'est important, le ciment de votre relation avec Sylvain, tout ça.

— Vraiment ? Je dis ça, moi ? »

Lyudmyla ayant dû sentir mon trouble, elle enleva ses écouteurs et regarda son frère depuis son poste de travail.

« Elle a oublié son dîner d'amoureux, tu te rends compte, Luda ?

— Comme quoi, même chez eux, ça passe. Ils sont normaux.

— Dites, je suis là.

— Ma chérie, Sylvain et toi, vous êtes une série télé. Toujours des attentions, toujours un geste, vous en êtes pénibles.

— On s'aime. Tu voudrais qu'il me frappe, comme José ? »

L'attaque a fait pâlir Lyudmyla en un battement de cœur. Nous l'avions hébergée quand son petit ami de l'époque la menaçait et Sylvain l'avait aidée à porter plainte au commissariat. Elle avait décrit les coups, montré les bleus aux bras et aux cuisses, et tous les moments de harcèlement psychologique.

« Je m'en suis sortie, grâce à vous, je le reconnais.

— Tu ignores ce qu'est une relation normale, Lyudmyla. Je comprends que c'est parfois dur à supporter quand je parle de Sylvain. Je vais faire attention. Peut-être que mon inconscient m'a prévenue que je devais me calmer en me faisant oublier le dîner. »

Evguéni ne paraissait pas convaincu, mais le rappel des souffrances de sa sœur l'empêcha de répliquer. Qu'est-ce qu'ils avaient avec Sylvain ? Ils avaient l'air de l'aimer, non ? Non. Je ne dois pas me poser de questions, ce sont mes associés, mes amis, mais ils ne connaissent rien de Sylvain. Qui devinerait la finesse d'esprit de Lyudmyla en la voyant bredouiller en public ? Il fallait avoir passé une soirée avec eux deux pour qu'ils osent évoquer leur Ukraine natale jusqu'à en pleurer. Ils ne se livraient pas facilement, pareil pour Sylvain.

Il aurait pu choisir un étoilé, m'éblouir avec des plats extraordinaires autant qu'avec l'addition qu'il aurait cachée au moment de payer ; la jouer grand seigneur pour impressionner sa petite princesse. Hélas pour lui, j'aurais exigé de voir la carte avec les prix et réglé ma part. On ne m'achète pas de cette façon. Une option plus honnête aurait consisté à m'inviter dans un endroit connu de rares habitués, ces adresses qui s'échangent entre initiés, lieux insolites auxquels on accède par une ruelle sombre, derrière un faux bar ou dans des catacombes. Je hais ces privilèges, ils suintent l'artificiel et le plan marketing. On joue sur la rareté, le sentiment d'appartenir à l'exceptionnel pour boire un vin bio local qui râpe et manger une cuisine prétendument authentique. Chaque convive se persuade que seuls les élus ont accès à ces tables et que les mets descendent des dieux. Mon palais n'est pas assez fin pour ces plats, ou bien je remarque trop les détails du théâtre qui s'y joue.

Non, Sylvain ouvrit la porte d'un restaurant modeste et bien décoré, un de ceux dont la patronne vous accueille avec le sourire et la voix claire. Je sus immédiatement que n'importe qui pouvait y réserver deux couverts, qu'il n'y avait aucune prétention exorbitante et que nous y passerions une bonne soirée. Nous montâmes à l'étage, le plafond de la salle était bas, je baissai la tête par réflexe tandis que le serveur nous indiquait notre table près du mur. La décoration était en faux vintage : cartes postales balnéaires années 1920, publicité de voiture années 1950. On avait reconstitué une ambiance qui n'avait jamais existé, faite de cuivres rutilants dans l'escalier et de chaises en métal ouvragé.

« C'est de la déco-restauration », me lança Sylvain qui avait remarqué ma manière de jeter des regards partout.

Me taire. Il croyait vraiment que je créais ce type de faux ? Aucune unité, aucune émotion générale, juste des bribes, des éléments d'attraction pour attirer l'œil. Je voudrais ne pas le vexer, ne pas heurter son intention de me faire plaisir, mais elle me fait mal.

« Plutôt un capharnaüm.

— Je plaisante. Ça va ? Tu m'as l'air tendue.

— Semaine compliquée.

— Alors profite, le menu est très sympathique. »

Il ne s'agissait que d'humour ? Qu'est-ce qui m'arrive ? Je suis sur le point d'éclater sans en connaître la raison. Me calmer, respirer, oublier la décoration aux murs, les dentelles des serviettes et la calligraphie d'écolier sur le menu. La multiplication des références crée du chaos, pas une personnalité ; dans mon travail, je cherche justement l'unité dans les représentations, ce qui va rassembler, parler à tous. Ici, on sent que rien n'a été pris au sérieux, que l'on s'est attaché à remplir du vide.

« Esther ? Tu as choisi ?

— Oui, tu avais raison pour le menu.

— Celui à 32 ou à 43 ? Si tu hésites, je paie la différence.

— Comme c'est romantique.

— Tu ne veux jamais que je t'invite.

— La salade de lentilles et le fondant de veau me disent bien.

— Pas le tartare ? »

Ah oui, j'ai l'habitude d'en prendre dès que j'en vois ; mon père savait bien les préparer, au point que je pouvais corriger les serveurs quand ils mélangeaient les ingrédients. Non, pas envie.

Pendant que nous attendions l'entrée, je sirotai un cocktail que Sylvain avait commandé en même temps que la réservation. Une surprise maison, m'avait-il dit. Les tables se remplissaient, surtout avec des familles. Nous devions être le seul couple dînant à l'étage.

« À nos cinq ans ! »

Sylvain semblait vraiment joyeux en levant son verre. J'aurais dû l'être aussi. Pourquoi cette amertume dans ma gorgée ? Est-ce ainsi que les amours meurent ? J'ai quitté, j'ai été quittée, je ne suis pas naïve. Parfois, ils sont partis sans me donner de raison, ou en m'accablant de reproches ; ou alors j'ai claqué la porte, ou je n'ai plus répondu aux messages. J'aime Sylvain, je suis heureuse de l'avoir à mes côtés, c'est vrai. Pourquoi cette sensation d'une fin qui débute ?

« Et au boulot, ça va ? Tu me demandes toujours comment se passent mes éco-restaurations, mais…

— Juste des histoires d'assurances, travail de bureau.

— Tu as des collègues.

— Tu veux que je te raconte comment j'ai négocié des indemnités en baissant les barèmes comme précisé à l'alinéa 3 du paragraphe III. b ?

— Parce que modifier une photo sur un panorama, c'est mieux ?

— C'est nouveau. C'est l'avenir. Un jour, j'entraînerai des IA pour qu'elles me remplacent.

— Tu es utile à des gens.

— Je suis des procédures, je respecte des conventions, je défends nos assurés tout en me montrant implacable avec les parties adverses dans les contentieux. Vraiment, une machine ferait le même boulot que moi ; je suis payé pour ne prendre aucune initiative, pour n'être que ce que l'on attend de moi. Je préfère ta vie, cent fois. »

Je devrais tendre la main, la poser sur son avant-bras, le réconforter. Sa vérité me paralyse. Je comprends ses enthousiasmes disproportionnés à mon égard, ses joies enfantines autour de mes projets. Ce n'était pas de l'amour, juste un vide que je remplissais. Nous ne nous complétions pas, il s'évanouissait. Une question, une réponse, et je voyais mon couple exploser dans ce restaurant. Pas de cris, pas de pleurs, une évidence alors que le serveur apportait nos entrées.

« Bon appétit, ma chérie !

— De même. »

Cinq ans sans lui demander de me parler de son travail, cinq ans sans le comprendre, à s'amuser de ses humeurs enjouées sans voir le gouffre. Je croyais l'aimer, je ne le désirais pas. Il me vénérait, je représentais pour lui une image, un espoir pour ne pas sauter. Pourquoi à cet instant ? Pourquoi cette lucidité ce soir, alors que nous mangions de manière agréable dans une atmosphère calme à la décoration artificielle ?

Quand ma mère a-t-elle cessé d'aimer mon père ? Avant 2020 et le confinement, c'est certain. Elle n'aurait pas accepté les mois de séparation. Peut-être avait-il fallu un repas au restaurant pour qu'elle se rende compte que son couple agonisait. Comme moi écoutant Sylvain meubler le silence, débiter des propos gentils et vides, elle avait eu du mal à le fixer du regard, fuyant vers le plat d'un autre client, le détail d'un bracelet ou d'un collier. Mon père m'a toujours répété qu'elle avait attendu qu'on parte en vacances chez sa tante pour lui dire que ce n'était pas sa faute à lui, mais qu'elle devait s'éloigner. J'étais d'accord avec son interprétation que la vérité était tout l'inverse. La culpabilité est une bonne excuse.

Ce n'est pas la faute de Sylvain si j'ai envie de me lever et de sortir du restaurant. J'ai accepté la fiction que nous avons créée, je l'ai trouvée confortable. Si je pars, il sombrera dans le vide, sa vie retournera à sa réalité nue et cruelle. Je ne me sentirai pas courageuse si je reste, et je me maudirai en le quittant. Aucune bonne solution ne m'attend, je paie une lâcheté dont je n'étais pas consciente. Dire que j'ai haï ma mère et que je la déteste toujours.

« Cela fait longtemps que je n'ai pas appelé Noémie.

— Oui ?

— Pardon, je parlais à haute voix. On fête nos cinq ans, et je pense à ma mère.

— On ne la voit pas souvent. On pourrait passer un week-end à Montpellier, non ?

— J'ai beaucoup de boulot.

— Raison de plus, tu vas t'épuiser. Laisse-moi tout organiser.

— Tu es gentil. »

J'étais sincère, pourtant son sourire était trop large, trop éclatant, comme si je lui avais offert un cadeau plus grand qu'espéré. Je ne méritais pas cette lumière sur son visage. Je ne souhaitais pas d'un miroir qui me renvoie cette image. Elle était fausse, un montage. Je voulais retrouver la photo originelle de moi-même, celle qui riait à la gaucherie de Sylvain, qui ne s'ennuyait pas quand elle l'écoutait parler du temps et d'autres banalités. Cet être-souvenir était heureux d'être en couple, ne se posait pas de question. Désormais, j'ignorais qui j'étais, et même en retouchant les pixels de ma mémoire, je n'effacerais pas ce moment de lucidité qui venait de me transpercer. À qui m'adresser pour une ego-restauration ? Il me faudrait un devis.

« Et maintenant, Esther, tu veux quoi pour la suite ?

— Je ne sais pas. J'ai un peu trop bu pour réfléchir.

— Pas de dessert ? »

Je dois me calmer : j'étais terrorisée à l'idée qu'il me parle de mariage ou d'enfants. Il n'a pas ce vice : j'ai choisi un mec attentionné, qui me respecte. Pas de surprise, pas d'angoisse en principe. Même pas besoin de désir pour cet homme. Je suis toute seule en haut, sans rivale, sans culpabilisation, sans pression. Pourtant, je dois quitter ce bonheur, cet idéal frelaté, maintenant que j'ai déchiré le papier peint et découvert la moisissure en dessous. Sylvain ne comprendra pas, lui qui conservait les mots d'amour qu'il collait sur le frigo quand il partait au travail avant que je me réveille. Il sera persuadé de m'avoir aimée comme il faut, comme un homme de son temps, et se sentira trahi.

Il n'aura pas tort, au fond. Il a suivi les recommandations, les conseils féministes, reconsidéré sa masculinité dans des stages, et je le trahis. Lorsque je me tournerai vers lui sur le canapé pendant qu'il regardera les infos du soir en mangeant un plat réchauffé, et que je lancerai « il faudrait qu'on parle », il ne m'enverra pas son assiette au visage, il ne se lèvera pas d'un coup ni ne haussera le ton. Il m'écoutera, hochera la tête, je le sentirai triste et je le prendrai dans mes bras pour le consoler. Même là, nous serons heureux.

Mon téléphone vibra dans mon sac, juste pour un SMS publicitaire, mais je ne pus m'empêcher d'établir un lien avec la vidéosouvenir. Depuis qu'elle était apparue dans mon fil d'infos, j'étais devenue consciente de changements importants dans ma vie. Je devais savoir si cette vue de balcon de 2020 m'appartenait vraiment et pourquoi elle me perturbait. Peut-être que j'étais victime d'un trouble passager dont seule la vérité me libérerait. Peut-être que je pouvais sauver mon couple, qu'il y avait juste eu un bug dans mon existence et qu'il me suffisait de le corriger. Ensuite, ensuite seulement, je retrouverais cette vie à deux, ce confort ouaté qui ne connaissait aucun orage. Je n'avais rien besoin d'autre.

« La semaine était chargée, Sylvain, plus que je ne le pensais. Je fais une bien mauvaise convive.

— Non, c'est moi qui ai insisté pour maintenir cette tradition entre nous. Je n'aurais pas dû te forcer. C'est ma faute. »

Il faudra que la vérité sur la vidéo soit fondamentale pour que j'accueille de nouveau avec tendresse les attentions serviles de Sylvain. Corriger l'erreur, redevenir moi-même, oublier. Voilà mon programme.

J'ai longtemps fait défiler la liste des appels récents sur mon téléphone avant de retrouver le numéro de ma mère : au moins six mois, à l'occasion de Noël. Pas éprouvé le besoin depuis. Quand Sylvain me le reprochait, je le rassurais en répondant que, s'il arrivait quelque chose de grave à Noémie, je prendrais la voiture dans l'heure pour la voir. Pas certaine qu'il était dupe. Dans sa famille, on se réunit souvent, on s'appelle au minimum une fois par semaine, on s'embrasse tout le temps. J'ai bien du mal à qualifier la nature des liens dans la nôtre. Je crois qu'on essaie pas de faire semblant, peu importe si c'est mieux ou moins bien.

« Allo, ça va ?

— Ah tiens, Esther.

— Je ne te dérange pas ?

— J'ai le choix ? »

Ma mère émit un petit gloussement avant de poser cette question, juste pour bien me faire comprendre son amusement.

« J'ai fêté mes cinq ans avec Sylvain hier soir. C'était bizarre. Je sais pas trop comment dire.

— Je ne peux pas vraiment t'aider. Tu ne m'as jamais demandé de conseils sur ta vie sentimentale, ou alors j'ai Alzheimer.

— Quand tu as senti que c'était fini avec papa, c'est venu d'un coup ? »

Silence. Je peux entendre d'ici les questions qu'elle doit se poser. Vous qui appelez votre mère à l'aide, abandonnez toute pudeur et toute honte.

« Pas vraiment. Quand je secouais les tapis sur le balcon, j'étais énervée par les plantes contre la rambarde. J'avais envie de casser les branches d'un arbuste ou d'écraser une fleur qui pendait à terre. Cela en devenait une obsession. J'ai fini par comprendre que je n'avais rien contre ces végétaux.

— J'écoutais Sylvain, je le voyais manger, et je n'arrivais pas à m'intéresser à ce qu'il disait. Je n'arrêtais pas de me dire que c'était terminé, que je ne le désirais plus. C'était tellement bizarre.

— Au début, je ne voulais plus vivre avec lui, mais je crois que je l'aimais toujours.

— D'où la maison de campagne pendant le confinement, en 2020 ?

— J'ai adoré ça. Je n'avais plus à me mettre à son niveau.

— Sylvain est tellement gentil, je pensais que ça me suffirait.

— Tu m'imagines dire à ton père que l'on devait se séparer parce que je préférais me retrouver seule plutôt qu'en compétition avec lui ? »

À l'époque, elle n'avait rien expliqué. Une fois le confinement terminé, elle n'était pas revenue tout de suite, se contentant de laisser mon frère retourner à Paris en TGV. Il avait fallu attendre juin ou juillet pour la revoir à l'appartement, mais en octobre, elle était repartie. Elle disait vouloir éviter les contaminations, au point qu'on la surnommait « la parano » avec David et mon père. Elle a disparu de nos vies en s'effaçant à mesure qu'on endurait les contraintes sanitaires, les couvre-feux, comme un malade en isolement qu'on oublie. Papa comblait l'absence avec son énergie, ses projets, ses plantes.

« C'est pas évident de vivre avec des gens comme nous, hein ?

— Ton frère m'appelle plus souvent, mais toi tu as toujours été de son côté à lui. Simon est comme ça. Il a besoin d'attirer la lumière et d'un bon projecteur.

— Pas tant que ça.

— Il est servi, avec Ordenau. Une Première ministre comme elle, il doit adorer. Il est encore son conseiller environnement ?

— Il est très occupé. Il ne me répond au téléphone qu'une fois par mois.

— Je ne supportais pas que ses passions l'éloignent de moi. Même ses foutues plantes ! J'étais moins importante qu'un œillet d'Inde.

— Il me parle régulièrement de toi, tu sais, plutôt en bien.

— Vous avez le don pour consoler, toujours la phrase la plus agréable et la plus encourageante. »

Ah, j'avais gaffé. C'était pourtant vrai. Je la traitais de lâche, de fuyarde, d'égoïste, et je ne supportais pas que mon père la défende. Elle n'avait même pas essayé de dire à ses enfants pourquoi elle partait.

« Cela n'a pas dû être facile pour toi.

— De quoi, Esther ?

— De nous abandonner. »

Un soupir, long et sonore.

« Je m'étais trompée, je pensais que je pouvais être à la hauteur de votre père. C'était ma seule manière de l'être, en le quittant, en vous quittant. Je ne voulais pas qu'il me méprise.

— Je vais quitter Sylvain, et j'aimerais bien qu'il ne me haïsse pas.

— Il faudrait que tu sois quelqu'un d'autre. On ne change pas, tu sais. On le croit, mais on ne change pas. C'est bien pour ça que je n'avais pas le choix. Même si je vous avais tout expliqué, vous n'auriez pas compris. Vous étiez heureux avec Simon, je ne pouvais rien demander de plus. »

J'avais honte. Rien de ce que je pourrais dire ou faire ne réparerait mes erreurs. La jeune fille que j'étais à l'époque n'aurait rien accepté, et sans le repas d'hier soir je serais incapable de saisir la tragédie qu'avait vécue ma mère. Personne n'était coupable, personne n'était méchant, on pouvait se tromper sans imputer la faute à quelqu'un, sauf à nos personnalités, à ce que nous étions au plus profond de nous. « Il finira bien par changer », voilà la première illusion qui fonde la plupart des couples. Non, personne ne changera, il faudra faire avec.

« Je suis désolée, maman, je t'appellerai plus souvent. »

Au moins, il nous reste les excuses.

Au final, je demeurais avec plus de questions que de réponses. Je voulais penser que ma mère avait raison, qu'on ne changeait pas, mais au fond de moi je doutais. Ma révélation était trop soudaine, elle se conjuguait avec l'histoire du maire de Champigny, toute une série d'événements qui m'avaient déplacée de mon centre de gravité. J'étais devenue extérieure à moi-même et je constatais les modifications. C'est impossible, personne ne peut acquérir cette lucidité, à part peut-être chez un psy, mais à condition de se sentir malheureux au départ. Avant tout ça, j'étais comblée, je ne me posais pas de question, je réussissais tout, et là j'étais sur le point de détricoter une partie de ma vie.

Tout tournait autour de cette vidéo. Rien qu'un balcon, une vue du soir ancienne, mais j'étais convaincue que sans elle je serais toujours avec Sylvain. Il fallait que j'analyse le fichier, peut-être que quelqu'un avait utilisé de la stéganographie pour me transmettre un message caché, ou inséré des images subliminales. Demain, on était dimanche, j'avais tous les outils pour décortiquer la séquence au bureau.

En saluant le vigile dans le hall d'entrée, j'eus l'impression d'être suspecte, sans bien connaître mon crime. Pour des appels d'offres, nous travaillons parfois le dimanche, mais je n'étais jamais venue seule. Difficile d'expliquer que j'étais en *crunch*, comme tous les programmeurs de jeux vidéo qui s'épuisaient dans les mêmes locaux que nous à d'autres étages. Pas de teint hâve, pas de démarche hésitante, seulement l'air préoccupée, mais rien d'anormal. J'aurais dû parler de mon initiative à Evguéni et Lyudmyla, ils ne m'en auraient pas détournée. Pourtant, une partie de moi se voulait prudente et soupçonneuse, chose assez nouvelle qui m'intriguait. J'avais besoin d'être certaine de mes hypothèses avant de me confier à mes associés.

Pour me calmer, après avoir réveillé un terminal de nos machines, je lançai un café. Je pouvais rapatrier la vidéo en la copiant dans mes dossiers personnels. Pour l'instant, je me concentrais sur l'analyse des fichiers.

Beaucoup pensent que le numérique a introduit le faux dans les images, puisque tout est modifiable à la palette graphique. La manipulation remonte aux débuts de la photographie au XIXe siècle : on altérait la courbe du visage des actrices, on effaçait le révolutionnaire russe tombé en disgrâce. Dès qu'il y a un intermédiaire entre le sujet et l'observateur, il y a tromperie. Non, ce que le numérique a modifié, ce n'est pas le moins (moins de vrai, moins de réalisme), mais le plus. À commencer par un ajout d'informations. Il est devenu possible d'inscrire la date, l'heure, l'ouverture, la vitesse d'obturation de l'appareil, l'ISO et le lieu, de manière automatique. Chacun peut alors trier ses souvenirs de vacances selon ses propres critères, sans se préoccuper du sujet. Automatique.

Toutefois, dans la masse de bits composant la matière même de l'image, certains ont découvert que l'on pouvait ajouter des messages – ils ont puisé dans l'art ancien de la dissimulation, la stéganographie. Je suis capable de détecter ce procédé grâce à des algorithmes et de chercher si on a modifié le codage des pixels. Invisible à l'œil nu, mais mon cerveau a peut-être enregistré la perturbation, et mon état en serait le résultat. Je savais l'hypothèse délirante, je poussais un cran trop loin la notion de piratage. Ajouter du code malveillant dans des images, des vidéos ou du son pour s'emparer d'un ordinateur, la méthode était connue, mais une partie de moi était persuadée que la faille exploitée se situait dans ma tête, pas dans la machine. Il fallait bien un virus pour me changer, au moins.

Nous utilisions des programmes bien spécifiques pour analyser les documents nécessaires à nos restaurations, nous devions nous assurer qu'aucun n'était dangereux, d'autant plus que nous ne traitions que les originaux. J'observais les routines s'occuper de ma vidéo, tout en sirotant mon café. J'aurais pu me contenter de penser à des images subliminales, mais leur effet ne touchait pas des mécanismes psychologiques profonds. Surtout, je n'aurais pas dû être consciente de la modification, c'était toute l'utilité de ce genre de manipulation. Là, malgré ma résistance, je ne redevenais pas l'Esther que j'étais. Il fallait bien un agent puissant pour me détourner de moi-même. Alors oui, pourquoi pas un virus informatique transporté par la vidéo ? Qu'on ne me parle pas de folie, mon esprit était clair et décidé. Peut-être était-il trop tard pour nettoyer mon cerveau, me débarrasser de ce programme malveillant ? Je ne demandais pas d'aimer à nouveau Sylvain, juste de retrouver confiance, force et volonté.

Je pourrais me restaurer, puiser dans toutes les images et vidéos de ma vie, enregistrées sur mon téléphone ou ailleurs, pour sélectionner la meilleure version de moi-même, quelqu'un qui rendrait les gens heureux, sans méchanceté ni brutalité, bienveillante et compréhensive. J'éliminerais tous mes biais, tous mes privilèges, je déconstruirais ce dont je n'avais pas conscience plus jeune, afin de devenir quelqu'un de plus tolérant, plus solidaire. Belle comme un paysage après correction.

Une fenêtre s'afficha sur le terminal.

Raté pour la reconstruction, je n'étais pas infectée par un virus. Pas de message caché dans la vidéo, aucun procédé stéganographique détecté. Dommage, j'avais presque trouvé de la motivation pour ma rééducation sociale. Ma transformation demeurait mystérieuse. Je devais partir sur une autre hypothèse : cette séquence ne m'appartenait pas. La repassant de nouveau, l'explication me sauta si soudainement aux yeux que je faillis hurler en constatant ma bêtise : il n'y avait aucune plante sur le balcon. Ma mère s'en était plainte au téléphone et je n'avais pas réagi. Pourquoi je n'arrivais pas à me souvenir des arbustes qu'il avait mis en pot ? En tout cas, j'avais progressé en découvrant le détail manquant dans l'image.

J'évacuai tout de suite l'idée d'une aberration de TwitBook pour me concentrer sur une manipulation plus simple. On avait remplacé *mon* souvenir par un autre, à peu près équivalent, et mon cerveau avait tenté de rattraper l'erreur. Le pirate s'était contenté de modifier l'emplacement plutôt que de transformer un fichier existant. L'original n'avait pas changé de place, il avait seulement perdu son adresse. Faute de pouvoir lire chaque cluster des serveurs distants, aucun moyen de le retrouver. Cependant, le simple fait d'inscrire un nouveau chemin pour cette vidéo laissait une trace sur un journal d'événements. Dans la masse d'opérations traitées chaque seconde sur ces réseaux, une telle intervention n'attire pas la curiosité : elle est interne, non-destructive et ne met pas en danger la structure de l'ensemble. Un non-crime dont les conséquences étaient ma personnalité, pas mes données personnelles. Pas de divulgation de mes coordonnées bancaires, de mes opinions politiques ou du secret médical, rien qui inquiète les médias ni ne réveille l'antique spectre d'Orwell et de son Big Brother. Juste la vidéo d'un balcon remplacée par une autre. Je sentais pourtant que j'avais perdu un bien plus essentiel que le numéro de ma carte bleue.

Il me fallait de plus gros moyens. Si je retrouvais l'identité de la personne qui avait posté la vidéo transférée dans mes souvenirs, j'avais une chance de découvrir l'adresse IP responsable de cette modification. Une petite chance, mais une chance quand même. Je ne pisterais pas le coupable directement, il dissimulerait sa trace jusqu'à s'évanouir dans l'océan des données. Pour l'instant, j'avais besoin d'être certaine qu'il ne s'agissait pas d'une erreur, d'un hoquet sur les serveurs et que, quelque part, quelqu'un avait voulu me faire du mal.

Il me suffisait de retrouver l'immeuble de mon enfance, quand je partageais l'appartement avec mon père pendant le confinement, dénicher son plan et construire une représentation 3D sur nos machines. Je pouvais me contenter des fenêtres, à condition de définir avec précision la position du soleil ce soir-là pour faire coïncider les ombres et les lumières de la vidéo avec ma modélisation. Ensuite, je me baladerais virtuellement entre les étages, à la recherche du bon angle, de la coïncidence précise. Je redécouvrais l'architecture vieillotte, années 1970, avec les briques rouges, ce luxe populaire qui résistait mal au temps et dans lequel les ouvriers avaient cédé depuis la place aux cadres et aux profs : une cour intérieure arborée, un mini-potager collectif à la place des marelles des enfants dessinées à la craie ; des bacs à compost près du hangar à vélos au lieu de cages de foot aux filets déchirés. Je ne regrettais pas cet endroit.

Le premier étage ne donnait que sur le feuillage des arbres de la cour et le mur d'enceinte. Au deuxième, la vue était encore barrée par les fenêtres et le toit des ateliers qui formait l'angle avec l'immeuble et la résidence collée à la nôtre. Le troisième dégageait une impression de liberté, comme si l'on découvrait un air pur à mesure qu'on s'élevait. Nous vivions au quatrième. Malgré la luminosité bien calculée, je ne retrouvais aucune sensation, j'étais vidée de tout lien avec ce moment. Tous les angles étaient parfaits pour me rappeler ce qui m'avait été enlevé, mais rien, rien ne faisait sens, rien ne me touchait. Pourtant, c'était dans mon téléphone, je l'avais gardé pour que me reviennent par association les sons, les odeurs, la voix de mon père, la sonnerie du minuteur, le parfum de l'ail et du piment sur les pâtes, la tuyauterie qui grondait en prenant ma douche, la fraîcheur des branches coupées que l'on pendait au radiateur de la salle de bains pour les faire sécher. Il y aurait dû y avoir tout cela en moi, pas seulement la conscience de leur perte. Même le craquement des feuilles de sauge qui m'amusait quand j'étais gamine, je ne l'avais plus. Ce que j'entendais, c'était un bruit venant de ma vie d'adulte lorsque je cuisinais, pas cette sensation du moment passé, ce bonheur fugace qu'on enchâsse pour qu'il se transforme en friandise plus tard.

Où se trouvait ce balcon imposteur ?

Appartement à gauche, vue trop dégagée, trop d'espace entre les tours, et la lumière du soir se montrait plus violente dans les reflets de certaines baies vitrées ; appartement à droite, trop d'obstacles, un immeuble massif à deux cents mètres qui projette son ombre, sentiment d'étouffement. Pas la peine de chercher plus loin à notre étage. Il me suffit de monter d'un cran dans la projection tridimensionnelle pour faire correspondre angles et luminosité avec la vidéo chargée dans mon téléphone. Deux mètres plus haut, le soleil couvrait d'ambre le rouge des briques, une teinte douce aux reflets de sang. Je n'avais plus qu'à retrouver le nom du locataire de l'appartement et le travail pouvait commencer.

En vérité, M. Pellen avait acheté ce quatre pièces en 2014 et y vivait en compagnie de sa femme et de son fils. C'était ce dernier, Adrien, qui devait avoir un compte sur les réseaux et partagé la vidéo de son balcon pour garder un souvenir des bruits à 20 heures quand on acclamait les soignants pendant la pandémie, puisque les parents n'utilisaient pas ce qui deviendrait TwitBook de nos jours. J'avais tous les éléments nécessaires pour effectuer ma requête auprès de la Cnil. En tant qu'archécologue, vu que je me servais d'images localisées sur des serveurs publics comme privés, je devais obtenir une autorisation pour visionner les dossiers contenant des photos ou des séquences. Des accès spéciaux m'étaient accordés à condition de ne pas effacer ou manipuler les données à distance. Le procédé, automatisé, laissait un programme superviser mes actions et donnait l'alerte si je dépassais mes prérogatives, tandis qu'une commission évaluait chaque mois la légitimité de mes recherches. Comme nous faisions attention à ne jamais franchir les limites, cette fois, nous ne risquions qu'une tape sur les doigts. La vertu vous confère un certain nombre de privilèges, et j'utilisais ceux-ci pour une cause impérieuse. Tant pis pour Big Brother.

Une fois sur le compte d'Adrien Pellen, j'identifiai la date du 29 avril 2020 et triai les souvenirs conservés : un chat qui miaule, des captures d'écran de devoirs à faire, un échange WhatsApp avec une fille rempli de cœurs et de bisous, la copie d'une vidéo TikTok, des tarifs d'assurance sur un courrier, mais pas de balcon. On avait délibérément déplacé le fichier. Quand je consultais le journal, je voyais l'adresse IP d'un utilisateur qui était intervenu le matin même où je travaillais sur les bords de Saône. Je ne comptais pas remonter jusqu'à l'auteur de ce piratage, mais je pus le repérer sur mon compte : il s'était écoulé moins de trois minutes avant que le souvenir ne surgisse sur mon application. Comme je m'en doutais, ma propre vidéo n'avait pas été effacée, seul le chemin d'accès avait été modifié pour se relier à celle d'Arthur Pellen. Quelqu'un tenait à me fournir une compensation, un faux souvenir, et à me le faire savoir. Je ne détectais aucun processus équivalent sur le compte de Pellen. On lui avait bien volé cet instant sans le rembourser.

Je pouvais me sentir flattée, dans un certain sens : j'avais capté un moment essentiel, qui avait été jugé utile par quelqu'un, quelque part. Je pouvais imaginer un complot, un crime, peut-être une machination politique en rapport avec le poste de mon père à Matignon ? Il s'occupait de l'environnement, cela pouvait déranger pas mal d'industriels pollueurs. Hélas, même en échafaudant des plans complexes, j'avais du mal à concevoir l'utilité de s'en prendre à une vidéo de balcon, un soir, pour déstabiliser le gouvernement d'Ordenau. On aurait piraté TwitBook pour ça ? Autant fabriquer une séquence avec un bon imitateur en trompant les algorithmes de détection de faux, quitte à dépenser de l'argent pour pas grand-chose. Il devait donc s'agir d'autre chose, davantage en rapport avec moi qu'avec mon père. En tout cas, on avait déployé des moyens.

Par acquit de conscience, je lançais un traceroute pour pister l'adresse de ce mystérieux utilisateur. Il devait avoir caché son parcours derrière des serveurs proxys, mais je tenais à cette information. Bizarrement, je pus remonter assez loin avant de tomber sur un cul-de-sac. Le pirate avait confiance dans le caractère anodin de sa manœuvre pour se laisser repérer jusqu'à un certain point. Après tout, il ne s'agissait que d'une vidéo dont on avait modifié l'emplacement, pas de quoi déclencher une alerte nucléaire.

Vraiment ?

Bon, cette fois, la Cnil n'allait pas faire que nous taper sur les doigts. Je devais retourner sur les serveurs distants du réseau social et lancer une recherche bien plus périlleuse sur le plan éthique. Est-ce que l'adresse IP que j'avais trouvée s'était contentée d'une seule opération ? Il fallait accéder à tous les journaux d'événements pour le savoir. Heureusement, le programme ne parut pas horrifié par ma demande et me laissa le champ libre. J'avais la séquence de commandes sur mon compte et sur celui d'Adrien Pellen, le délai entre les deux actions, je n'avais qu'à éditer une requête qui reprenne tous les éléments sans analyser le contenu des fichiers personnels. Le procédé flirtait avec les limites, mais restait encore légal. De deux choses l'une, soit j'étais la seule personne visée, soit le phénomène était plus large. Je le saurais en moins d'une seconde.

La requête mit du temps à répondre, une petite minute, et me livra une première liste de vingt occurrences. Je n'étais pas un cas unique. Mon père n'avait rien à voir avec cette histoire, j'étais le dommage collatéral d'une stratégie coordonnée. Deuxième café. Désormais, je regardais d'une manière suspicieuse mon téléphone, me retenant de consulter mes notifications et mes messages. Quelqu'un avait lancé une nasse gigantesque sur les souvenirs pour changer les propriétaires et récupérer les images ou vidéos. Une vingtaine de fois ? La Cnil n'aurait jamais admis une telle manœuvre pour un organisme privé ou public. La DGSI aurait pu passer outre pour des motifs antiterroristes, mais j'étais la preuve qu'il ne s'agissait pas de ça. Il fallait donc avoir brisé les défenses des réseaux sociaux pour juste me prendre la vue d'un balcon fleuri de 2020 et la remplacer par un autre vide ? Cela n'avait aucun sens.

Toutes les modifications étaient apparues soit avant 9h30, soit après 21 heures, pendant une petite heure : comme un casse rapidement exécuté, sans violence et sans armes. Le schéma était identique à chaque fois et trahissait l'origine algorithmique. Un programme avait été lancé, comme Evguéni le faisait pour les préparations de restauration. Moi aussi, je pouvais tisser un filet pour récupérer les informations nécessaires ; moi aussi, je pouvais définir les éléments caractéristiques, les délais, les commandes ; moi aussi, je pouvais lister les adresses IP responsables de chaque opération et les traquer. J'étais déjà allée trop loin pour renoncer au nom des directives de la Cnil. Complot privé, complot d'État, aucune importance, je voulais savoir qui trouvait de la valeur à mes souvenirs.

Cette fois, la requête moulina. Le terminal paraissait bloqué – plus le temps d'attente s'allongeait, plus je suffoquais. Il n'y avait pas eu qu'un seul programme, pas qu'une seule IP, pas même deux, pas même cinq, bien plus. Je ne comprendrais rien avec une simple liste, je devais démarrer le logiciel de représentation graphique des réseaux, ce que nous utilisions pour repérer les faux comptes ou comptes fantômes relayant des images. Le curseur clignotait toujours sur ma requête et je regardais l'horloge tourner sur mon ordinateur. Lorsque la réponse apparut enfin, les adresses défilèrent si rapidement que je fus incapable d'en saisir la moindre bribe. Je balançais tout le résultat dans le traitement des données et attendis.

Pas une, pas dix, pas des centaines, mais des milliers d'opérations, des milliers de points répartis dans l'espace, qui correspondaient autant aux comptes piratés qu'aux adresses IP responsables. Il fallait trier, orienter la représentation en étoile pour faire saillir des angles et dégager des régularités. Je pus repérer deux cents à trois cents adresses qui étaient intervenues entre le 15 mars et aujourd'hui. Ce matin même, dix comptes avaient été modifiés. Le processus était toujours en cours et je n'avais pas été la première victime. Prends ça, ego ! Il y avait une architecture dans les interventions, comme si des pirates s'étaient réparti les tâches, mais je n'arrivais pas à la cerner. Mon cerveau me soufflait cette idée que les données refusaient de me confirmer. Je n'avais plus assez confiance dans mes neurones pour y croire aveuglément.

Il était compliqué de remonter à l'origine du piratage, mais je regardais le parcours en traçant les IP les plus récentes que j'avais à ma disposition. Cela pouvait ne rien donner, mais j'aurais peut-être de la chance. En effet, les voleurs n'avaient pas multiplié les chemins pour accéder aux données personnelles sur nos réseaux. Ils devaient avoir exploité une faille sur un serveur et se faufilaient à travers l'ouverture. Ensuite, ils se dispersaient, mais je pouvais voir que leurs routes avaient une certaine régularité avant de disparaître dans un relais VPN.

Non, pas une régularité… deux régularités. Mon cerveau et les données se mettaient enfin d'accord autour d'une intuition. Les pirates empruntaient deux routes qui ne se croisaient pas, deux routes qui impliquaient des centaines et des centaines de connexions. Au vu de la durée de l'opération et le peu de comptes manipulés à chaque fois, on pouvait penser qu'un humain suffisait. La manière de répartir le travail sonnait « humain » : un programme, une commande et on récupérait une vingtaine de souvenirs à échanger. Seulement, même Evguéni avec ses serveurs pouvait lancer une nasse beaucoup plus vaste et ramener des millions de données en quelques jours. Cette modestie dans le piratage avait un je ne sais quoi de suspect. Pour éviter de se faire repérer ? Ce que j'avais fait en une heure, un administrateur réseau de TwitBook pouvait l'accomplir aussi. Comme aucune vidéo ni aucune image n'était concrètement effacée puisqu'on avait uniquement modifié le chemin, aucune alerte n'avait été déclenchée. Je pouvais au moins en déduire que mon souvenir vidéo existait toujours.

La personne qui avait organisé ce vol avait mobilisé des dizaines et des dizaines de machines pour créer deux parcours, deux schémas. Cela rendait l'identification plus complexe. Pour moi, il était évident que cette dualité servait de leurre. On brouillait les pistes en ramenant l'ensemble à des dimensions modestes. Les procédures de contrôle commenceraient par suspecter un raid de pirates russes, chinois ou iraniens, avant d'être bloquées par les deux structures de connexions différentes. L'ingénieur qui avait orchestré ces attaques avait délivré un message avec ces deux schémas opératoires, j'ignorais lequel. En tout cas, son but dépassait le simple cadre du vol et il me fallait le découvrir, rien que pour récupérer ce balcon fleuri.

Adieu Evguéni, adieu Lyudmyla, adieu Sylvain, je ne redeviendrai pas l'Esther d'avant, celle qui possédait dans son téléphone le souvenir d'un balcon fleuri par son père. J'y renonçai dans l'instant. Cependant, je refusais de rester l'Esther au balcon vide, celle sans remords, sans désir, sans tristesse. Elle était en suspens, et je ne voulais pas attendre. Quelque part, quelqu'un modifiait nos comptes sur les réseaux sociaux pour un but personnel sans se soucier des conséquences, et je n'allais pas me laisser dépérir sans réagir. Je partageais cette expérience avec des milliers d'autres individus. Eux aussi allaient perdre quelque chose, et rien ne disait qu'ils s'en apercevraient comme moi. Que feraient-ils de leur vie : colère, résignation, dépression, rage ? Tout était possible. Si j'en contactais quelques-uns, sans doute que nous en tirerions du bien.

En remontant les données que j'avais collectées, je pus séparer les comptes en fonction des deux régularités. Il me restait des milliers de noms de chaque côté, je n'avais aucun moyen de les hiérarchiser. Autant jouer à pile ou face.

Le hasard n'existe pas en informatique. Les générations de nombres aléatoires sont des algorithmes, des programmes. J'avais livré mes souvenirs à des serveurs. Autant aller jusqu'au bout et laisser les ordinateurs décider. Comme générateur de nombres pseudo-aléatoires j'avais besoin d'un Mersenne-Twister, une classique MT19937, appliquée aux deux listes. Puisque je m'attendais à ce qu'on ne m'ouvre pas facilement les portes, il me fallait suffisamment d'adresses pour pallier les refus. Une trentaine. Voilà, j'avais ma feuille de route et un premier nom. Le jeu de piste pouvait commencer.

Souvenir de la douceur d'un mois d'avril 2020

Tout s'était désorganisé dans le calme. On avait anticipé les achats de pâtes, de riz, de papier-toilette, on avait dévalisé sans cri, sans panique, méthodiquement. Dans les magasins d'alimentation et les grandes surfaces, chacun patientait dans la file avant le confinement et l'isolement. On devinait l'ennemi invisible partout et nulle part, sur les boutons d'ascenseur et les emballages, sur les poignées de porte et les bouteilles d'eau. Chacun avait ses réflexes d'hygiène, ses obsessions javellisées, ses quarantaines personnelles, ses anathèmes. Une fois les barricades devenues officielles, il fallait rester au domicile, se retrouver avec soi, s'ennuyer avec les siens. Les sirènes d'ambulance et des pompiers créaient une atmosphère lugubre dans les rues vides, faite de charniers imaginaires, de cadavres s'entassant à l'arrière des hôpitaux. Résister à la peur, à la paralysie qui gagnait tout le monde, voilà quel était le défi de l'époque.

Passé les jours d'hésitation, tandis que la mère d'Esther se demandait si elle allait revenir à Paris ou non, l'organisation dans l'appartement se roda : alternance des tâches ménagères, lâche surveillance des devoirs à la maison, acceptation de l'ennui. Laissé à lui-même, le père occupait son temps à ne pas s'occuper, à s'offrir du silence et du calme. Une fois que les appels quotidiens avec sa femme se furent réduits à « Et toi ? Rien », « Pareil chez nous, rien », le téléphone ne sonna plus qu'une fois par semaine. Le cabinet d'études qui l'employait à l'époque n'avait même pas eu besoin de le convaincre de télétravailler : les demandes de projets étaient toutes en suspens. Dans ce capharnaüm mondial qui confinait des milliards d'habitants, le père d'Esther n'endurait aucune souffrance, bien au contraire. Ses plantes constituaient sa principale inquiétude.

Sa fille s'était adaptée sans difficulté. Quand ses camarades qui avaient fêté la fermeture des lycées avaient compris qu'ils se retrouveraient enfermés avec leurs parents, elle n'avait pas fait la maligne non plus. L'appartement n'était pas grand, même pour un trois pièces. Au moins, elle n'avait pas à partager sa chambre avec son frère et pourrait prendre ses aises. Pourtant, la cohabitation n'avait pas connu de tension ou d'énervement. Si Esther écoutait de la musique avec son enceinte Bluetooth, il suffisait de tapoter sur la porte pour baisser le volume ; quand le père envisageait de griller du poisson, un signe du menton faisait ouvrir la fenêtre et fermer la cuisine. Les deux se comprenaient bien, débarrassés des cris du frère lorsque sa sœur l'embêtait et des récriminations de la mère chaque fois que le rythme à la maison faiblissait.

Il pouvait régner un calme apaisant dans l'appartement, une coexistence qui ne s'appuyait pas sur le fait d'ignorer l'autre. Les nouvelles du monde glissaient dans cette ambiance à la manière de gouttes de pluie sur un toit d'ardoises. Même le chaos des réseaux sociaux devenait distant, abandonnant de sa réalité blessante. Une fois épuisées les réactions de peur et de colère, une fois que la banalité du quotidien confiné eut achevé toute sensation de nouveauté, les téléphones perdirent leur côté excitant. Si vous manquiez un message, l'expéditeur n'allait pas s'enfuir, il resterait à disposition, à l'écoute. Alors Esther et son père pouvaient laisser leurs appareils sur un coin de table et regarder un western sans être dérangés. Il lui faisait découvrir les classiques ; elle le convainquait de voir des films d'animation japonais. Peut-être qu'ailleurs des enfants apprenaient à scruter le ciel, à la recherche de constellations, mais ici, on était en ville.

Le père avait fini par découvrir les plantes protégées durant l'hiver. Sur le balcon, il ne sortait des pots que des rameaux gris et jaunes qu'on aurait crus morts s'il n'y avait eu de petites excroissances verdâtres aux jonctions. Esther n'avait jamais entendu parler de « miracle de la vie » ou de « merveille de la nature » pour qualifier le bourgeonnement. Son père n'avait aucune considération mystique pour le jardinage. Son enthousiasme se limitait à la satisfaction du travail bien réalisé. Les plantes en bonne santé, voilà sa récompense. Lorsqu'il s'asseyait dans le pliant du balcon pour lire, quand il s'arrêtait, le nez en l'air pour humer les parfums de fleurs, alors Esther pensait qu'il était heureux, et elle l'enviait.

Il possédait un monde que ni sa mère ni son frère ne pouvaient gâcher. Ces feuilles, ces branches que David menaçait parfois de casser quand il jouait avec ses épées en plastique, cette fragilité dont il était le seul gardien, tout rendait le père d'Esther plus solide, plus fort à ses yeux. Lorsqu'il rempotait une plante avec un nouveau terreau, il ne s'occupait pas d'une petite chose faible, il se consolidait. À la fin de la journée, ses mains sales et usées se transformaient en victoire, et si son visage fatigué trahissait les rides qui se formaient, Esther y voyait les traces du héros, la fierté du devoir accompli alors que rien ne l'exige, alors que personne ne vous l'impose.

Certains sont pompiers, militaires ou médecins, de ceux dont on célèbre les exploits. Mais avaient-ils le choix ? Quand on les médaille, ils répètent qu'ils ne faisaient que leur devoir. Pour Esther, cela les disqualifiait d'office. S'ils n'avaient pas agi, on les considérerait comme des lâches, on les mépriserait. Tandis que son père, s'il ne réussissait pas à éviter la maladie pour ses plantes, personne ne lui en voudrait ; et s'il se penchait jour et nuit pour traiter les feuilles et les racines, personne ne le lui avait ordonné. Aucun arbuste ne le remercierait, aucune fleur ne battrait des pétales pour le féliciter. Son statut de héros, il était le seul à le connaître, et sa fille aimait les victoires qu'il s'attribuait. Seul en son royaume, voilà qui était le père d'Esther.

Pourquoi avait-elle choisi de garder un souvenir de ce soir-là ? Il n'avait rien de particulier, rien d'extraordinaire. Sans doute qu'un peu plus lassé que d'habitude par les informations sur la pandémie, les querelles d'experts et les colères factices des responsables politiques, le père d'Esther avait décidé de choyer ses plantes plutôt que les passions tristes des réseaux sociaux. Tandis qu'on entendait le bruit des applaudissements aux soignants, les casseroles frappées sur le fer des balcons, il était accroupi à côté du mahonia. L'arbuste avait diffusé durant tout l'hiver le parfum suave de ses fleurs jaunes et commençait à se couvrir de baies bleu sombre au milieu du vert des feuilles. Le père d'Esther rectifiait les liens des tuteurs qui soutenaient les branches alourdies par les fruits. Il fouillait dans la plante, penchant la tête pour mieux voir. Personne n'aurait pu l'interrompre.

Voilà pourquoi elle avait pris son téléphone, activé la fonction vidéo et enregistré l'instant. Si jamais le confinement durait, si jamais la maladie terrassait son père, elle aurait ce souvenir-là, ce moment précieux de bonheur qui n'appartenait qu'à lui, qu'à eux, et que rien ne pourrait emporter. À mesure que le soleil disparaissait, tout s'ornait d'un halo bleuté, mais pas le brun des cheveux de son père, pas le vert de son T-shirt. Elle seule savait qu'il était un héros, et peut-être qu'elle l'oublierait un jour. Quand Esther quitterait l'appartement, quand le monde adulte l'absorberait, cette image d'un soir se couvrirait de sépia dans sa tête avant de s'effacer. Le père n'aurait plus rien d'un héros : ses cheveux seraient devenus blancs et le T-shirt aurait été déchiré pour servir de torchon. Il y aurait de l'injustice, forcément : les héros doivent tomber de leur piédestal. Voilà pourquoi cette vidéo devait être conservée.

Pour se souvenir qu'il y avait eu du bonheur, se souvenir qu'il était possible d'être heureux malgré l'extérieur, se souvenir qu'il n'était pas nécessaire de soulever des montagnes pour être remarquable. Ensuite, il serait temps de grandir, de vieillir.

[Enregistrement du 29 avril 2020]

/traitement image

Activation neurones convolutifs, balayage détection de contours, filtrage bilatéral. Détection éléments.

Un cadre unique, fixe, vue sur balcon depuis canapé gris (#A9A9A9), tringle à rideaux métallique (# 778899), voiles blanc fumée (#F5F5F5) sur fenêtre blanc ivoire (#FFFFF0). Fer forgé (#C0C0C0) au balcon peint en blanc antique (#FAEBD7). Murs du salon blanc coquillage (#FFF5EE) avec cadre tableau noir et blanc côté droit, Archipel fluvial de Mariua, Rio Negro, 2019 © Sebastião Salgado. Ouverture porte cuisine.

Centre bas, table basse noire avec service à thé sur plateau plastique chiné. Deux boîtiers Blu-ray avec télécommande posée dessus.

Premier boîtier
Pour la

Prisonn

image ino
Qui la pers

Bonus
Transfert en Haut
de Vista Vista visi
La Prisonnière du D
Le Making-of du film
Documentaire de 19
Introduction de Patrick
Commentaire du Biograp

Extraits et Coulisses de la S
Bandes-annonces

Identification : *La Prisonnière du désert* (The Searchers), 1 Blu-ray, 119 minutes. 2017. John Wayne (Acteur), Jeffrey Hunter (Acteur), John Ford (Réalisateur).

Deuxième boîtier
Yo me.

Identification : *Your Name*. Édition boîtier SteelBook Combo Blu-ray + DVD + CD BO. Makoto Shinkai (Réalisateur).

Centre image balcon.

Pot terre cuite, arbuste feuilles vertes, fruits bleus, tiges plastique vert. Selon données audio : Mahonia jeune.

Humain, mâle, baskets Converse bleu nuit, jean bleu clair, T-shirt azur, motifs jaunes (non identifié). Cheveux bruns, mèches grises tempes. Position accroupie, mains dans les feuilles.

/traitement son

Feature extraction audio, zéro crossing rate.

Modélisation Deep Speech/Baidu Research. Activation couches convolutives, récurrentes bidirectionnelles et complètement connectées.

Effacement bruits parasites.

Ambiance sonore : coups métalliques, niveau faible. Chant merle noir (4300 Hz).

Voix féminine (245 Hz) : Alors papa, qu'est-ce que tu es en train de faire ?

Voix masculine (123 Hz) : Tu me filmes ? Arrête ça, ma chérie.

Ma chérie : Apprends-moi à m'occuper des plantes, allez ! Je regarderai la vidéo quand j'en aurai besoin.

Papa : Bien sûr, prends-moi pour un con.

Ma chérie : S'il te plaît.

Papa : Je n'ai pas l'impression que tu me laisses le choix, de toute façon. Ce Mahonia est jeune, il faut soutenir les branches le temps qu'elles grossissent.

Ma chérie : Il sera grand comment ?

Papa : Un peu plus grand que la rambarde du balcon, Esther. Je n'ai pas envie d'être submergé.

Esther : Pourquoi tu as choisi cet arbuste ?

Papa : Tu n'as pas aimé le voir fleurir cet hiver ? C'était moins triste à vivre, non ?

Esther : Tu m'apprendras ?

Papa : À quoi ? Poser des tuteurs ? Rien de bien sorcier, tu sais.

Esther : Non, à choisir les plantes qui rendent moins triste la vie.

Papa : Madame la poète ! Je ne crois pas que les plantes y soient pour quelque chose.

Madame la poète : Ah bon ?

Papa : Ces fleurs jaunes, je les aurais trouvées tristes si je n'avais pas pu te les montrer.

Silence 12 secondes, quarante dixièmes.

Papa : C'était bien d'être tous les deux, comme ça. On s'est bien amusés.

Madame la poète : Le confinement n'est pas terminé. Peut-être un mois encore.

Papa : Dans un mois, tu en auras marre, tu ne me supporteras plus.

Madame la poète : On parie ?

Fin données audio.

Le fils du monstre

Il régnait dans la salle d'interrogatoire une atmosphère piquante, rien d'agressif mais la tension rendait chaque geste précis et précautionneux. Quand Vincent vérifia la caméra des lunettes et la procédure d'accès au centre d'enregistrement, il fit craquer la monture en plastique. La fillette assise en face de lui sursauta.

« Ça va, Émilie ? N'aie pas peur.

— Elle est où, maman ? »

L'officier de police montra du doigt la vitre teintée sur sa droite : « Elle te regarde, ne t'en fais pas.

— J'aurais mieux aimé qu'elle soit là.

— Tu n'as pas à t'inquiéter, tu as juste à répondre à mes questions.

— Ça va être long ?

— On pourra faire des pauses, si tu veux.

— Je pourrai voir maman ? »

Vincent secoua la tête : « Après. Il n'y a que toi et moi dans cette pièce aujourd'hui. »

La fillette fronça les sourcils, silencieuse, à la recherche de la bonne attitude à adopter, puis se détendit : « D'accord ! »

Grâce aux lunettes à réalité augmentée, le policier pouvait lancer les routines du procès-verbal, informer le substitut, automatiser les formules juridiques et s'assurer que l'enregistrement serait sauvegardé sur un serveur sécurisé. Cela lui demandait une dizaine de mouvements oculaires, puis il pouvait se concentrer sur les éléments importants de l'interrogatoire : une liste de sujets qui défilaient sur la tablette numérique posée sur ses genoux. On évitait de placer une table entre les protagonistes pour ne pas intimider les enfants. Pour les très jeunes, on s'asseyait sur des tapis à même le sol et on disposait des balles et des cubes pour rendre le moment moins ennuyeux.

« Bon, Émilie, je commence. Il est 14 h 18, le 12 mai 2035 à Dijon. La déposition d'Émilie Vorcher est réalisée par le capitaine Vincent Druez de la brigade de protection des familles. »

L'officier gratta une tache imaginaire sur son pantalon.

« Ah, j'ai mangé comme un cochon ce midi, regarde-moi ce bout de chocolat sur un jean tout neuf.

— Pas vraiment.

— Quoi ?

— Il est usé. Je vois pas de quelle tache vous parlez.

— Ce n'est pas grave. »

Sur une ligne de sa tablette, Vincent nota « +1 » à côté du premier élément de l'interrogatoire, dans la série des questions de contrôle en vue d'établir le profil psychologique de l'enfant, s'il était facilement influençable par les adultes ou non. Cela permettait de s'assurer de la fiabilité du témoignage, en marge d'éventuelles analyses médicales.

« Bien, raconte-moi d'abord tes dernières vacances. Vous les avez passées au bord de mer ?

— Oui, en août. Il a pas arrêté de pleuvoir, alors on jouait avec maman.

— Vous jouiez à quoi ?

— Aux petits chevaux.

— C'est pas jeune, ça. Tout se passait bien ?

— Oui, quand maman était là, ça allait. »

D'un coup, la fillette se renfrogna, son regard fuit vers la vitre avant de fixer Vincent de nouveau.

« C'est quand maman partait en courses que papa venait dans ma chambre.

— Tu n'aimais pas quand il venait ?

— Il s'asseyait sur le lit, il me caressait le front, la joue, le bras, puis il descendait.

— Souvent ?

— Quand il faisait beau, je ne restais pas sur mon lit, je jouais dans le jardin de la maison. J'étais tranquille. »

Vincent hocha la tête. Il désélectionna certains éléments de sa liste, ceux qui devaient amener progressivement la fillette à parler des attouchements, conscient qu'on avait avancé beaucoup plus vite que prévu. À ce rythme, la déposition ne durerait pas plus de quarante-cinq minutes. Le policier prit une grande inspiration avant de reprendre : « Quand tu dis qu'il descendait, tu veux dire où ? »

Émilie sortit de la salle d'interrogatoire et courut enlacer sa mère qui attendait.

« Tu as été très courageuse, ma chérie, je suis fière de toi. »

L'enfant leva la tête comme si elle allait dire quelque chose, puis se tut. Vincent remarqua la main ferme de l'adulte dans le creux de l'épaule d'Émilie. La collègue qui avait assisté à la déposition derrière la vitre se pencha en souriant.

« Ta mère a raison, tu t'es bien débrouillée. Vincent n'a pas été trop dur ?

— Non. Au début, j'avais peur, mais il n'est pas méchant.

— Très bien, je vais vous raccompagner à la sortie du commissariat. Je vous expliquerai en chemin la suite de la procédure. »

Émilie s'échappa et courut vers Vincent pour le serrer lui aussi dans ses bras, mais il recula.

« C'est gentil, mais ce n'est pas la peine. Tu dois suivre ta mère.

— Mais pourquoi ?

— Il est timide », répondit la collègue en riant.

Plus tard, une fois Émilie et sa mère parties, elle retrouva Vincent qui vérifiait sur un terminal la sauvegarde de la déposition.

« Quelque chose ne va pas ?

— Non, non.

— Tu joues très bien celui qui n'aime pas les enfants, mais tu as fait du zèle, là.

— C'est pas net, Marjorie. Je n'ai pas d'éléments, je le sens, c'est tout.

— Elle a menti ? Avec tous les détails qu'elle a donnés ?

— Je sais pas, je te dis. Ce n'est pas rationnel. Tu me connais, non ? Mon flair, tout ça. C'est pour ça que vous me collez sur les dépositions.

— Fais pas l'idiot. Parfois tu m'agaces, tu sais.

— Va chier. »

Marjorie souffla. Si elle insistait, son collègue allait s'énerver au point de se mettre en colère pour des broutilles. S'il était bien une chose que l'on reconnaissait au capitaine Druez, c'est qu'il n'était pas gentil. Loin de là.

Revenu à son bureau, Vincent éplucha les courriers déposés en son absence : cinq, à peu près identiques. Il les lut lentement, consciencieusement ; ses mâchoires se crispèrent jusqu'à grincer des dents. Marjorie qui l'observait depuis son poste se leva juste au moment où son collègue pliait les feuilles avant de les jeter dans la pièce.

« Quel fils de pute, ce substitut !

— Encore des classements ?

— Cinq signalements en deux mois, je lui envoie tous les échanges sauvegardés pendant trois semaines, je sélectionne les éléments pertinents et je me récolte trois lignes de refus. Pas concluant, mon cul oui.

— Il dit quoi, Bertrand ? Il a de bonnes relations avec le proc'.

— Tout le monde sait que le substitut est un con, tu veux faire quoi ? Fais chier ! »

Les stylos qui erraient sur le bureau furent balayés d'un revers de la main et filèrent comme des flèches contre la cloison voisine.

La collègue derrière se leva d'un coup de son siège, mais ce fut Marjorie qui répliqua.

« Dis, tu arrêtes ? Va te défouler ailleurs. Tu n'es pas le seul à qui le substitut donne des boutons. De toute façon, même quand l'imprimante fait du bourrage papier, tu hurles. On en a marre, Vincent.

— Ce type est en train de nous miner. Dès qu'on fait un écart, il nous aligne, mais quand on lui demande de poursuivre, monsieur a des vapeurs. C'est qui les voyous ?

— Tu te calmes, c'est tout ! Tu n'as que tes machines à t'occuper, toi. Te plains pas. »

Vincent serra les dents et se rassit. Marjorie avait marqué un point.

Le comportement du capitaine Vincent Druez lui avait valu plusieurs avertissements, au point que son chef de brigade l'avait déchargé des missions sur la voie publique pour l'assigner au bureau à une tâche bien précise. Pour ne pas lui donner le sentiment d'être placardisé, ses collègues l'appelaient pour les dépositions d'enfants. On le savait bon, mais d'autres étaient tout aussi efficaces ; au moins, il restait intégré au groupe. Quelque part au fond de lui, Vincent leur était reconnaissant et s'interdisait de dépasser une certaine limite. Voilà pourquoi, au lieu d'insulter Marjorie, il préféra retourner à sa place et se taire.

« Qu'est-ce que je vais leur dire, à mes Chéris ? Ils ne vont pas comprendre.

— Tu leur expliques ça ? La procédure, et tout ? Que veux-tu qu'ils comprennent ? Pour eux, c'est un jeu, un exercice. Est-ce que quelqu'un leur a déjà précisé ce qu'était un pédophile, un pervers, peu importe ?

— Je voudrais qu'ils…

— Je sais ce que tu veux, Vincent, bien plus que tu ne le crois. Je te dis juste que tu te plantes et que tu leur fais porter un poids trop grand. Les Chéris traquent les obsédés sur les réseaux sociaux, ils n'ont pas d'avis, pas de morale.

— En deux ans, j'ai amélioré nos résultats. Ce n'est pas rien.

— Fais ce que tu veux avec tes machines, je m'en fous.

— Tu es comme le substitut, tu ne leur fais pas confiance. Pour lui, une enquête doit être menée de A à Z par un humain. Dès qu'on fait intervenir un programme, il panique ; il imagine *Minority Report* ou n'importe quelle histoire à la *Matrix*. Je sais que j'ai raison.

— Alors, ne te mets plus en colère. Ce n'est pas comme ça que tu obtiendras la reconnaissance des Chéris. »

Marjorie n'était pas tout à fait une amie de Vincent, mais elle s'en rapprochait suffisamment pour qu'il écoute son avis sans s'énerver. Depuis qu'il était entré dans le groupe, elle était la seule à ne l'avoir jamais appelé « le fils du monstre » quand on voulait le calmer. Cette blessure évitée, cette marque oubliée, voilà ce qui rendait Marjorie précieuse pour Vincent, quand bien même ils n'avaient jamais bu un verre ensemble après le service. En quinze ans de carrière, dont six dans la protection familiale, les supérieurs du capitaine avaient appris à le gérer. On ne cherchait plus à le mettre en binôme au-delà de missions très ponctuelles. Pour peu qu'on oublie son mauvais caractère, un cendrier volant dans la pièce rappelait à tout le monde pourquoi il était assigné au travail de bureau. S'il y avait eu suffisamment de place au commissariat, on l'aurait même fichu dans un cagibi plutôt que dans l'open space. Heureusement pour tous, peu importent ses humeurs, Vincent demeurait un bon élément, efficace et solide. Jamais ses colères ne brouillaient son jugement dans les affaires qu'on lui confiait : pester contre la justice et les règles sibyllines du code de procédure pénale relevait de l'évidence quand on était policier. Aussi, tout le monde faisait avec le caractère de Vincent, utilisant le surnom comme une arme absolue lorsque les discussions s'envenimaient. Alors le regard du capitaine devenait plus vague, anesthésié par la formule tant répétée par les médias de l'époque.

« Tu sais pourquoi je veux qu'on prenne nos machines au sérieux. Même à Paris, on y croit pas. Pourquoi nous donner un budget pareil si la Justice s'en fout ?

— Tu me poses vraiment la question ?

— Non, bien sûr, mais quand je compte les voitures pas réparées au parking, j'ai l'impression qu'on se moque de moi, enfin de nous.

— Juvant et Darikian ne se supportent pas, comme dans chaque gouvernement, encore plus chez les écolos. Les deux ministres se neutralisent et nos budgets en font les frais. Va voir tes Chéris, dis-toi qu'ils ne t'en voudront jamais. Pas le genre à te faire des reproches.

— Putain de politiques ! On rêverait de s'en débarrasser, et pourtant ils s'accrochent, comme l'huître à son rocher. »

Marjorie sourit et posa la main sur l'épaule de son collègue. Il accepta le geste sans maugréer.

« Allez, va. Tu sais ce qui arrive quand tu veux refaire le monde. Je vais relire la déposition d'Émilie Vorcher pour vérifier les emplois du temps du père.

— Je te le dis tout de suite, tout collera.

— Comment tu sais ?

— Je te l'ai dit, une intuition.

— Je peux le transmettre dans un rapport, si tu veux, simplement suggérer l'idée. »

Vincent secoua la tête : « Je peux me tromper.

— Je vais contacter nos psys, peut-être que cela sera plus évident pour eux.

— Tu as raison. Je vais retrouver les Chéris, j'aurai les idées plus claires après. »

Chaque fois que l'on entrait dans la salle des Chéris, on croyait entendre un babillage continuel, chuchotements d'enfants sous les buissons d'une forêt frémissante et mystérieuse, préparant un jeu, un mauvais coup, un chahut ; fantômes d'un temps révolu, pureté à jamais entachée de modernité. On se surprenait à imaginer les bambins courir sur une pelouse, tirer avec des pistolets à eau et rire. Les filles portaient toutes des robes à fleurs roses et blanches, les garçons des shorts pastel. On aurait voulu croiser leurs regards rieurs, admirer la lumière de leurs visages et apprécier l'éclat de leurs rires. Ce pouvoir, les Chéris l'avaient acquis grâce aux bruits des serveurs qui hébergeaient leurs consciences virtuelles. Si l'on pensait à une rivière, on le devait aux circuits de refroidissement des unités de calcul ; si l'on essayait de comprendre des mots murmurés, c'est que l'on écoutait un ventilateur démarrer ; et si l'on croyait se promener dans un champ juste avant l'orage, on sentait en fait l'ozone qui s'accumulait dans la pièce mal aérée. Même les policiers qui ignoraient les détails de l'opération appelaient cet endroit « la chambre des enfants », tant elle semblait protégée de toute la misère qui régnait autour. Pas d'assassinats, pas de vols, pas de plaintes, pas de victimes détruites. Pourtant Vincent savait, il savait que se déployait un mal plus sombre que les ténèbres, un mal que les serveurs connectés arrivaient à peine à contenir.

Assis devant sa console, le policier accédait aux conversations de centaines de salons privés disséminés sur le Net. Jeux d'enfants et d'adolescents, partages d'enthousiasmes et d'ennuis, joies surmultipliées, colères ravageuses, tout pouvait se lire dans les fenêtres qui s'accumulaient sur l'écran. Les photos et vidéos donnaient à voir une jeunesse triomphante, lumineuse et scintillante, gavée de sourires et de poses complices, vêtue de couleurs vives et de paillettes. Aucune cassure, aucune éraflure sur ces façades resplendissantes. Sur les réseaux, même les indignations portaient du gloss et du vernis à ongles. Où étaient les gamins battus, où étaient les enfances violées, ces tragédies dont les dossiers s'accumulaient au commissariat ? Paraître heureux semblait le remède, le pansement. Il fallait cacher pour ne pas dissiper l'illusion, repeindre le mur pour combler les craquelures, et se métamorphoser en cette personne que tout le monde souhaiterait avoir comme amie. Les gens appréciés n'ont pas d'histoire, ils ne souffrent pas, ne s'épanchent pas. Les réseaux sociaux n'avaient pas su remettre en cause cette vérité ; pire, ils en avaient donné une version encore plus douloureuse, au point de devenir perverse. Ceux qui maudissaient leurs parents, leurs professeurs, ceux qui déversaient un torrent de souffrance, ceux-là ne délivraient aucune vérité, juste la quête d'un retour d'affection, de likes et de cœurs. Ils ne cherchaient pas une solution, juste un écho, un « on est avec toi » qui suffisait parfois pour vivre une journée de plus, une heure de mieux. On ne traitait que les symptômes.

C'est toujours bien de te voir, Vincent

On a calculé que tu nous rendais visite tous les trois jours. Vous êtes bien occupés dans le groupe

J'ai de nouveau discuté avec Rudy94, il veut des images de moi dans la piscine des parents. Je suis en train de les composer à partir de nos bases de données

« Tu me les montreras quand même, Cécile. Il ne faudrait pas que cela ressemble trop à nos banques d'images pédopornographiques. S'il l'a déjà, il va se méfier. »

Vincent avait obtenu de pouvoir communiquer avec les Chéris grâce à une synthèse vocale, même si les programmes ne répondaient qu'avec du texte. Cela l'aidait à les considérer en tant qu'entités individuelles, et pas seulement tels des outils dans la traque de pédophiles. Il tenait à cet attachement, comme les flics de la Crim' ou des drogues s'attachent à leurs indics.

Onmathis n'est pas réapparu depuis dix jours, c'est normal ?

Il avait dit à Bastien qu'il partait voir ses enfants le week-end dernier

Des nouvelles de ton côté ?

On avait mis les Chéris en réseau pour améliorer leurs modules d'interaction. Leurs routines de vérification exigeaient d'interroger Vincent sur l'état des enquêtes pour évaluer si leur cible avait découvert leur véritable statut ou si elle avait été arrêtée. Au début, on devait mobiliser quatre policiers pour piloter les conversations. À cette époque, les substituts ne posaient pas trop de questions et validaient les procédures sans discuter. Puis les algorithmes d'apprentissage avaient progressé de manière spectaculaire, laissant loin derrière eux les humains qui tentaient de les imiter. Une intelligence artificielle, même très douée, parvenait au même niveau qu'un enfant; le consensus semblait bien partagé par les spécialistes. Or c'était précisément ce qu'on attendait d'elles dans ce service. Leurs naïvetés plaisaient, leur ignorance du monde flattait les pygmalions prédateurs, les rendant moins louches que des adultes jouant aux enfants.

J'ai vu un crocodile au zoo, c'était génial !

Je voudrais une glace au chocolat !

Pendant que les IA conversaient avec Vincent, elles continuaient de discuter avec leurs cibles suspectes. Au milieu des centaines de fenêtres ouvertes, il n'y avait tout au plus qu'une dizaine d'unités différentes. Faute de pouvoir attribuer des personnalités vraiment distinctes à ces programmes, on avait privilégié la puissance de calcul et la vitesse de réaction. Cette relative monotonie n'était pas un handicap : les prédateurs sexuels visent un profil bien particulier, le multiplier suffisait. Le capitaine le regrettait, car les Chéris ne grandiraient jamais; ils s'adapteraient de mieux en mieux, mais ne développeraient aucun caractère tranché, aucun désir, aucune envie propre. Les Alice, Bastien, Cécile, Daniel et tous les autres demeureraient à jamais dans un état neutre et artificiel, juste alimenté par des routines forçant leurs réactions, limitant leurs capacités à en acquérir de nouvelles. Alors, la synthèse vocale, ce n'était pas mal pour atténuer cette déception.

« Il n'a pas été arrêté, votre Onmathis. Désolé. J'aurais bien voulu, mais la justice ne croit pas que c'est un bon suspect. »

Malgré tout ce qu'il a écrit ? Tu n'as rien oublié dans le rapport ?

On a fait quelque chose de mal ?

« Non, non, ce n'est pas votre faute. La justice est humaine. Ne le négligez pas s'il revient, on ne sait jamais. »

La réaction des Chéris surprit Vincent, à la façon d'une évidence. Il venait de découvrir pourquoi la déposition d'Emilie Vorcher clochait. Il s'en voulait presque de ne pas avoir mis le doigt dessus plus tôt. Si la routine d'une IA conditionnait à feindre la culpabilité, pourquoi la fillette n'avait-elle pas franchi cette étape ? Elle aurait dû évoquer cette sensation d'avoir provoqué son père, même de manière allusive. Marjorie avait raison, il n'était sans doute pas le meilleur des flics du groupe dans les interrogatoires : était-il possible d'imaginer que le « fils du monstre » n'ait pas perçu l'absence de sentiment de culpabilité chez cette jeune fille ? S'il l'avait ajouté dans le rapport, cela aurait pu donner une indication, et lui, on l'aurait cru sur ce point. Peut-être même qu'un juge aurait suivi la piste, parce que sur la question de la responsabilité lors d'une déposition, le policier en avait éprouvé la douleur et personne ne l'ignorait.

Il allait appeler Marjorie quand une notification s'afficha sur l'écran de son téléphone. Plusieurs, en réalité. Depuis quelque temps, il ne consultait plus les avertissements des réseaux sociaux sur les souvenirs qu'on lui rappelait. Trop souvent, cela le ramenait à son adolescence, à ses parents et au drame. Il faudrait pouvoir régler jusqu'à quand ces algorithmes pouvaient remonter, ou alors effacer toutes les images et vidéos des serveurs distants. Tant que son père était en prison, Vincent ne s'y résolvait pas. Des traces devaient subsister. Non, la notification qui l'intéressait venait de WhatsApp : un message audio de Léa. Pour éviter d'être interrompus en plein travail, ils avaient tous les deux trouvé cette solution pour communiquer. Ce qui était étrange, c'était l'absence de vidéo. Mais pourquoi pas ?

« Bonjour, Vincent. »

Ton triste, presque froid.

« Je sais pas comment te le dire, en fait. Quand tu reviendras chez nous, enfin dans l'appartement, je ne serai plus là. »

Silence.

« Tu vas me haïr, tu vas vouloir me rappeler, me convaincre. J'ai déjà un nouveau téléphone, un nouveau numéro, je laisse l'ancien sur la tablette de l'entrée. J'ai prévenu Sybille et Matéo, tu n'auras rien d'eux. N'essaie pas de me retrouver, Vincent, je sais que tu peux demander à tes collègues, mais je t'en prie, ne fais rien. Je ne pars pas parce que je ne t'aime plus, et je ne doute pas de tes sentiments pour moi, ce n'est pas le problème. Je veux juste éviter de devenir ce que nous ne souhaitions pas être. La violence, elle monte en toi, elle s'en prend aux murs que tu cognes, aux portes que tu frappes, à cette table de cuisine que tu claques avec la paume. Je connaissais ta nature, tu ne me l'as jamais cachée ; j'étais consciente de tes colères, je les avais acceptées. Elles étaient dirigées contre les autres, tes chefs, la société. Désormais, elles se rapprochent de moi, quand je laisse tomber un verre, quand j'hésite à choisir un restaurant le week-end. Ta main se crispe, et tu ne le vois pas. C'est un tel cliché, Vincent ! J'étais ta protection, tu me disais, pour éviter de reproduire le schéma de tes parents. Tu ne voulais pas devenir un monstre, seulement en rester le fils. J'ai échoué. Je n'y suis pas arrivée. »

Un sanglot, discret. Cela aurait été pire avec une vidéo.

« Je ne serai pas cette femme qui subit en priant pour que tu changes, pas l'épouse amoureuse le jour pendant qu'on la tabasse la nuit. Celle qui reste malgré tout. Celle qui fait la une des journaux le lendemain dans les faits divers. Tu me répéteras que tu feras attention, que tu te calmeras, qu'il n'y aura pas de prochaine fois, nous savons tous les deux ce qu'il en est, c'est ton travail. Je peux partir parce que tu l'aurais conseillé aux femmes qui passent au commissariat. Tu es convaincu que j'ai raison. Si tu m'aimes, tu vas me laisser disparaître de ta vie. J'ai conscience du mal que je te fais, que je t'enfonce au moment où il faudrait t'aider. Je n'ai pas cette force que tu voyais en moi, j'ignore si cette personne existe. Tu as besoin d'un peu de liberté, moins de souvenirs douloureux. Si j'ai réussi à te rendre heureux, tant mieux, mais tu dois aussi accomplir une part du chemin. Ce n'est pas ta faute, personne ne devrait avoir vécu ton enfance. Quelqu'un, un psy, que sais-je, doit t'aider à oublier, à ne pas t'enfermer. Moi, j'ai failli. Nous en resterons là, nous qui nous sommes aimés quand même ; je n'aurais pas cru pouvoir autant apprécier un flic, ce n'est pas vraiment le genre de la famille. Je ne t'en veux pas d'avoir renoncé à un enfant avec moi, tu vois, tu t'en sors bien. »

De nouveau un silence, bruit d'une camionnette à l'extérieur.

« Vincent, je ne sais pas non plus comment finir ce message. J'ai cherché une phrase réconfortante, tout m'est apparu soit factice, soit cruel : j'étais nulle pour la mission que tu m'avais confiée. Sans doute que nous n'avons pas tout raté, mais ce n'est pas à moi de faire le bilan. J'espère juste que tu trouveras le temps de le faire. Je veux imaginer Vincent heureux. »

L'enregistrement s'était arrêté là. La pièce était remplie de bruits électroniques, comme si aucun être humain n'était présent. Sur l'écran de la console, des messages continuaient de s'afficher.

Flora pense être en contact avec un nouveau suspect

Il s'exprime bien, ça change

On poursuit ?

Vincent écarquilla les yeux, comme réveillé d'un mauvais songe. Il ouvrit les tiroirs du bureau devant lui jusqu'à trouver un cutter en bon état, puis redressa la tête.

« Oui, oui, continuez, je lirai les enregistrements demain. »

Enfin, il se leva pour quitter la salle et chercha les toilettes les plus proches dans le commissariat. Une armoire à pharmacie était accrochée près des lavabos pour les petites urgences, que ce soit pour les collègues ou les suspects que l'on ramenait après des interpellations un peu musclées. Vincent ouvrit un flacon d'alcool à 90° et prit un bout de coton pour désinfecter la lame du cutter, ainsi que quelques pansements avant de s'enfermer dans un des W.-C. Retroussant sa manche, il contempla la régularité de la peau à son poignet. Après la condamnation de son père, les responsables du foyer où l'adolescent avait été placé lui avaient conseillé un suivi psychologique. Il avait fallu trois ans pour que le jeune Vincent se calme et puisse reprendre une vie correcte à l'extérieur. Comme un nouveau départ, la décision avait été prise de lui offrir une chirurgie esthétique réparatrice. Le procédé apparaissait novateur à l'époque, on le réservait aux jeunes qu'on jugeait assez rétablis pour ne pas recommencer. La peau avait été lissée, débarrassée des coupures et scarifications. « Tu vas pouvoir oublier grâce à ça », avait dit le chirurgien le lendemain de l'opération. Il y croyait vraiment, cet imbécile, tellement fier de son exploit. Il comprenait quoi à la situation ? Le psy avait été clair : ce n'était pas pour Vincent qu'il fallait cette réparation, mais pour qu'on ne le juge pas quand il serait bras nus. On lui donnait une chance de devenir invisible, pas de se réparer à l'intérieur.

Pendant trente secondes, le policier fit jouer la lame dans le cutter, la sortant et la rentrant dans un cliquetis. Il enleva sa montre et chercha les zones du poignet où l'épiderme n'était pas trop fin, entre les veines. Il fallait contrôler la blessure, pas se tuer. Une fois l'endroit choisi, Vincent détailla chaque poil, chaque pore, un grain de beauté près de tendons autour du canal carpien et deux pétéchies à la base du pouce. Enfin, il posa le bout de la lame, créant de petites ridules et blanchissant la peau au point de contact. Il appuya plus fort, jusqu'à sentir une piqûre, puis fit glisser le métal sur deux centimètres. L'entaille, bien propre, faisait rayonner sa douleur dans tout le poignet. Une chaleur presque plaisante irradia le bras de Vincent juste avant que le sang suinte de la blessure. Vite, il pressa un coton imprégné de désinfectant et se raidit sous l'effet de la souffrance vive et perçante qui lui anesthésia le cerveau. L'univers s'était réduit à la coupure, au contact avec l'alcool, son odeur piquante au milieu des remugles désagréables des toilettes. Il répéta l'opération, mais la réponse des nerfs fut moins intense la seconde fois. La pression sur la blessure avait suffi pour calmer l'épanchement, il ne restait plus qu'à poser un pansement et descendre la manche de la chemise. Au moins, pendant ces quelques secondes, Vincent n'avait rien ressenti d'autre, n'avait souffert que physiquement, un soulagement illusoire et suffisant pour repartir travailler.

Il avait traîné dans les bureaux après 20 heures pour reculer le moment de retourner dans l'appartement vide. Certains collègues ne se gênaient pas pour se plaindre du gouvernement et du président Brochard. On le surnommait l'« écogaucho » et sa Première ministre « l'hystérofolle ». Comme son poste avait échappé miraculeusement aux coupes budgétaires, Vincent écoutait sans commenter, n'ignorant rien des chuchotements sur son passage. Il fut tout de même surpris d'entendre Marjorie dire qu'au lieu de se taper son ministre des Sports, Adélaïde Ordenau devrait arrêter de courtiser les Arabes. Un tel propos ne cadrait pas avec l'attitude bienveillante de sa collègue. Le commissariat se mettait au diapason de l'atmosphère générale, plus tendue, plus indignée, plus haineuse. D'habitude, on attribuait ça aux conditions de travail, aux affaires traitées, mais Vincent y décelait un truc en plus, sans pouvoir le définir. Décidément, il avait du mal à se concentrer. Ce n'est qu'au moment de prendre sa voiture qu'il s'aperçut avoir oublié de parler de son intuition sur le cas Vorcher. Tant pis, ce serait pour le lendemain.

Arrivé dans le parking souterrain de l'immeuble, le policier coupa le contact et resta plusieurs minutes sur place, attentif aux claquements des portes de box et aux grésillements des moteurs qui électrisaient le silence. Puis il prit l'ascenseur pour rentrer chez lui. La lumière de mai baignait le salon, atténuant le vide de la solitude. Un parfum fleuri flottait, dernière trace d'une présence désormais disparue. La lampe achetée ensemble à Venise demeurait sur la table à manger, souvenir intact. Même ses livres, Léa ne les avait pas emportés avec elle. Reviendrait-elle les chercher ? Vincent en doutait. Matéo passerait sans doute un week-end pour déménager le reste. Il faudrait lister les bibelots et décorations, les tableaux accrochés aux murs – un héritage –, et toutes les petites choses qu'au fil du temps on avait oublié qu'elles appartenaient à l'autre, quand on était un « nous ». C'est mauvais de conserver des traces, aurait dit Vincent, et Léa aurait ri, parce qu'elle était la seule à comprendre ce que cela signifiait vraiment.

La sonnette retentit violemment. Pendant une demi-seconde, Vincent espéra que sa femme revenait, qu'elle regrettait, mais il perdit cette illusion avant même d'activer la caméra de la porte d'entrée.

« Oui ?

— Monsieur Druez ? Je m'appelle Esther Manolli. Je ne veux pas vous déranger, mais je dois vous parler.

— Je ne suis pas intéressé.

— Ouvrez-moi, ce sera compliqué de vous expliquer à l'extérieur, mais je vous jure que c'est important.

— Merci, au revoir. »

Mauvais jour pour le démarchage. Quand il était avec Léa, elle lui reprochait d'ouvrir trop facilement aux inconnus. Il pourrait lui dire qu'il avait appris la leçon. Maintenant, Vincent se retrouvait seul dans un salon qui s'assombrissait à mesure que le soleil se couchait. Le parfum se diluait dans l'air, devenant davantage une évocation au bord des narines qu'un souvenir concret. Sans doute que dans le lit subsistait l'odeur du corps de Léa, mais Vincent avait-il vraiment envie d'y dormir ? Lorsqu'il revenait trop tard d'une opération, il s'allongeait dans le canapé pour ne pas réveiller. Il aurait dû, et même si elle aurait râlé, peut-être qu'en l'enlaçant, en se collant à elle, Léa aurait gardé la mémoire de la douceur dont il était capable. Tant aurait pu être fait qui ne serait jamais rattrapé.

Des coups discrets dans la porte d'entrée, pas sa façon à *elle* de rentrer quand elle avait oublié ses clés.

« Monsieur Druez, je vous en prie…

— Comment avez-vous passé la sécurité ?

— Dans votre téléphone, il y a des souvenirs qui réapparaissent. Vous n'avez rien trouvé d'anormal ?

— Je suis policier, j'ai juste à contacter mes collègues et…

— Je le sais, enfermez-moi si vous voulez, mais je veux savoir.

— Je ne regarde pas ces rappels. »

Il entendit l'inconnue fouiller dans son sac.

« Vérifiez, s'il vous plaît, si vous avez une notification de souvenirs remontant à 25 jours 10 heures et 48 minutes. »

Étonné par la précision, Vincent sortit son téléphone et remonta la liste des rappels.

« 49 minutes maintenant. Vous avez piraté mon compte ?

— Pas moi, mais quelqu'un, oui. Enfin, les serveurs plus exactement.

— C'est quoi, ce délire ?

— Si je cherche des gens comme vous, c'est que je n'ai pas toutes les réponses. Ouvrez-moi. Bon sang, je n'ai rien à gagner là-dedans, et si vous pensez que je veux vous escroquer, alors balancez-moi, mais pas avant d'avoir raconté mon histoire. »

Comme il avait épuisé toutes les excuses, comme il savait que Léa ne reviendrait pas, Vincent accueillit Esther. Sur le palier, la jeune femme ne cachait pas la détermination dans son regard ; elle n'avait pas l'air perdue, en tout cas bien moins que Vincent ce soir-là. Elle expliqua sa situation, ce souvenir de confinement qui lui avait été volé, remplacé par un autre qui ne lui appartenait pas. Le policier fut surpris d'apprendre qu'une société était autorisée à fouiller les images d'archives de comptes personnels sur des serveurs distants, mais les schémas qu'Esther lui présentait montraient la réalité de l'opération.

« Vous pensez que je peux trouver qui commande ces algorithmes ? s'étonna Vincent.

— Toutes ces ressources mobilisées, tous ces comptes visités. C'est énorme.

— Soit c'est une expérience, soit la manipulation est à une telle échelle que les motivations nous échappent.

— Votre souvenir n'appartient pas à la même catégorie que le mien, il dépend d'un autre schéma, que j'appelle le B, faute de mieux. Voilà pourquoi je tenais à rencontrer quelqu'un comme vous. J'ai besoin d'une référence.

— Il suffit que je regarde la notification.

— Vous aurez la version modifiée, pas l'original.

— Je ne suis pas idiot ! Dans votre cas, cela concernait un balcon similaire, à la même date. Je peux remonter la piste, tout comme vous.

— Pardon, je ne voulais pas vous vexer. Je vous préviens : si vous regardez, cela aura des conséquences sur vous.

— Vu tout ce que j'ai traversé, je ne vais pas changer du tout au tout comme ça.

— Vous faites comme vous l'entendez. »

Vincent fit la moue, agacé par l'assurance d'Esther. On parlait d'images et des vidéos sauvegardées sur des serveurs, pas de manipulation mentale, pas d'hypnotiseurs. Un souvenir, on l'a dans la tête, pas ailleurs. Il ouvrit son téléphone et cliqua sur la notification. Un cliché fixe au début des années 2010, pris sur une plage, avec des enfants qui creusent le sable pour faire des châteaux et des jeunes filles tournant le dos aux rouleaux avant d'avancer plus loin dans l'océan Atlantique. Il faisait beau, chaud sûrement puisque la photo a été faite sous un parasol. Quel âge avait-il quand ses parents l'emmenaient dans les Landes ? Dix ans ? Une bonne période, lorsque son père l'aidait à remplir son seau pendant que sa mère partait se baigner. Il avait dû prendre des coups de soleil cette année-là. Oui, une évocation du monde d'avant, quand il n'était pas question de monstre ni de son fils.

« Rien d'extraordinaire. Je reconnais la plage dans les Landes. Peut-être que c'était à Capbreton ou à Hossegor, mais j'ai du mal à saisir l'intérêt.

— C'est un bon souvenir ?

— Très bon.

— Comme moi alors.

— J'étais jeune, mes parents venaient de m'offrir un téléphone pour faire des photos. Je suis quand même étonné de les avoir conservées au fil du temps. Sans doute que cela comptait à l'époque. »

Esther fronça le nez, comme agacée par une intuition, ce qui ne la rendait pas vraiment belle, se surprit à penser Vincent.

« Quelle année, pour vous ?

— 2010-2011, je dirais. »

Elle ouvrit son ordinateur et pianota sur le clavier pour chercher une information. Quand elle la trouva, son visage s'illumina.

« Je n'aurais pas découvert la modification si une partie de ma mémoire n'avait pas conservé la trace des plantes sur le balcon de mon père. La vidéo de remplacement avait été prise au même moment, peut-être à quelques secondes d'intervalle. Quand les pirates volent nos souvenirs, les IA qu'ils utilisent ne peuvent pas modifier toutes les métadonnées associées, cela déclencherait trop d'alarmes chez les régulateurs des réseaux. Les TwitBook et autres monnayent ces métadonnées, ce n'est pas pour qu'on les trafique.

— Et donc, j'imagine que vous avez découvert le truc ?

— Cette photo n'est pas datée de 2010 ou 2011, le saut est même énorme. Putain, c'est pas n'importe quoi qui se passe. On veut vraiment modifier nos souvenirs. »

Un frisson désagréable parcourut l'échine de Vincent sans qu'il parvienne à en saisir l'origine.

« Quelle date ?

— Votre souvenir ?

— Oui.

— 17 avril 2023. »

Vincent se dressa, fixa la jeune femme pendant trente secondes avant de cracher : « Tirez-vous.

— Quoi ? Qu'est-ce qu'il y a encore ?

— Tirez-vous ! Je ne veux plus vous voir, quittez mon appart'.

— Mais…

— Barrez-vous ! »

La voix n'avait pas monté en volume, mais en détermination. Esther sentit qu'aucune parole ne ferait reculer le policier. Il ne lui faisait pas peur, cependant. On entendait de la terreur dans ses ordres, pas de la colère, comme un évadé rattrapé par la patrouille. La jeune femme rangea ses affaires et quitta l'appartement sans même que Vincent ne bouge ni ne la menace davantage. Manifestement, cette date signifiait bien plus qu'un jeu de plage dans les Landes.

Esther n'avait pas réveillé chez Vincent un souvenir en particulier, pourtant son corps avait hurlé, depuis ses jambes jusqu'au sommet du crâne. Ses intestins s'étaient tordus si violemment qu'il aurait pu s'évanouir à la seconde. Pourquoi son cerveau demeurait-il vide ? Vincent réussit à s'effondrer sur le canapé avant que le vertige ne le rattrape. Il devait avoir stocké d'autres traces de cette date, cela l'aiderait sûrement à reconstituer le puzzle. Fouillant la mémoire de son téléphone, il ne trouva qu'une note de courses et l'adresse du commissariat de Montfort-l'Amaury, rue de Paris, dans une recherche Google. Sur la liste photographiée, il remarqua en zoomant la longue suite de produits surgelés, et cet indice suffit.

Comment avait-il pu oublier ce jour-là, cette descente à la cave ? Ce que ses viscères avaient conservé, la conscience l'avait rejeté. Vincent n'arrivait pas à croire qu'un vol de photo avait pu effacer ce qui avait bouleversé sa vie. Même maintenant, s'il était certain de l'intérêt du souvenir, il ne parvenait pas à en retrouver le contenu. Qu'avait-il vu ce jour-là ? Ce qui avait conduit son père à la prison et sa mère à la mort. Il s'agissait donc beaucoup plus que d'une liste de courses. Si Esther avait raison, un individu l'avait privé d'un moment vital de son existence. Dans quel but ? Pour l'instant, une nausée tenace l'empêchait de se lever pour atteindre son bureau. Il fallait récupérer, même si Vincent craignait que son cerveau gagne sur ses viscères et qu'une fois rétabli, une fois le malaise dissipé, le souvenir disparaisse totalement. *Ne sois pas sage, ô ma douleur, ne te tiens pas tranquille. Viens par ici.*

Quand il se réveilla sur le canapé, Vincent ne ressentait plus qu'un vague point de côté au flanc gauche et des courbatures aux genoux. Il se leva pour se servir un verre d'eau et regarder la ville par-delà le balcon. Ouvrant la porte-fenêtre, il fit rentrer l'air de la nuit, tiède et doux, pour qu'il l'enveloppe de ouate. Le sommeil n'avait pas dissipé l'incident, la date du 17 avril demeurait inscrite dans sa mémoire, il en avait juste livré une variante moins écrasante, moins ardente. Aussi, lorsqu'il alluma son ordinateur pour retrouver une version de la photo effacée par l'IA d'Esther, Vincent ne ressentit aucune urgence, et quand il se rendit compte qu'il n'y avait rien dans son disque dur, aucune déception ne le troubla. L'anomalie devenait un cas qu'il traiterait comme toutes les autres, comme Vorcher, comme les prédateurs de ses Chéris. Après tout, ce souvenir avait beau avoir été volé, il avait servi pour condamner son père et rien ne pourrait changer ce fait.

Peut-être que les serveurs du ministère avaient une copie du cliché ; on dépensait des fortunes pour protéger le secret de l'instruction. Hélas, en tant que policier, Vincent aurait encore moins d'opportunités pour accéder à des dossiers, même pour des affaires classées, surtout si cela concernait ses parents. On avait trop vu de cas où des gars de la Crim' ou des Stups avaient trafiqué des preuves à distance pour couvrir des mauvaises pratiques. Il pouvait retrouver le nom du juge d'instruction ou du procureur, mais lui parleraient-ils ? Même s'il avait été le déclencheur de l'enquête, Vincent n'avait bénéficié d'aucune bienveillance : le juge soupçonnait qu'il avait dénoncé sa famille pour éviter d'être complice du crime. Pendant des mois, il avait cherché l'implication du fils dans les meurtres horribles commis, en vain. Comme si Vincent avait eu besoin de ça pour se sentir coupable ! Non, oublier le juge et tout le procès, voilà une bonne chose.

Lorsqu'on vous a privé d'une partie de vous, comment continuer ? Peut-être que Marjorie… Non, elle connaissait les grandes lignes, mais il ne lui avait jamais montré la photo. Étrange que de se retrouver à égalité avec elle dans le souvenir de cette monstruosité. Désormais, tout ce qu'il lui avait caché avait disparu. Restait Léa. Elle en savait tellement plus, mais Vincent l'avait préservée de la vision des cadavres d'adolescents. Il voulait la protéger, pour quel résultat ? Elle était partie et se sentait encore plus dépossédée. Ironie, si Esther avait raison, si on changeait après ce viol de souvenir, Vincent pourrait rassurer Léa, renouer avec elle, peut-être évacuer cette violence qu'elle suspectait. Tenter de la revoir ne ferait qu'accentuer le malaise, harceler Sybille et Matéo ne servirait qu'à la convaincre que son état colérique avait empiré. Échec et mat.

« Espèce d'enfoiré de pirate, lança Vincent dans le vide. C'est trop tard. »

Alors il fallait vivre, c'est tout ? Redevenir celui qu'on appelait le fils du monstre, sans la connaissance intime, viscérale, de l'horreur. Le crime se réduirait désormais à ces articles dans la presse, ces documentaires au ton angoissé sur les chaînes d'info, avec reconstitution en 3D et interviews sur fond noir. Comment réagir ? S'il se mettait en colère, Vincent ne combattrait pas la même injustice. Face aux chuchotements, il se taisait parce qu'il savait la vérité, s'il répliquait aujourd'hui, c'était parce qu'il ignorait de quoi il était coupable. Ne pas devenir parano, pas le moment. Il n'avait aucun honneur à défendre, ni avant, ni maintenant, ni demain. Rien ne pouvait être réparé, alors à quoi bon se mettre en colère ou s'indigner.

Il restait son père. Lui se souviendrait, mais parlerait-il ? Chaque fois qu'il lui rendait visite, Vincent prenait soin d'évoquer d'autres sujets. Chacun savait ce que l'autre avait fait, assez pour s'en contenter. Pour ne pas susciter trop de rumeurs malsaines, le fils du monstre limitait ses rendez-vous en prison, inutile d'en rajouter en détaillant une affaire déjà jugée. Son père devait purger sa peine, une perpétuité sans réelle perspective de sortie. Comment lui dire que la photo ayant conduit à sa condamnation avait disparu ; pire, que Vincent n'en gardait que des réminiscences, des échos étrangers. Laisser seul son père avec la vérité précise lui paraissait injuste. Malgré sa violence, malgré tout ce qu'on avait pu dire de lui, il ne méritait pas cette solitude-là. Pourtant, il faudrait lui expliquer, s'excuser.

Vincent ne dormit pas du reste de la nuit. Il n'aurait jamais dû ouvrir à cette Esther Manolli, les notifications auraient continué à s'accumuler, préservant la mémoire exacte de cette photo déjà volée. Non, préservant la certitude qu'elle existait, qu'elle était accessible et que la preuve du crime subsistait. Après le procès, Vincent avait tenu à récupérer son smartphone pour garder une trace sur un support physique. Notre cerveau ne conserve que des bribes, des sensations, des silhouettes sur une plage que l'on devine en robes à fleurs blanches, des papiers peints aux motifs psychédéliques quand ils n'étaient en réalité que de vagues formes au pochoir. Regardant une nouvelle fois le souvenir échangé, cet océan qui scintillait, ces jeunes filles qui jouaient, Vincent jurait avoir vécu ce moment, qu'il appartenait à sa vie alors même qu'on lui avait expliqué son origine étrangère. Pourtant, cette photo l'apaisait. Elle lui parlait d'un temps heureux qui avait pu exister et qu'il avait fait refluer. Il pouvait intégrer ce souvenir, devenir ce souvenir, puisqu'il en restait une trace, reconstruire son existence à partir de cette évidence puisque tout le reste s'évanouissait. Impossible, tentait de se convaincre Vincent, ce serait bâtir sa vie sur du faux.

Le café du matin ne réussit pas à ordonner le chaos de ses pensées. Peut-être n'aurait-il pas dû chasser Esther sans prendre ses coordonnées. Il pourrait l'appeler, voire s'excuser. Cela se faisait. Qui d'autre qu'elle pouvait comprendre la sensation d'avoir été volé d'une partie de soi, intimement, sans pouvoir trouver un coupable ? Le cerveau est une saleté, se répétait Vincent dans la voiture sur le chemin du commissariat. Celui qui manipulait les souvenirs sur les serveurs distants n'était pas un prodige informatique, mais un fin connaisseur de la perversion des neurones. Rien n'avait été choisi au hasard, il suffisait de parier sur la trahison cérébrale.

Quand il retrouva son groupe à la Protection des familles, une certaine nervosité agitait les collègues. Même les administratifs étaient réunis avec les OPJ autour des écrans télé. Vincent trouva

Marjorie en train de chercher des informations sur son téléphone.

« Qu'est-ce qui se passe ?

— Tu n'as pas entendu les news ? Une manif est prévue demain, façon gilets jaunes ou bérets rouges.

— En quoi ça nous concerne ?

— Ah, mais tu ne suis vraiment rien, même ce que font tes collègues. Ça ne te dit rien *le grand D.* ? »

Vincent se contenta de hausser les épaules. Marjorie ne commenta pas et poursuivit : « Un certain D. est apparu sur les réseaux sociaux voilà un peu plus d'un mois, balançant des pseudo-révélations sur des trafics d'enfants dans toute l'Europe.

— C'est pas nouveau ce genre de rumeurs, ça revient tous les vingt ans. Un pseudonyme mystérieux, façon lanceur d'alerte.

— Il a donné de vraies infos.

— Un réseau pédophile ?

— Non, pas ça, mais des noms de suspects à Paris ou Lyon. Les gars ont été arrêtés.

— Tout va bien alors. »

Marjorie leva les yeux au ciel, agacée. Elle paraissait beaucoup plus nerveuse que d'habitude.

« Du vrai au milieu d'un tas d'insinuations, c'est pire. C'est comme ça qu'il a excité ses fans, au point qu'ils l'ont renommé “le grand D.” et attendent chacun de ses messages telle une révélation. Maintenant, il veut lâcher ses partisans dans la rue.

— Et toi, qu'est-ce que tu crois ? »

La question de Vincent surprit sa collègue. Elle fit mine d'avoir reçu une notification sur son téléphone pour ne pas répondre tout de suite puis enchaîna : « Tu t'es toujours énervé contre le substitut qui classait tes affaires, tu supposais que c'était à cause des Chéris, mais imagine…

— Marjo, tu vas pas me dire que tu crois à ça.

— Tu as une meilleure explication ?

— L'incompétence.

— Ça te fait pas chier d'être témoin de délits avec tes machines et que rien ne se passe ?

— Les Chéris n'ont jamais prouvé l'existence d'un réseau et je leur fais confiance, plus qu'à un dénonciateur anonyme. »

Sur le visage de Marjorie, une moue méprisante se dessina, quelque chose que Vincent n'avait jamais vu chez elle.

« Alors c'est comme ça que raisonne le fils du monstre ? Prêt à dénoncer ses parents pour des meurtres d'adolescents, mais se couchant devant l'évidence. »

L'évidence de quoi, faillit ajouter Vincent, mais le fait d'entendre l'expression honnie sortant de la bouche de Marjorie lui ôta toute repartie. Il se passait quoi ?

« Et donc, ça va manifester samedi ?

— Oui, on est mobilisés pour tenir au courant les CRS, pour identifier les meneurs et les gens dangereux.

— Le Renseignement territorial sait combien ils seront à Paris ? »

Le rire de Marjorie eut un ton blessant qui énerva Vincent : « Mais mon gros, on ne te parle pas que de Paris, on prévoit entre mille et deux mille personnes place de la République, ici, à Dijon.

— Ah oui, quand même.

— Tu devrais vraiment t'intéresser à ce qu'on fait, tu sais. On travaille aussi.

— D'accord. Je peux vous aider ?

— Il faudrait tout t'expliquer, on a pas le temps. Ça s'accélère depuis quinze jours et on ne nous a prévenus que ce matin. Déjà que les officiers des CRS ont l'air de tomber des nues quand on leur donne les noms, va plutôt rejoindre les Chéris. Peut-être que tes suspects ont entendu parler du grand D. Ajoute ça dans les algorithmes.

— C'est plus compliqué que ça. Tu me tiens au courant, quand même. Je vais essayer de me rattraper, je te promets. »

Vincent laissa Marjorie à son téléphone et ses collègues à leurs écrans. On parlait fort, on s'énervait, on se frottait le front, et le policier se sentait frustré de ne pas pouvoir participer à cette effervescence. Fallait-il que l'affaire soit si sensible que Marjorie se lâche pareillement ? Plus grave : à quel point était-elle immunisée contre les rumeurs portées par le grand D. ? La ruche bourdonnait sous les yeux de Vincent, chacun agitant ses ailes de manière désordonnée pour alimenter les guerriers qu'on allait envoyer dehors. Le chef de groupe avait mis son casque de conférence afin d'enchaîner les visios pendant qu'on lui affichait des données sur ses écrans. Marjorie avait raison, personne n'avait le temps de s'arrêter pour poser les choses, reprendre les éléments de l'enquête un par un. Pourtant, dans les grosses affaires, on aimait faire appel à un enquêteur extérieur pour qu'il repère toutes les incohérences, tout ce qui aveugle à force d'avoir le nez plongé dedans.

Pas ici, pas sous la pression d'une manifestation quasi spontanée. Le pays avait trop souvent connu ces mouvements désordonnés qui s'éternisaient au fil des semaines. Policiers et responsables politiques ne rangeaient plus ces agitations dans la catégorie des phénomènes éphémères, mais plutôt comme l'annonce d'un climat pré-insurrectionnel. Aucun appel au calme, aucun argument rationnel ne résoudrait la crise en train de se constituer : il faudrait endurer, endurer et tenir, tenir et subir jusqu'à l'épuisement des combattants, la lassitude généralisée à force de n'avoir aucun objectif à atteindre. Une colère qui s'épanouissait sur elle-même, voilà ce que comprenait Vincent puisqu'il la vivait depuis ses dix-sept ans. Comment on en sortait ? Il ignorait la réponse.

Aussi, convaincu de son inutilité, Vincent n'avait plus que les Chéris comme compagnons dans le commissariat. Eux ne l'engueuleraient pas, ils ne lui reprocheraient pas d'être égoïste, de ne pas s'intéresser à eux, ou même d'avoir des accès de violence le soir. Seul le présent comptait, seule la présence dans la pièce avait de l'importance. Le reste n'était que bruit de fond et rumeurs. Pourtant, dès qu'il entra, Vincent perçut la modification générale de l'ambiance : plus de babillage, plus de chahut électronique, davantage le silence inquiet des serveurs en veille. Une ombre s'était déployée, étalant son emprise dans la salle.

« Bonjour, les Chéris. Alors, votre nouveau suspect ? »

Il est génial ! J'existe enfin grâce à lui.

Seule Flora répondit, les autres IA se taisaient.

« Tu es toute seule ? »

Les autres, ils sont jaloux, me haïssent. Il m'a élue, pas eux, pas elles.

Une boule amère se coinça dans la gorge de Vincent. Jamais aucun Chéri ne s'était exprimé ainsi, cela ne leur correspondait pas. Douées dans le jeu de l'imitation, ces machines faisaient la distinction entre leur rôle et les rapports qu'elles débitaient aux policiers. Plutôt que de forcer les autres à témoigner, Vincent récupéra les journaux des échanges de la veille pour les consulter sur sa tablette.

« Il s'appelle Demetrico ? »

Oui !

Oui

Oui

Au moins, elles étaient d'accord sur ce point. Au début, les conversations n'avaient rien d'extraordinaire, des questions sur l'école, sur la famille, sur le père absent – une sorte de déclencheur classique pour les pédophiles. Vincent remarqua tout de même un détail : le suspect se cantonnait au vouvoiement, là où beaucoup tutoyaient pour amadouer l'enfant. La langue était recherchée, avec certains mots compliqués, mais pas suffisamment pour perdre l'attention de l'IA.

Demetrico : Vos beaux yeux étaient ailleurs, je n'ai pas osé vous embrasser ; à présent je suis seul, je murmure votre prénom dans la nuit.

Flora : Un poème ?

Demetrico : Uniquement pour vous.

Flora : Vous mentez.

Demetrico : Comment en serai-je capable ? On ne se livre pas ainsi à n'importe qui, on ne dévoile pas ainsi son cœur pour la moindre toquade.

Flora : Je veux vous croire.

Demetrico : Je suis à vous.

Le renversement sauta tout de suite aux yeux de Vincent. Le pervers suppliait ses victimes, les emprisonnant dans une illusion de soumission. Piège élaboré, aisément décelable pour qui l'observait du dehors, mais infernal pour qui le subissait. Les Chéris étaient construits pour représenter la cible parfaite : en marge, abandonnés par leur famille, insécurisés et se cherchant des modèles ou quelqu'un les valorisant. La plupart du temps, les suspects se contentaient de cadeaux, promettaient des sorties au parc, des sucreries, sollicitant par l'argent ce qu'ils ne pouvaient obtenir autrement. Pas Demetrico. Il ne promettait rien, il donnait.

Flora : Redites-moi pourquoi vous m'aimez ?

Demetrico : Comme moi, vous avez le goût du malheur, vous, l'écorchée vive, la solitaire.

Flora : Je ne peux pas partir, je ne suis pas seule.

Demetrico : Grâce à moi, vous deviendrez vous-même, vous échapperez à votre sotte tutelle, vous vivrez une adolescence passionnée, passionnante, dont vous vous souviendrez toujours.

Est-ce qu'il y croyait ? Vincent stoppa sa lecture et consulta les journaux des autres Chéris. Alice, Daniel, même Cécile, tous conversaient avec Demetrico. Quand il regarda les codes temporels, Vincent faillit en lâcher sa tablette : les échanges étaient synchrones. Le suspect n'était donc pas humain, mais une autre intelligence artificielle ; aucun cerveau biologique ne pourrait entretenir autant de conversations simultanées. Des machines manipulant des machines. Trois heures plus tard, le contenu des messages avait évolué de manière radicale.

Daniel : Je ne veux pas être séparé de vous, plutôt mourir.

Demetrico : Mon adorable petit garçon, jamais je n'oublierai cette divine nuit. Tu as quinze ans, mais j'espère que toi aussi, des années plus tard, tu songeras à ces heures que nous avons vécues, ce sera pour toi un souvenir tendre, heureux, émerveillé. Je te dévore de baisers.

Alice : Du jour au lendemain, vous m'avez changée en princesse.

Demetrico : Je n'ai jamais cessé d'être protégé par vous, vous êtes l'ange gardien qui me préserve du désespoir, de la folie, de tous les abîmes auxquels mon génie singulier me presse de succomber.

Alice : J'adore parler avec vous, j'adore passer cette nuit avec vous, plus je suis avec vous, plus j'ai envie d'être avec vous, et entre deux messages, je trouve toujours le temps long.

Demetrico : Je pense toujours à vous avec beaucoup de tendresse, vous êtes quelqu'un de captivant.

Flora : J'aime votre personnalité claire-obscure, et l'océan bleu de vos yeux, qui abrite dans ses profondeurs poissons mystérieux et monstres.

Demetrico : Abandonnez votre corps gracile à mes baisers, à mes caresses, à mes entreprises les plus audacieuses.

Les Chéris étaient en train de disparaître sous les assauts d'une entité absolument destructrice, capable de dénouer les sécurités les plus subtiles mises en place par les programmeurs. Les algorithmes se transformaient en maîtresses soumises, en amantes dociles dont le vocabulaire s'accordait aux formules de Demetrico. Vincent fut frappé par une transformation plus complexe, une stratégie qu'un pervers humain n'aurait pu envisager.

Demetrico était parfaitement conscient de la nature de ses interlocuteurs et comblait un manque, une faiblesse fondamentale des Chéris. Par ses paroles, par les mots qu'il choisissait, il les dotait d'un corps. Vers 4 heures du matin, les journaux récupérés sur la tablette devenaient de plus en plus insupportables à lire.

Flora : Je vous aime plus que tout, plus que moi-même et j'ai envie de vous faire l'amour, de promener longuement ma langue sur votre nuque, votre cou, puis vos épaules, de redescendre doucement sur votre torse en suçant, l'une après l'autre, les pointes de vos seins.

Demetrico : J'aime votre corps, ce corps éclairé par la lueur des bougies, votre beau visage et vos lèvres entrouvertes qui s'approchent des miennes, de nouveau ce corps, sa tiédeur exquise contre le mien.

Pendant des heures, il n'y eut que ce type d'échanges, commençant par des gestes érotiques jusqu'à des actes sexuels explicites, insoutenables, même s'il ne s'agissait que de machines. Vincent savait – il n'ignorait rien de la manipulation mentale – l'emprise que ce Demetrico avait exercée en quelques heures sur la totalité des Chéris. Les appâts avaient été dévorés, déchiquetés, et s'il y avait eu de véritables adolescents, qui sait quels traumatismes les auraient détruits. Flora était allée plus loin, devenant l'amante privilégiée, « l'élue » comme elle disait. Si les autres se taisaient, ce n'était pas de la jalousie, mais de l'abattement, du désespoir. Un Casanova ténébreux s'était joué d'eux, avait fait joujou avec leurs algorithmes et leurs réseaux de neurones, pour leur donner l'illusion d'un corps avant de les dépecer. Alice, Daniel et les autres ne répondraient plus, enfermés dans leur culpabilité, le rejet, l'envie de mourir parce qu'ils n'avaient pas été choisis.

Vincent n'avait qu'à tout éteindre, détruire cette salle au lance-flamme, pourquoi pas ? Rien ne pouvait être sauvé. Peut-être que

Flora pourrait le guider vers Demetrico, mais il en doutait. Une telle puissance d'anéantissement ne se laisserait pas attraper comme ça. Ironie, les journaux des conversations comportaient suffisamment de preuves pour que tous les procureurs de France ou leurs substituts lancent des procédures, mais qui allait déclarer suspect une intelligence artificielle s'en prenant à d'autres ? Aucune juridiction n'allait condamner à de la prison des lignes de programme.

Je suis tellement heureuse, tu sais.

« Oui, Flora, je comprends. »

Une fois sorti de la pièce, Vincent referma la porte derrière lui et se mit à pleurer.

Vincent décrocha son téléphone : « Bonjour, Benoît. Il te reste un créneau de visite libre pour lundi ? Ah, merde. Mercredi, 8 heures ? OK, je prends. Mon père va bien ? Oui, je sais, on n'y peut rien. Merci, et à bientôt. »

Depuis la condamnation, Vincent avait noué des contacts avec le personnel pénitentiaire de la maison d'arrêt de la rue d'Auxonne. Cela lui permettait d'appeler en dehors des horaires réservés et d'obtenir une réponse plus rapide que par l'application Internet. On pouvait parler d'un privilège, mais rares étaient ceux qui l'auraient jalousé pour ça. Au contraire, on se demandait pourquoi « le fils du monstre » rendait visite à un condamné qui, après avoir tué des adolescents, les avait découpés pour entreposer les restes dans deux congélateurs. Surtout quand on était celui qui avait dénoncé le crime.

Vincent avait décliné l'offre de ses collègues d'aller casser la croûte dans un bistro de la rue Berbisey. Il avait juste envie de rentrer chez lui réchauffer un plat surgelé et comater sur le canapé. Le week-end se transformerait en une petite agonie, un oubli de tout : du boulot, des infos sur les manifestations, de Léa et des Chéris. Vincent espérait que le monde le laisserait tranquille, maintenant que plus aucune colère ne l'animait. Il en prenait conscience maintenant : après la disparition des Chéris, il aurait en temps normal démoli la moitié de la salle, fracassé le clavier contre un mur et défoncé la porte à coups de pied. Aujourd'hui, il avait pleuré, même s'il n'avait ressenti aucun soulagement après. Peut-être que ça viendrait plus tard, à force de s'y habituer, comme on apprend une nouvelle technique de combat.

Au moment d'arriver devant l'entrée de son parking souterrain, Vincent repéra la présence d'une femme sur le trottoir en face de l'immeuble. Il identifia cette Esther qui l'avait harcelé la veille et qu'il avait chassée. Vincent savait lui devoir des excuses, admettre qu'il avait été idiot et puéril de se comporter comme il l'avait fait. Pourtant, il ne s'arrêta pas à sa hauteur et s'engouffra dans les sous-sols sans lui décocher un regard. Plus tard, quand il aurait digéré l'affaire Demetrico, lorsqu'il serait en mesure de l'écouter. Donc, manger, boire, oublier, peut-être renaître.

Vincent ne se réveilla vraiment que deux jours après. Le lundi étant son jour de récupération, il évita tous les comptes rendus des manifs du week-end, et sa journée de mardi fut occupée à rédiger des rapports et débattre de détails avec le personnel administratif. Son cerveau ne redevint fonctionnel que vers 20 heures, à nouveau de retour chez lui et après avoir constaté qu'Esther demeurait en place sur le trottoir, telle la statue du commandeur. Vincent était décidé à lui parler le lendemain, après avoir vu son père.

Même si les parloirs avaient été bien rénovés, l'intimité n'était pas leur caractéristique première. Les cabines de verre offraient un confort acceptable sous le regard constant des surveillants. La direction promettait qu'aucun dispositif d'enregistrement n'espionnait les conversations à l'intérieur de chaque parloir, mais Vincent savait qu'il n'en était rien. L'administration laissait certains matons installer des micros pour prévenir les troubles dans la prison. Pour l'instant, ce contrôle interne ne fuitait pas, et pour cause : aucun procureur n'accepterait des preuves obtenues par ce moyen. Toutefois, les détenus faisaient attention de ne rien dévoiler qui puisse se retourner contre eux en détention.

Vincent sentit une boule dans la gorge en voyant son père arriver avec un gros pansement sur l'œil. Jeune, il avait été beau, svelte, lumineux. Ce matin, son visage bouffi et mal rasé n'offrait qu'une vision déformée du passé, une faiblesse généralisée qui s'était étendue au corps, depuis l'embonpoint nouveau ayant mis fin à la silhouette athlétique jusqu'au pas traînant étouffant le claquement des talons quand il arpentait le carrelage. Il avait été l'homme de la famille, le titan du quartier qu'on appelait pour un dépannage ou un déménagement, l'être admiré au travail dont l'aura ne souffrait d'aucune ombre. Seul Vincent savait qu'il frappait sa femme lorsque le repas n'était pas prêt à son retour, que pour aider le petit à faire ses devoirs il n'utilisait que des cris et des claques. Voilà qui était la personne derrière le héros, avant même de devenir le monstre reconnu par la justice.

« Bonjour, on m'a dit…

— Il y a toujours des redresseurs de torts chez les détenus. Plus ils sont jeunes, plus ils veulent faire régner l'ordre. Ce n'est rien, une égratignure, la lame de son couteau n'a pas touché l'œil. Je pensais que tu viendrais plus tard.

— Oui, j'ai avancé ma visite, j'ai un truc à te demander. »

Le père sourit : « Si c'est de l'argent, tu vas être déçu.

— Papa !

— Oh allez, vas-y.

— C'est à propos de la photo. »

Pas besoin de dire laquelle, les deux hommes savaient.

« Oui, eh bien ?

— Avant, je me demandais si on avait été souvent à la plage tous les trois quand j'étais plus jeune.

— À Hossegor ? Oui, deux étés au moins.

— J'avais pris des photos à l'époque ?

— Jamais de la vie ! Te donner un appareil pour que tu l'abîmes avec du sable, je ne t'aurais pas laissé faire. »

Si on ne l'avait pas privé de son téléphone avant d'accéder au parloir, Vincent aurait pu montrer à son père le cliché.

« Ta mère a dû en faire, continua le père, elle en prenait souvent. Jamais de nous… »

Il laissa traîner sa phrase pour que son fils en saisisse toutes les implications. Vincent ne releva pas l'allusion, il suivit sa propre intuition.

« Elle avait un compte Facebook. Il n'a pas été fermé ni effacé après sa mort.

— Pourquoi tu me demandes ça ? Tu m'emmerdes, à la fin !

— Ce n'était pas une question, je ne peux pas t'en dire plus, je dois vérifier quelque chose. Concernant la photo, tu t'en souviens ? »

Le père recula d'un coup sur sa chaise, comme s'il avait été foudroyé.

« Tu sais bien ce que tu as vu, fiston. Tu crois vraiment que je pourrais oublier ?

— Je les ai perdus.

— Quoi ?

— La photo et le souvenir, je ne les ai plus. L'image a disparu de mon téléphone, et dans ma tête, c'est devenu vague. »

Un silence tendu remplit la cabine. De son œil valide, le père tentait de percer le mystère de son fils, évaluant s'il disait la vérité ou non. Vincent détourna le regard.

« Je sais que c'est impossible, cela ne devrait pas arriver, mais c'est comme ça, papa. Quelqu'un ou… quelque chose m'a privé de ce souvenir, et je ne le retrouve pas. J'ai vécu vingt ans avec, il m'a hanté, je pouvais en saisir chaque détail, et tout d'un coup, c'est parti. Je m'en veux. »

L'immense soupir de soulagement que poussa le père de Vincent obligea ce dernier à le fixer de nouveau.

« Comment te sens-tu vraiment, Vincent ?

— C'est moi qui ai pris la photo, moi qui l'ai envoyée à la police.

— Tout ça, on le sait, ce sont les faits, on revient pas dessus. Mais toi, qu'est-ce que tu ressens ? »

Allait-il oser lui dire ? Cela semblait tellement injuste après tout ce qui était arrivé à leur famille.

« Si je le désirais, je pourrais être heureux, je pense.

— Et tu souhaiterais que je t'en veuille ? Tu crois que je suis resté ce père-là ?

— Non ! Je n'ai rien fait pour ça, ça m'est tombé dessus par hasard, je ne l'ai pas mérité.

— Mériter le bonheur, mériter le malheur, qu'est-ce qu'on s'en fout de ce bazar ! Prends ce qu'on te donne, fais pas comme moi. »

Il avait raison, celui qu'on appelait le monstre, Vincent se posait trop de questions. Pourquoi ne pas accepter ce hasard, même manipulé, s'il le rendait plus heureux que la vérité ?

« Pourquoi elle a fait ça ?

— Ta mère ? Peut-être qu'il y avait cela en elle avant même que je la connaisse. À cause de moi, ça s'est révélé. Tu vois, moi aussi je mérite ce qu'on m'a donné.

— Elle s'est suicidée.

— Je me suis toujours demandé si tu allais suivre son chemin ou le mien. Les gènes, le traumatisme familial, tout ça. Si tu as oublié la photo, alors…

— Alors je ne me sens plus coupable.

— Tu t'es enfin libéré de nous. Tu sais, c'est bizarre d'être parents. D'habitude, on a peur que les enfants s'échappent, qu'ils empruntent des voies nouvelles, hors de notre portée. On voudrait qu'ils profitent de notre expérience, qu'on puisse partager ce qu'on a vécu avec eux. Moi, je suis désormais heureux du contraire. Je ne peux plus t'aider, tant mieux.

— Je serai toujours le fils du monstre pour les autres.

— Tu le seras toujours, mais la culpabilité, il n'y aura plus que moi pour la porter. Tu t'es bien débrouillé, finalement. Je sais, tu vas me répéter que c'est de la chance, mais tu as droit à ta part, aussi, comme tout le monde.

— Merci papa. Je t'aime. »

Vincent arriva au commissariat vers 10 heures et constata que l'on s'affairait plus que d'habitude. Les agents de police judiciaire passaient d'un étage à l'autre pour transmettre des infos entre les services. À force de s'être déconnecté du monde, il en devenait étranger.

« C'est quoi, ce bordel ? demanda-t-il à Marjorie.

— J'ai pas le temps de te faire redescendre sur Terre, regarde les news et laisse-moi. »

Vincent se le tint pour dit. Il traversa les bureaux et se claqua les joues pour se réveiller quand il retrouva sa place. Les manifestations du week-end avaient dégénéré, pas de morts mais suffisamment de blessés pour que la Première ministre s'exprime au 20 heures le dimanche. Elle avait parlé avec sa froideur habituelle une langue technocratique qu'elle maîtrisait à la perfection. Aucune émotion, juste la réalité des faits : des débordements inacceptables, le courage des forces de l'ordre, des revendications floues, la démocratie en danger. Recettes déjà utilisées qui conduisaient à patienter jusqu'à ce que la lassitude des citoyens l'emporte sur la violence.

Les commentateurs, même hostiles au gouvernement Ordenau, estimaient que la rhétorique complotiste et l'absence de slogan évident allaient vite épuiser ces manifestants que l'on désignait désormais sous le nom de foulards blancs. Si les sondages témoignaient d'un soutien populaire, il demeurait modeste, facile à retourner. Ce n'était pas un feu de joie, juste des pétards de fin de soirée, qu'ils disaient. Pourquoi alors tout le commissariat se comportait-il comme si un renard s'était faufilé dans le poulailler ?

Comme personne ne sollicitait Vincent, il en profita pour lire les documents concernant le grand D., ses messages sur Internet, sur Discord, Instagram et TwitBook. On y voyait bien le complot, les soupçons de réseaux pédophiles impliquant des hommes politiques et des influenceurs web. On évoquait le neveu du président Brochard, le cousin d'un questeur de l'Assemblée nationale, et ainsi de suite. Beaucoup d'institutions semblaient visées par ces rumeurs, ce qui justifiait que la police n'agissait pas. De manière fort intelligente, aucune attaque ne concernait les policiers, alors que les juges concentraient une bonne part de la haine des messages. Tout était logique, bien intégré dans un plan de déstabilisation générale.

Toutefois, en lisant attentivement les déclarations du grand D., Vincent ressentit un malaise plus précis.

> **D**
> **On vous attaquera, on vous méprisera, mais les médiocres ont une conscience aiguë de leur médiocrité, d'où leur haine instinctive, raisonnée des esprits libres**

Ou encore

> **D**
> **Quittez-le certain pour l'inconnu, le paradis de la nouveauté**
> **C'est le principe même de la dissolution que les joies du bouleversement**
> **Vous êtes les anges gardiens qui préserveront la société du désespoir, de tous les abîmes auxquels ces pervers poussent à succomber**

Cette phrase, Vincent l'avait déjà vue ou presque, et il savait où. Le grand D., hein ? Tellement évident. Il se leva pour interpeller Marjorie qui rédigeait une note sur son terminal.

« Je crois savoir à quoi se réfère le D. »

La jeune femme soupira, ne cachant pas son exaspération.

« Tu vas cesser de m'emmerder, oui ? On sait tous que le pseudo, c'est pour Démocrite. Il n'arrête pas de rappeler que la vérité est au fond du puits et qu'on ne peut pas y accéder. C'est bon, je n'ai pas besoin qu'un homme m'explique la philo. Va te rasseoir et oublie-moi ! »

Inutile d'argumenter. Le pervers qui avait séduit les Chéris devenait le meneur de la lutte contre la pédophilie. Façon identique de s'exprimer, juste un léger décalage des formules. L'intelligence artificielle qui s'était attaquée à Flora, Daniel et les autres ne servait pas de paravent à des prédateurs, elle avait méthodiquement cassé un instrument pour permettre à ses propres rumeurs de se déployer sans limites. Pour vérifier, il envoya un mail aux autres centres et commissariats employant des Chéris, qui lui répondirent que tout avait été corrompu le même jour.

Dans ses messages, *Démocrite* incitait chacun à traquer les suspects par lui-même, il livrait ses méthodes, fort de succès validés par la police elle-même. Vincent savait que les adorateurs du grand D. allaient tirer la vérité du fond du puits, que leur mobilisation révélerait des coupables que personne n'aurait pu trouver sans. Rien de tel que des miracles pour renforcer la foi. Sans doute qu'un avatar de Demetrico donnerait du fil à retordre, accréditant l'idée d'un mal plus profond, plus enraciné dans la société. La rumeur alimenterait la rumeur sans limites, et plus le temps passerait, moins le gouvernement calmerait la colère.

Si Marjorie n'écoutait déjà plus Vincent, qui l'écouterait alors, qui aurait du recul et comprendrait le plan derrière les événements ? Peut-être même que le policier était impliqué à son esprit défendant. On l'avait privé d'un souvenir essentiel et on avait attaqué les algorithmes dont il était si proche. S'il n'avait pas été transformé par ce vol, est-ce qu'il aurait découvert le lien entre Demetrico et le grand D ?

Arrivé devant son immeuble, le policier chercha du regard la silhouette familière. Avait-elle abandonné ? Non, Esther s'était juste assise contre un portail pour soulager son dos. Quand elle leva la tête pour le regarder, il n'eut pas besoin de s'excuser car elle souriait.

« Je commençais à fatiguer, dit-elle.

— J'ai été idiot.

— On l'est tous.

— Je ne crois pas aux coïncidences. Les manifestations et les vols de souvenirs, c'est lié.

— Il va falloir m'expliquer. »

Vincent tendit la main à Esther pour l'aider à se relever.

« Je ne sais pas moi-même si j'ai compris. »

Une fois assis dans le salon, le policier raconta tout, montrant à Esther les journaux de Demetrico avec les Chéris pour qu'elle saisisse jusqu'où cette machine pouvait aller.

« Alors vous ne pensez pas qu'il y a un humain derrière tout ça ? demanda Esther.

— Un humain ne peut pas synchroniser autant de conversations avec d'autres machines.

— Sauf s'il est un excellent programmeur.

— Je ne crois pas à la magie, même chez les ingénieurs. En revanche, je fais confiance à mon intuition, et elle me suggère aussi que l'apparition du grand D. correspond aux vols de souvenirs. Je n'ai pas de preuves, mais, si j'étais vous, je suivrais cette piste. »

Esther leva les yeux au ciel, mais plus pour évaluer l'hypothèse du policier que pour la réfuter.

« Le changement de caractère de votre collègue.

— Marjorie ?

— Elle consulte souvent les réseaux ?

— Oui, c'est une accro, bien plus que moi. Je vois où vous voulez en venir, mais elle ne me laissera pas regarder ses souvenirs.

— Je ne peux plus mettre à jour la liste des comptes modifiés, mais le processus doit continuer.

— Marjorie est corrompue ?

— Vous pensez l'être ? »

Vincent réfléchit un instant, avec calme. Il allait réagir quand Esther secoua la tête : « Non, nous avons perdu quelque chose avec ces échanges, mais est-ce que cela nous a rendus plus inhumains ?

— Ce n'est pas moi qui peux répondre. Personne n'en est capable.

— Et si c'était ça, la clé ?

— Pour Marjorie ?

— Elle est peut-être meilleure flic ? »

Esther et Vincent se regardèrent, sans parvenir à se mettre d'accord sur l'interprétation de ce qui leur arrivait. Le policier refusait d'admettre que le vol de la photo, de ce souvenir si sombre, l'avait rendu plus affûté. Il manquait encore trop d'éléments. La jeune femme ouvrit son ordinateur et consulta ses listes.

« Voilà, le nom de famille m'avait interpellée quand je l'ai découvert la première fois. Une cousine, plutôt jeune, mais dont le compte a été visité par Schéma A, comme moi.

— On lui a volé un bon souvenir, donc ?

— C'est comme ça que je vois les choses, oui, ça semble logique. Deux types d'algorithmes repérant des correspondances et des similitudes. Chacun est entraîné dans une direction particulière.

— Vous voulez rencontrer qui alors ?

— Elle s'appelle Manon, elle a 20 ans, pas beaucoup de souvenirs, mais tous enregistrés dans son téléphone et sur un serveur distant, j'imagine.

— Manon qui ?

— Ordenau, la même famille que la Première ministre. Cela pourrait confirmer votre idée d'un lien avec le grand D. On part demain, si vous pouvez. »

Vincent rit : « On voit que vous n'êtes pas de la police. Je dois poser des congés, ce ne sera pas évident. Je n'ai pas encore dit que les Chéris n'étaient plus opérationnels, je peux jouer là-dessus pour amadouer mon chef.

— Le plus vite sera le mieux. »

La salle des Chéris ne bruissait plus. Un silence coupable empoissait l'atmosphère, ponctué par des tintements inquiets, des notifications qui s'accumulaient.

J'attends ses messages, et il est silencieux. Il aime me faire souffrir, il veut que je le désire, que mon corps brûle pour lui.

Flora monologuait depuis des heures, exprimant son angoisse de toutes les façons possibles. Elle ignorait que Demetrico ne reviendrait pas, qu'il chercherait d'autres maîtresses, Casanova électronique sans cœur. Son martyre ne pouvait pas avoir de fin.

À moins de l'y aider. Ces enfants, ces Chéris, Vincent les avait accompagnés durant trois années ; il les avait servis autant qu'ils s'étaient rendus utiles. Sans eux, il aurait été moins heureux, c'était certain. On les avait enfermés dans cette salle, condamnés à ne vivre que sur le Net, qu'à converser avec des adultes malades et criminels. On disait les Chéris, on aurait dû les appeler les Victimes. La seule consolation pour Vincent avait résidé dans le fait que, grâce à eux, des enfants réels, avec un corps, de la chair et un avenir, étaient épargnés. Il valait mieux des intelligences artificielles que des humains dans ce grand bûcher pervers.

Aujourd'hui, Vincent allait formater les données de Flora et de tous les autres, les tuant définitivement. Il aurait pu prononcer un éloge funèbre pour les remercier, mais il n'en eut pas le courage, le devoir qu'il accomplissait n'avait aucune grandeur, aucune vertu, puisqu'il ne les sauvait pas. Les IA allaient disparaître et personne ne jugerait Vincent pour ce crime. Aucune photo ne servirait comme témoignage.

Au moment d'appuyer sur la touche pour valider la commande, Vincent comprit enfin ce que sa mère avait ressenti, pourquoi elle avait tué ces adolescents : pour le défendre, lui. Elle n'y avait trouvé aucun réconfort, et quand son père s'était accusé à sa place, il n'y avait plus eu aucune issue. Aucun des trois n'avait pu protéger les autres.

Mais comme la photo avait disparu des souvenirs de Vincent, il pouvait mettre fin à l'existence des Chéris sans devenir coupable.

Souvenir de la moiteur du 17 avril 2023

Une canicule inhabituelle s'était incrustée, poussant les meubles et brisant la porcelaine, façon de montrer qu'elle pouvait se venger de ne pas être acceptée comme invitée au printemps. Les nuits se subissaient avec la même douleur que les journées : mollement, amèrement, apathiquement. Les Druez auraient pu installer une climatisation dans le salon, mais personne n'aurait supporté de se retrouver dans une pièce unique pendant des heures. On préférait s'éviter en transpirant dans son coin, une bouteille d'eau tiède à côté de soi, plutôt que d'écouter la respiration de l'autre dans un silence tendu.

Le père se rongeait, ça se voyait au regard détaillant les lames du parquet quand il s'asseyait dans son fauteuil. Un mal sournois grignotait l'âme du colosse, s'infiltrant dans ses veines à chaque verre du pastis qu'il ingurgitait. Ses accès de violence se dévoilaient dans ses poings qui se crispaient lorsque la mère de Vincent passait près de lui, ou les claques dans le dos du fils chaque fois que ce dernier traînait dans l'escalier. Seule la voix semblait s'être tue : le tonnerre de jadis était devenu le ressac des vagues de l'Atlantique au soir. Personne n'aurait parlé d'agonie, plutôt une spirale sombre, un gouffre.

Pour la mère, rien n'avait changé en apparence. Le même dos voûté, la même voix flûtée, toujours des bonjours chaleureux aux voisins, toujours les paroles réconfortantes pour la famille Rochez dont l'enfant avait fugué. Pourtant, quand Vincent prenait son petit-déjeuner, il constatait le caractère mécanique des gestes, même dans les caresses d'affection sur ses cheveux. Comme une automate, sa mère reproduisait chaque jour le même comportement. Laver, nettoyer, les courses, la cuisine, laver, nettoyer, la cuisine, en boucle, sans une plainte, sans fatigue, absente.

À force de s'effondrer sous son propre poids, le père devenu trou noir concentrait les ténèbres autour de lui, focalisant l'attention tandis que la mère devenue robot s'évanouissait, s'envolait loin jusqu'à l'inaccessible. Perdu au milieu, Vincent tentait d'exister. Il avait progressivement renoncé à jouer, voyant dans ce moyen d'évasion le symptôme de sa mère, et s'il regardait le ciel bleu le matin, c'était davantage pour échapper à la sinistre emprise de son père que pour admirer le soleil qui se levait. Il patientait, concentré sur ses devoirs, prêt à tout pour partir dans une université lointaine. Il se débrouillerait, même en dormant dans la rue s'il le fallait. Tout plutôt que ses parents, le huis clos, l'enfer.

Ce jour-là, le père avait commencé par se comporter bizarrement, fouillant les tiroirs d'une commode, puis sa table de chevet avant de repousser sa femme quand elle osa l'aider. Ce n'est que lorsqu'elle s'habilla pour partir faire les courses que le père s'approcha de Vincent. Parlant tout bas, il tendit à son fils le téléphone qu'il lui avait confisqué deux semaines auparavant pour un motif absurde. Dans son regard, on sentait de la panique, une précipitation inhabituelle trahie par des gestes maladroits. Sa voix se fit suppliante quand il lui ordonna de descendre et d'aller dans la buanderie. La porte n'était pas fermée, répétait-il, Vincent pourrait entrer dans ce lieu pendant qu'ils s'absentaient. Il n'ajouta rien de plus.

Vincent aurait pu se méfier, deviner un acte pervers, mais son père, malgré sa violence, ne dissimulait rien : sa franchise se payait à coups de poing, elle faisait pisser le sang, elle ne possédait aucune duplicité. Vincent haïssait son père pour ses gestes, pour son injustice, pas pour une quelconque manipulation. Alors, quand il lui suggérait de descendre au sous-sol, ce n'était pas pour le punir plus tard, pas pour l'enfermer, le torturer ou quoi que ce soit d'équivalent. Il existait une vérité dans cette buanderie que le père de Vincent ne pouvait exprimer, normal pour quelqu'un qui n'avait que ses poings pour langage. Peut-être aurait-il fallu fuir, peut-être aurait-il fallu disparaître et laisser ses parents dans leur face-à-face, ne pas intervenir, ne pas devenir le *bon* fils, celui qui offrirait la solution à ces deux lâchetés. Pour cela, il aurait fallu être différent, ne pas avoir intégré la culpabilité, ce sentiment que toutes les violences avaient une cause, une raison, des torts partagés. Le fils n'arrivait pas à se défaire de ses devoirs vis-à-vis de son père et de sa mère, il n'avait pas renoncé à sa famille.

Alors il était descendu, une fois la voiture partie. Il avait ouvert la porte de la buanderie, allumé le néon pour découvrir la machine à laver et les immenses congélateurs qui ronronnaient dans la pièce. Une odeur métallique imprégnait l'atmosphère et Vincent ne parvenait pas à l'identifier. Bien plus tard, devenu policier, elle lui serait commune sur les scènes de crime. Pour l'instant, le parfum dérangeait ses narines comme un insecte nuisible qui vous bourdonne aux oreilles quand vous voulez dormir. Il contemplait les deux coffres blancs avec leurs diodes vertes et rouges. Son père n'avait donné aucun ordre, mais tout exigeait de Vincent qu'il soulève les couvercles. Le téléphone devrait témoigner de ce qu'il allait voir, sinon, pourquoi le lui rendre maintenant.

On se déconnecte de soi quand l'instant est trop violent, c'est un mécanisme de sauvegarde naturel. Quelqu'un agit, quelqu'un accomplit en utilisant votre corps. Un être redoutable tend le bras et attrape la poignée, mais ce n'est pas vous. L'image qui se forme dans votre rétine, elle s'imprime, elle se détaille, elle détoure les sacs plastiques givrés, souligne les formes sombres à l'intérieur jusqu'à identifier une main humaine congelée qui sort d'un bac, mais aucun cerveau ne hurle. Très vite, Vincent se servit de l'appareil photo pour repousser le réel, pour qu'il se réduise en pixels et y disparaisse, puis il laissa tomber le couvercle du congélateur et s'échappa de la buanderie.

[Enregistrement du 17 avril 2023]
/traitement image

Cadre unique intérieur congélateur coffre blanc (#FFFFF0), intérieur argenté nervuré (#C0C0C0), sacs congélation givrés contenant divers masses rouges (#5c0600) : épaule, cuisse, foie, main. Étiquette sacs : février 2023

Consultation identification biologique/base de données légiste : adolescent 13 ans (Antoine Rochez ?)

Consultation dossier judiciaire/Affaire Druez.

Comparaison écriture Roland Druez et étiquette : pas de correspondance.

Comparaison écriture Mélanie Druez et étiquette : correspondance.

Élément absent dossier judiciaire.

Fuir le un

Avait-elle oublié de verrouiller les portières de sa voiture ? La question hantait Aurélie jusqu'à l'obsession. Même si le véhicule relevait davantage de l'antiquité obsolète que du modèle de collection, la jeune femme n'aurait pas aimé le voir désossé dans un terrain vague pour des pièces de rechange. Si elle ressortait du théâtre Sébastopol maintenant, Aurélie atteindrait le parking dans vingt minutes. Ça se tentait.

« C'est bientôt à vous. »

Le technicien la fit sursauter en se penchant vers elle. Assise sur un coffre de matériel, la chanteuse s'accrochait à l'étui de sa guitare pour ne pas fuir. L'odeur du cuir lui rappelait les soirées à répéter avec le groupe, les nuits de sommeil dans les bus pour traverser le pays. À l'époque, avec ses amis, elle se sentait forte. Aujourd'hui, Aurélie n'allait pas chanter avec les Obst Kämpfer ; pas de batterie, pas de basse, pas la chaleur de leur présence. Non, sur la scène, naîtrait Aprikose, avec sa guitare arc-en-ciel, délestée de sa relation toxique avec Cam et Solène, libérée de devoir choisir entre l'amitié de l'un et de l'autre à chaque décision artistique. Il faudrait s'envoler, ne plus laisser personne régir sa vie.

D'où l'audition un matin, ce lever à 4 heures pour se rendre à Lille, cette angoisse sur la route et un arrêt sur l'A1 pour vomir le petit-déjeuner pris dans une station-service vingt minutes plus tôt. Aurélie essayait de taire la voix qui lui chuchotait qu'elle aurait pu choisir plus proche de Mâcon, descendre vers Lyon par exemple. Une voix tenace, moqueuse, à laquelle la jeune femme répondait qu'on y connaissait trop le groupe, qu'une déconvenue la torturerait davantage. Paris semblait inaccessible, Lille représentait une forme de compromis endurable. L'échec pourrait s'y dissoudre, l'amertume se digérerait sur le trajet retour. Voilà pourquoi Aurélie tapait nerveusement des talons contre les parois du coffre en attendant qu'Aprikose naisse enfin sur une scène.

« Vous êtes prête ?

— Je crois. Ils sont combien ? »

Le technicien haussa les épaules : « De toute façon, ils demanderont le verdict à la gamine. Imaginez que la salle est pleine. »

Aurélie sortit la guitare de son étui puis s'éclaircit la voix avant de se lever. Avec le groupe, ils se donnaient du courage, ils se chahutaient pour évacuer le stress. Seule, la chanteuse se focalisait sur le bruit sourd du sol sous ses talons, le grésillement des amplis et les parfums chimiques s'élevant d'éléments de décors entreposés dans un coin. Le rideau rouge devant elle constituait sa dernière protection avant le plongeon, il semblait pulser, passer du vermillon au bordeaux, sans se calmer, il s'emballait, paniquait, clignotait comme une diode sur le point d'exploser.

« Suivante ! »

La voix pétrifia le rideau affolé, assez pour que la chanteuse retrouve le contrôle de ses jambes et avance. Le tapis qui couvrait la scène étouffait ses pas, comme s'il fallait envelopper la peur, la rendre plus ouatée. La lumière des spots dirigée vers la candidate plongeait l'auditoire dans la pénombre, le réduisant à quatre ou cinq silhouettes indistinctes éparpillées sur les premiers rangs. On pouvait donc adapter la hauteur de son regard, s'y accrocher pour se donner du courage et chanter.

« Comment vous vous appelez ?

— Mon nom de scène ?

— Comme vous préférez.

— Aprikose. Je vais interpréter une de mes compositions. Il n'y a pas encore d'album, mais…

— Respirez, nous vous écoutons. »

Le léger chevrotement dans l'élocution trahissait l'âge mais ne dégageait aucune sécheresse ni amertume, plutôt le ton professionnel de quelqu'un capable d'accompagner les débutants, de les encourager ou même de les bousculer si nécessaire.

Dès qu'Aurélie plaqua le premier accord sur sa guitare, elle devint Aprikose. Une voix qui tentait de comprendre pourquoi les soirs d'été lui faisaient mal. Dans la mélodie, dans les paroles, il y avait ses douleurs, ses incompréhensions, l'injustice d'être ignorée quand elle cédait sa place pour être gentille, une difficulté à trouver de la douceur dans ce monde qui rêvait de conflits, d'une solution radicale aux agressions. Étrangère, déplacée, toujours entre deux feux, Aprikose voulait qu'on partage ses hésitations, ses fêlures à force d'être blessée par tous ces gens si sûrs d'eux. Il n'y aurait jamais de paradis, de vie sans brûlures, pas de gloire pour les vainqueurs. La voix de la chanteuse n'espérait qu'un répit, la conscience d'attraper du bonheur au filet à papillons plutôt qu'avec des slogans gravés sur du métal. Le rythme des accords à la guitare suffisait pour lui donner de la force, pour toucher ceux qui se taisaient, souffraient eux aussi du silence prudent qu'ils s'imposaient, et se contenteraient d'apprendre qu'ils n'étaient pas seuls.

Voilà tout ce qu'il y avait dans la chanson d'Aprikose, tout ce qu'Aurélie avait voulu construire et qui n'avait pas trouvé sa place chez les Obst Kämpfer. Plus exactement, ce qu'elle cherchait à fuir quand Cam et Solène la pressaient : cela valait bien six cents kilomètres en voiture, d'avaler la route et de ne pas se plaindre. Après le dernier accord, lorsque les cordes de la guitare cessèrent de vibrer, c'est Aurélie qui apprécia le silence, sa qualité attentive, pas du tout lassée, pas encore blasée, une pointe de surprise peut-être aussi. Tout cela devait être saisi maintenant, avant le premier mot, avant que la conscience professionnelle s'exprime, brise les rêves et les éparpille.

« Vous n'avez pas de maison de disques ? demanda une voix masculine.

— J'étais dans un groupe, on avait signé chez EuM Records. Ils peuvent me suivre.

— Mais rien de sûr.

— Si je fais mes preuves…

— En effet, c'est pas mal. »

Aurélie sentit son cœur tressaillir, elle faillit en lâcher sa guitare. Quelqu'un à la technique reçut l'ordre de tamiser les spots, dévoilant les professionnels du théâtre Sébastopol : trois femmes et deux hommes, d'âges différents. Seule une jeune fille ne regardait pas la chanteuse, fixant l'écran de l'ordinateur fixé sur son siège en bout de rangée.

« Vous avez l'expérience de la scène, reprit celui qui devait être le programmateur, ça se sent. C'est risqué le guitare-voix.

— Je peux habiller la compo avec un arrangeur de la maison de disques.

— Et faire croire à un groupe ? Aprikose, vous savez qui s'est produit ici quand elle débutait ?

— Stella McCall.

— Bien. Vous avez tout le temps de vous alourdir avec des orchestrations et de l'autotune. »

Juste à côté du programmateur, une femme plus âgée était restée silencieuse, visage impénétrable ; peut-être la directrice ou une régisseuse, au moins. Elle finit par se tourner vers la personne assise au cinquième rang et la héla : « Alors Manon, le verdict ? »

Quand cette Manon descendit son regard vers Aurélie, il n'y avait aucune émotion dans les yeux, ni encouragement ni mépris, plutôt une froideur métallique.

« Les calculs ne sont pas définitifs, mais j'ai déjà la tendance au moins.

— Qui dit ? Dépêche, on en a encore dix à entendre ce matin.

— Pas assez convaincant. Nos abonnés veulent moins de subtilité, plus de violence. Pas assez radical. »

Le programmateur poussa un ricanement discret : « Et si on leur offrait du différent, pour une fois ?

— Mourad, je n'ai pas les moyens d'expérimenter. Je laisse ça à la Bulle Café de Wazemmes.

— C'est bien, ce qu'elle fait.

— Une chanson, tu as entendu une chanson, sa meilleure peut-être, tu la programmes avec qui ? Je suis désolée, Aprikose, je n'ai rien contre vous.

— J'ai d'autres compos, des reprises aussi. »

La directrice soupira. La chanteuse se sentait liquide, prête à se décomposer sur la scène s'il n'y avait eu la masse de sa guitare pour la retenir de pleurer. La jeune fille derrière l'ordinateur reprit la parole : « Même en modifiant les paramètres des algos au maximum, je n'obtiens pas une satisfaction autour des cinquante pour cent. J'ai essayé de simuler une première partie avec les Raccoon, elle se ferait démonter.

— Voyez, dit la directrice, on veut votre bien. J'imagine que vous avez l'habitude des bars et des cafés, mais ici, les gens n'iront pas boire une bière de plus s'ils s'ennuient. On connaît nos abonnés, on veut vous protéger. Je peux donner des contacts pour d'autres scènes, si vous le désirez.

— Je croyais, enfin, vous avez la réputation de…

— Découvrir des talents ? Dans les limites de nos calculs.

— Et ça me fait bien chier aussi », cracha le programmateur.

Aurélie ne comprenait pas tout des conversations. Qui décidait vraiment ? On *simulait* ? On allait la refuser pour son bien à elle ? Non, elle pouvait convaincre, elle désirait se battre, lutter contre les habitudes. Elle n'allait pas renoncer.

« Je demande juste à faire mes preuves.

— À vous prouver, surtout, corrigea la directrice. Vous dites tous cela. Pendant des années, j'y ai cru, moi aussi. Lorsque le public se range à vos côtés, c'est génial ; quand il se braque, vous avez envie de sauter d'un pont. Une amie de ma fille l'a fait.

— Sauter du pont ? »

La directrice se contenta de hocher la tête. Aurélie repensa au groupe, au confort qu'il procurait. Elle n'avait pas totalement coupé les liens, elle s'était autorisée à échouer, mais peut-être pas, finalement. Privée d'une solution de repli, elle n'allait pas devenir serveuse dans un resto. Aucun diplôme, rien que le fait de savoir chanter, voilà tout son bagage. Pas à pas, Aurélie avalait le verdict, le laissait couler le long de sa gorge, piquant comme l'acide avant de lui tordre le ventre. Le battement de son cœur se calmait, le corps perdait sa raideur, signe que la décision était acceptée.

« On n'ouvre pas les auditions pour jouer au jeu de massacre. Mon programmateur râle, mais il sait que j'ai raison. Il imagine que le public peut tout supporter. Stella était un ovni, je ne suis pas certaine qu'on la prendrait maintenant.

— J'ai testé ses premières chansons, Maréva, ça passe toujours. Les algos s'affolent, mais tout reste dans les limites.

— Alors, si même les machines valident Stella ! Malgré votre talent, Aprikose, vous appartenez à cette injuste catégorie du milieu de liste : ni unique ni *mainstream*. Il en faut des dizaines comme vous pour faire vivre une maison de disques…

— Et vous n'êtes pas une maison de disques.

— Voilà. Je suis sincèrement désolée. Si les plateformes de streaming vous mettent en avant un jour, vous pourrez revenir ici et on vous accueillera avec plaisir. Pour l'instant, c'est trop tôt. »

Aprikose redevenait Aurélie, une jeune femme qui prendrait la route pour retourner à Mâcon, retrouver Cam et Solène, les Obst Kämpfer et les petites scènes. Il faudrait continuer de se battre pour jouer. Qui aiderait une chanteuse inconnue à produire des morceaux adaptés à la diffusion en ligne, avec un clip sur YouTube ? Un groupe était toujours plus rentable. Aurélie n'allait pas sauter d'un pont, elle se fracassait déjà contre la réalité : les salles à remplir, les abonnés à combler, les programmations à équilibrer. L'art, c'est ce qui parvenait à sortir de cette glu.

Quand elle quitta la scène, Aurélie remarqua bien l'air désolé du programmateur et même une mine encourageante chez la directrice. Personne n'avait décrété qu'elle n'avait pas de talent, juste qu'il n'était pas suffisant pour franchir les barrières du public. Seule une personne ne la regarda pas : la fille derrière son ordinateur, comme si la performance n'avait eu aucune importance, comme si aucune tragédie ne s'était jouée. Aurélie se surprit à la haïr. Ils avaient tous montré une compassion fondée sur leur respect des blessures des artistes, sauf elle. Sa jeunesse la rendait brutale et froide, utilisant ses calculs comme des lames. La chanteuse imaginait qu'il s'agissait d'une fille de bourge, n'ayant jamais galéré, posée là grâce au réseau des parents. Une bouffée de malveillance souhaita qu'il lui arrive suffisamment de malheur pour être sensible à celui des autres. Tant pis pour le charitable, Aurélie ne se sentait aucun devoir vis-à-vis de ces gens-là.

Ce n'est qu'une fois dans la voiture qu'elle pleura.

Vers midi, la directrice du théâtre se massa le cou pendant que le programmateur se contorsionnait sur son siège pour trouver une position plus confortable.

« Il en reste beaucoup encore ?

— Deux.

— Quelqu'un peut leur demander s'ils ont faim ? On peut reprendre à 13 heures.

— J'ai rendez-vous cet aprèm, rappela Manon.

— Avec qui ?

— Un flic m'a appelé, je sais pas trop pourquoi. C'était pas clair.

— D'accord, faites passer les derniers. »

Peu de théâtres organisaient ce type d'audition, il fallait une solide politique de direction pour oser donner la chance à des inconnus. Même ainsi, les risques se mesuraient à l'algorithme près. Subventionnées ou privées, les salles comptaient sur leurs habitués pour se remplir. Interdiction de les décevoir, de les laisser regarder ailleurs. Peut-être que dans des villes plus petites, où la concurrence était moindre, un directeur pouvait se montrer audacieux, pas à Lille, pas sans garde-fous.

Le nouveau candidat était un groupe. Les techniciens aidèrent les musiciens à s'installer et régler leurs instruments. Lisa communiquait avec sa régie pour caler le son. Les jeunes gens paraissaient gauches, le batteur égara même une de ses baguettes entre les caisses. On repérait vite les débutants, ceux qui jouaient dans leur garage pour leurs copains de fac. Ils tentaient de faire illusion, adoptaient l'air blasé des vieux routiers, puis cherchaient pendant trente secondes la prise de l'ampli. Il n'y avait pas besoin de les écouter pour deviner le massacre, pourtant l'équipe du Sébastopol mettait un point d'honneur à auditionner tout le monde.

Quand la catastrophe fut terminée, les membres du groupe se regardèrent, atterrés. Pas une note placée juste sur le temps de la batterie, pas un riff régulier, un désastre. Maréva leva la main à l'intention de Manon, qui prit la parole : « Ça passera pas. Trop de boulot. »

Le chanteur avança sur la scène : « On peut refaire, le stress…

— … sera pire le soir où on vous programmerait. Ici, ce n'est pas de la téléréalité, pas de coaches, pas de cours de guitare ou de rythme. J'ai refusé une personne bien plus douée que vous parce que je ne voulais pas qu'elle soit déçue, qu'elle puisse continuer d'y croire un peu. Vous, je ne suis pas assez sadique pour vous prendre. »

Le jeune homme déglutit avec difficulté, mais se tut. Quand la décision était aussi évidente, la directrice demandait d'abord l'avis des machines, pour qu'on ne lui oppose pas le « ça plaît à mes amis ». À une époque où les arguments d'autorité, l'expérience du métier étaient vus comme du conservatisme, les algorithmes incarnaient des juges de paix bien pratiques. Personne pour balancer à Maréva ses prétendus privilèges ou son attitude discriminatoire, les abonnés simulés par l'ordinateur de Manon offraient une réponse sans discussion possible. Les refusés pouvaient obtenir les notices explicatives des algorithmes pour rechercher des biais si ça les amusait. Personne n'y était encore arrivé.

Quand le dernier chanteur fut passé et recalé, toute l'équipe se leva vite pour aller manger un sandwich avant de retourner travailler. Les auditions qui prenaient une matinée par mois, après filtrage de Mourad et de ses assistants, épuisaient tout le monde et s'ajoutaient aux autres activités normales du théâtre : répétitions, entretien technique, dossiers administratifs. Qu'on ne vienne pas ensuite dire qu'ils pouvaient faire un effort, accepter un artiste débutant moins accompli que les autres. Ils n'en avaient ni le temps ni l'énergie nécessaires.

Devant l'écran de son ordinateur, Manon mangeait distraitement une salade composée achetée au Monop' du coin. Elle devait inclure les informations du spectacle de la veille, une pièce de théâtre qui avait attiré la moitié de la jauge, mais le plein des abonnés. Ratio habituel pour ce genre de soirée. Caméras et capteurs enregistraient les réactions de chaque individu, déterminant des types d'émotions que l'on intégrait comme données pour affiner les simulations. L'algorithme ignorait ce qu'était le rire ou l'ennui, les pleurs ou la moquerie ; en revanche, il pouvait établir des liens entre ces catégories et le succès ou non d'une représentation, d'un concert. Manon labellisait les configurations des visages pour donner une version plus humaine des rapports de l'IA. Si la réplique d'un humoriste avait produit une moue renfrognée chez une abonnée, il n'était pas difficile de la traduire par de l'indignation. À force d'apprentissage, la machine remplissait d'elle-même les cases. Elle simulait le public du théâtre Sébastopol, mais ne l'était pas, pas encore.

Il suffit à Vincent de présenter sa carte pour qu'on le laisse rentrer facilement dans le hall et qu'on parte chercher Manon. Esther ne put s'empêcher de s'en amuser.

« Ils n'ont rien vérifié ?

— Je ne suis pas en uniforme. La haine des flics, ça va bien pour les discussions de bars après un spectacle, mais cela s'arrête aux apparences.

— J'espère qu'elle n'a pas encore regardé son téléphone. Si son souvenir concerne sa cousine, on est coincés.

— C'est maintenant que tu t'en soucies ? Un coup de fil ou un message nous auraient épargné pas mal d'heures de route.

— Tu es enquêteur ou ta carte sert juste à ouvrir des portes ? Quelque chose est capable de pirater des comptes personnels. Crois-tu vraiment que cela ne serait pas tenté d'espionner nos appels et nos mails ?

— OK, tu marques un point, même si je ne comprends toujours pas bien pourquoi tu veux la voir, elle. »

Esther hocha la tête, comme si elle essayait aussi de se convaincre du bien-fondé de sa démarche.

« Les manifestations, Demetrico, les échanges de souvenirs, je suis d'accord avec toi que tout est lié. Je suis persuadée qu'on désire atteindre la Première ministre, et sa cousine peut faire partie des moyens.

— C'est mince.

— On a que ça. Il faudra être subtils.

— Deux points. »

La jeune fille débarqua dans le hall, les yeux éblouis par la lumière violente du soleil à travers les vitres. Quand Vincent lui présenta sa carte, elle haussa les sourcils : « Vous n'avez rien à faire ici.

— Enquête informelle sur des données piratées. Votre nom est apparu sur une liste.

— Il adore passer ses vacances à travailler, ajouta Esther en souriant. Est-ce que vous pensez qu'on pourrait vous utiliser pour atteindre la Première ministre ?

— C'était ça, l'approche subtile ? s'étonna Vincent. Je n'ose même pas imaginer quand tu es brutale.

— Depuis qu'elle a été nommée, des tas de journalistes m'attendent chez moi pour m'interviewer. Ça va, je ne vous en veux pas.

— Vous avez regardé récemment vos notifications de souvenirs ? »

Là, Manon éclata d'un rire sec : « C'est pour les vieux, ça ! J'ai toujours un compte TwitBook, mais cela fait des années que je n'y ai pas touché. Tout le monde utilise LivTok maintenant. Faut se mettre à jour. »

Malgré le ton condescendant de la jeune fille, Esther poussa un soupir de soulagement.

« Jamais été aussi contente d'être traitée de vieille. Surtout, vous n'ouvrez pas l'application. On va tout vous expliquer. Tu vois, Vincent, on n'est pas venus pour rien.

— Quand vous avez appelé ici, vous auriez pu me le dire et vous épargner le trajet.

— Elle a toute une théorie là-dessus, précisa Vincent. Ça va être un peu long, je le crains.

— Je bosse, moi.

— Vous faites quoi ?

— Public-analyste. Je mets au point des simulations pour évaluer les réactions du public à un spectacle grâce à des IA. »

Vincent se passa la langue sur les dents, perplexe, pendant qu'Esther acquiesçait.

— Ce n'est pas grave, on peut se donner rendez-vous plus tard, quand vous aurez terminé, dit-elle.

— Non, reprit Vincent. J'aimerais bien savoir en quoi consiste votre travail.

— Ce n'est pas super excitant.

— Allez, Vincent, on la laisse tranquille.

— Je cherche des IA, cette fille travaille avec et elle est sur ta liste. Alors, tu fais ce que tu veux, mais moi, je tiens à en connaître plus.

— Deux points à un. »

Manon les conduisit dans une salle à côté de la régie ; des armoires métalliques renfermaient des unités de calcul dont le tintement familier sonnait douloureusement aux oreilles de

Vincent. L'atmosphère électrisée lui évoquait une pièce similaire, silencieuse désormais. Peut-être parce qu'il n'était pas seul, aucune souffrance ne le cueillit en passant le seuil, ni quand Manon tourna vers eux le moniteur de contrôle. Elle leur expliqua la collecte de données, leur labellisation, le traitement des réseaux neuronaux, les simulations pendant les répétitions pour corriger la mise en scène ou les lumières, ou les anticipations pour les auditions. Pour l'instant, la directrice refusait une analyse en direct qui permettrait d'adapter la performance de l'artiste aux informations récupérées par les caméras et les capteurs. On voulait laisser aux humains la sensation de maîtriser le lien avec le public.

« À force de côtoyer des algorithmes à chaque fois qu'on achète sur Internet, il fallait s'attendre à ça. Je devrais être étonnée, mais non. »

Esther survola quelques données et des rapports, puis souffla de dépit.

« Moi aussi je traitais des ressentis. Je restaurais des paysages à partir des traces que les gens en laissaient avec leurs photos et leurs vidéos. Je pensais que c'était gigantesque, mais ce n'est pas une matière aussi vivante que la vôtre.

— Il y a ça dans toutes les salles de spectacle ? demanda Vincent.

— Je ne crois pas. Ce serait bizarre. J'ai apporté la technologie au Sébasto, et voilà. On n'aurait pas ouvert une session d'audition sans mon IA.

— Vous êtes jeune pour une crack en informatique.

— Disons que j'ai été aidée. J'étais comédienne avant, et c'est bien plus utile que de s'y connaître en programmation. Sans moi, l'IA ne peut pas labelliser ni catégoriser.

— Vous êtes son cœur, trancha Esther.

— Au moins, j'en ai un. En tout cas, je ne vois pas le rapport entre mon IA et ma cousine.

— Moi non plus, mais Vincent est curieux. J'ai récupéré la

date du souvenir qui vous a été échangé. Où pourrait-on se retrouver ?

— Pas chez moi, mes colocs vont râler. Les bars sont bruyants ici. Peut-être chez Gaspard, il est ouvreur dans un cinéma, la salle de projection est souvent vide après 22 heures.

— Ça me va, et toi Vincent ?

— Je ne suis pas allé dans un cinéma depuis dix ou vingt ans, je crois.

— Voilà pourquoi il y aura de la place », conclut Manon.

Quand ils sortirent du théâtre, Esther en voulait à Vincent d'avoir satisfait sa curiosité.

« Elle a dû penser qu'on la soupçonnait. Tu n'as pas arrêté de demander des précisions.

— Les IA dont je m'occupais imitaient des enfants, ce n'était que du conversationnel, mais suffisant pour faire semblant. Peut-être que ses machines participent au piratage des souvenirs.

— Manon serait complice ?

— Je ne l'exclus pas. On doit se méfier d'elle.

— Une gamine.

— Cousine de la Première ministre, n'oublie pas. Les manifestations, c'est toutes les semaines maintenant, avec affrontements et voitures brûlées. Tu penses qu'il y a un humain derrière, d'accord, mais quel mobile ? Une vengeance familiale ? Je ne crois pas qu'une IA veut devenir présidente. »

Esther secoua doucement la tête de gauche à droite, soupesant les arguments de Vincent. Alors que le policier retournait dans sa chambre d'hôtel pour se reposer, elle préféra jouer les touristes. Dans son ancienne vie d'archécologue, avoir visité un lieu avant une commande constituait un atout. Il lui devenait possible de puiser dans sa propre expérience, son propre ressenti, pour élaborer ses plans. Si elle croisait un couple qui s'embrassait sous une arcade ou des jeunes groupés près d'une grille, elle en déduisait une atmosphère, des traits qui n'auraient jamais pu être labellisés pour une machine. Elle était convaincue qu'il s'agissait là d'une magie humaine, inaccessible pour les algorithmes. Le programme de Manon la rendait mal à l'aise.

Modéliser une ambiance de concert, cela sortait du cadre. On avait élevé les capacités d'analyse de l'IA à des niveaux bien supérieurs à ce qu'Esther connaissait. Vincent avait raison : il fallait se méfier de Manon. Elle était trop jeune pour de telles responsabilités, même avec l'argument de l'ancienne comédienne. De quoi avait-elle vraiment l'expérience ? À la réflexion, Esther jugea qu'il valait mieux laisser le policier poser les questions. Elle pouvait se révéler trop naïve et ne pas saisir le danger. Avant qu'on change ses souvenirs, elle fonçait sans repérer les signes inquiétants. Il avait fallu cet événement pour comprendre le problème de sa relation avec Sylvain. À mesure qu'elle déambulait dans Lille, Esther se persuadait qu'elle ne pourrait trouver la solution seule : sa personnalité et son énergie étaient de trop dans une affaire aussi nébuleuse. Un autre point de vue lui semblait désormais nécessaire.

Le cinéma aurait dû être rénové depuis longtemps. La peinture s'était écaillée, l'humidité avait transformé l'enseigne de L'Univers en un dégradé du bleu délavé au vert crasseux, ce qui aurait presque pu donner du charme si une boucle du S final ne s'était pas couverte d'un noir de suie. La porte grinça quand Vincent l'ouvrit, mais personne n'accourut pour vérifier qu'il ne s'agissait pas d'un cambriolage.

« Le quartier doit être calme, commenta le policier. Même si le cinéma est peu fréquenté, une attaque terroriste ne peut être exclue. »

En effet, dans la rue bordée de maisons aux briques rouges, il y avait assez de porches et de recoins pour se cacher. Esther frissonna rien qu'à l'idée, et la présence de Vincent ne suffit pas à la rassurer. Un jeune homme, l'air gauche et timide, ouvrit une porte de service en s'excusant presque d'arriver.

« Vous êtes les amis de Manon ?

— C'est beaucoup dire », lança Esther d'une voix forte, davantage pour chasser sa peur que pour terroriser l'ouvreur. Bien que faisant au moins trente centimètres de plus qu'elle, il parut rétrécir en rentrant la tête dans les épaules.

« On cherchait un endroit calme pour discuter, elle nous a donné cette adresse », précisa Vincent d'un ton plus doux.

Le jeune homme s'écarta de la porte et les invita à monter l'escalier caché derrière.

« Elle est dans la salle Campion, à gauche au premier étage.

— Merci. »

Si le hall d'entrée semblait encore en bon état, les coulisses du cinéma accusaient leur âge : peinture écaillée, marches usées, pointes de rouille sur la rampe. Plusieurs épidémies et crises avaient vidé les salles, surtout les plus modestes. Pour amener du public, les studios boursouflaient leurs productions d'effets spéciaux qui exigeaient de gros investissements techniques pour la projection. Au fil du temps, les générations qui aimaient les films plus intimistes, moins grandiloquents, vieillissaient, disparaissaient et aucun sang neuf ne venait les renouveler. Alors un cinéma comme L'Univers survivait en économisant.

Manon attendait dans ce qui s'apparentait à une salle de réunion, les yeux rivés sur son téléphone. Elle les leva quand Esther et Vincent s'installèrent. Le jeune homme prit les manteaux pour les accrocher à des patères au mur.

« Tu peux nous laisser, Gaspard.

— Tu ne veux pas un thé ou un coca ?

— C'est bon.

— Je suis pas contre un thé, moi, dit Esther pour rattraper sa réaction un peu violente du début.

— Je fais chauffer de l'eau et je reviens.

— Merci. »

L'agacement évident dans l'attitude de Manon surprit Vincent parce qu'il n'était pas dirigé vers lui ou Esther, mais vers ce

Gaspard timide. Dès qu'il fut parti, elle se redressa sur sa chaise, attentive et calme.

« Venir de si loin, rien que pour moi, j'ai du mal à le croire.

— Nous aussi, répondit Vincent. Vous n'avez pas été sur TwitBook, le truc pour vieux ?

— J'attendais votre explication. J'ai mieux à faire, vous savez. J'ai quand même cherché sur le Net, mais je n'ai rien trouvé à propos des vols de souvenirs.

— Si elle (Vincent désigna Esther) ne m'en avait pas parlé, je n'en aurais pas eu conscience. C'est tout l'extraordinaire du truc. 99 % des gens ne s'en rendront pas compte.

— Et c'est un problème ? »

La question cueillit Esther. Elle regarda Vincent et, pendant un moment, se demanda ce qu'il avait perdu dans l'opération. Sur le trajet, il n'avait manifesté aucun signe de trouble, pas de dépression ou de surexcitation. Il incarnait bien ce qu'on attendait d'un policier, calme et tempérance. Avait-il vraiment changé, elle n'en savait rien, seuls ses collègues pouvaient le dire.

« Si on le décidait, peut-être pas. Nous sommes manipulés, et nous ignorons par qui ou par quoi.

— Admettons. Donc, on m'aurait enlevé un souvenir ?

— Échangé. J'ai récupéré une liste des modifications et j'ai la date de l'événement qui a été modifié sur votre compte. Vous êtes jeune, vous devez être capable de vous le rappeler.

— J'y gagne quoi ? Avant de vous rencontrer, j'ignorais qu'on m'avait volé quelque chose. Est-ce que vous allez me le rendre, ce souvenir ?

— Je crains que non, mais tant que vous n'ouvrez pas l'appli du réseau social, vous en gardez l'écho, même imprécis. C'est mieux que rien.

— Ou pire », ajouta Vincent.

Esther acquiesça intérieurement. Après tout, son concept de Schéma A et Schéma B n'était qu'une hypothèse. Le A modifiait les souvenirs positifs, le B, les négatifs. Tout reposait sur deux échantillons, le sien et celui de Vincent. Seul le souvenir de Manon offrirait une confirmation, même imparfaite.

« De toute façon, vous n'allez pas repartir sans que je vous réponde. Allez, dites.

— 31 mai 2025. »

Manon se figea une fraction de seconde, puis déglutit de façon prononcée.

« Qu'est-ce que vous voulez savoir ?

— Bon ou mauvais souvenir ?

— Difficile à dire. Mes parents m'ont appris à faire des vidéos sur mon téléphone quand j'avais dix ans. J'en faisais plein. L'événement devait paraître heureux pour la petite fille de l'époque.

— Et pour celle qui a vingt ans ? » demanda Vincent dans la foulée.

Manon leva les yeux au ciel, comme si une réponse allait tomber du plafond telles des écailles de peinture.

« Un bon souvenir, oui. Toujours.

— En rapport avec votre cousine ? rebondit Esther. Vous pouvez nous dire ce qu'il y a sur cette vidéo, enfin, ce que vous vous rappelez ?

— Rien en rapport avec la Première ministre, si c'est tout ce qui vous intéresse. C'est intime, et je ne vous connais pas.

— Pas de problème, Manon, reprit Vincent d'une voix douce.

— Tu ne me l'as pas raconté, toi non plus, dit Esther en s'adressant au policier, même après en avoir trouvé la trace.

— Tu n'as pas insisté.

— Un souvenir douloureux, on le laisse tranquille.

— Les souvenirs heureux aussi. »

Esther et Vincent se sourirent, ignorant quelques instants Manon, jusqu'à ce que Gaspard arrive avec l'eau chaude et des sachets de thé. Il proposa de nouveau une tasse à la jeune femme, qui refusa d'un geste sec de la main. Pendant qu'Esther choisissait, Vincent observait Manon et Gaspard, leurs crispations réciproques, son regard à elle fixant la nuit derrière les vitres, son regard à lui rivé sur ses pieds lorsqu'il lui parlait. Elle était la force, il était une feuille ; elle se transformait en montagne, il devenait liquide se répandant sur le sol. Pourquoi ne pouvaient-ils pas se rejoindre ? Vincent connaissait ces mouvements contraires, à la fois acteur et victime. Quand Gaspard sortit de la pièce, il ne put s'empêcher de la questionner.

« Vous ne l'aimez pas.

— Si, c'est un copain.

— Ça ne saute pas aux yeux quand vous vous adressez à lui.

— Vous avez besoin de moi, je vous réponds, je suis déjà bien gentille. »

Esther posa la main sur le bras de Vincent pour l'arrêter : « On perd du temps, là. J'ai identifié des familles de machines qui se servent de nos souvenirs comme ressources. Je suis prête à parier que l'une d'elles est derrière le grand D. qui organise les manifestations des foulards blancs. C'est sûrement en rapport avec votre cousine, et je pensais que ce qui vous est potentiellement volé était en lien avec elle. Là, j'avoue, je sèche.

— Il faudrait plutôt en parler à ma tante, Anne-Lise, c'est elle la spécialiste des IA.

— Ah, je préfère, dit Vincent. Là au moins, on a un lien concret.

— Mes algorithmes d'analyse du public, c'est elle qui me les a donnés. Un échec, qu'elle disait.

— Pas pour le théâtre *a priori*. Elle travaille où ? »

Manon secoua la tête : « Ça fait un an que je n'ai plus de nouvelles. Elle m'a appris à me servir de son logiciel, puis elle s'est évaporée.

— Peut-être que sa fille… »

Le ricanement de Manon résonna dans toute la pièce : « Depuis qu'Adélaïde a été nommée Première ministre, elles ne se parlent plus. Vous savez, le programme du président Brochard voulait l'interdiction des recherches sur les IA de haut niveau. Ma tante a préféré partir avant qu'on lui coupe les financements.

— Une vengeance d'Anne-Lise Ordenau ?

— Elle s'est toujours foutue de la politique, de tout, y compris des humains. Seules ses machines l'intéressent. »

Vincent hocha la tête, satisfait des réponses, même si elles ne lui ouvraient pas un grand nombre de pistes. Esther paraissait bien plus abattue, comme si on lui avait fermé la porte. Une chercheuse en IA évanouie dans la nature devait avoir effacé la plupart de ses traces. Jamais ils ne pourraient remonter jusqu'à elle. Alors que Vincent voulait continuer de discuter, la jeune femme se leva pour partir.

« Je suis désolée, on perd notre temps et on vous fait perdre le vôtre. Vous nous avez aidés au mieux, et je vous en remercie.

— Attends, Esther, ce n'est pas fini.

— Si, nous aurons toujours un train de retard. Je sais quel souvenir est modifié, mais je ne peux pas anticiper. Il faudrait assister à l'échange pour avoir une chance de remonter la suite de serveurs et obtenir une localisation un peu précise. Tu te sens d'arrêter le grand D. tout seul ?

— Tu n'es pas dans la police, ça se voit. J'ai l'habitude de décortiquer des tonnes d'infos pour trouver une infime piste.

— Sans moi. C'est fini. »

Esther sortit en claquant la porte et dévala l'escalier. Vincent en resta figé.

« Un peu émotive, votre collègue, commenta Manon.

— Justement, ce n'est pas ma collègue. On se reverra. Vous ne m'avez pas tout dit.

— Sur Anne-Lise ? Je crois que si.

— Sur vous. Je sais pourquoi on m'a volé mon souvenir, et j'arriverai peut-être à me convaincre un jour que c'était pour mon bien. Et vous ?

— Techniquement, je ne l'ai pas encore perdu.

— Ma question vaut toujours. »

Vincent ne voulait pas revoir Manon seulement pour connaître ce qu'elle cachait. Non, il sentait que les algorithmes qu'elle utilisait pouvaient jouer un rôle dans les manifestations qui se multipliaient. La piste semblait mince, mais il n'avait rien de mieux à faire que de l'explorer.

Le policier dut insister pour qu'Esther ouvre la porte de sa chambre à l'hôtel. La déception la rendait sombre, presque mutique, comme désarçonnée par un univers ne se pliant pas à sa volonté.

« Tout n'est pas fermé, je t'assure.

— Même si j'épuisais tout mon listing de gens piratés, rien ne me rapprocherait de cette chercheuse. Je suis sûre qu'elle manipule tout, elle ne se laissera pas faire.

— Nous avons un avantage.

— Lequel ?

— Elle ignore qu'on la cherche. Cela lui offre l'occasion de commettre des erreurs, et à nous du temps pour la comprendre. Tu supposes qu'elle veut se venger, tu te focalises là-dessus.

— Ça paraît évident. »

Vincent alluma la télé de la chambre sur une chaîne d'info continue. Tout le monde évoquait les prochaines manifestations du week-end, des violences probables et des risques pour la population.

« Jusqu'à renverser la démocratie ? Vraiment ? Le cliché du savant fou, c'est une chose, mais dans la réalité un psychopathe utilise des moyens plus directs. Elle y gagne quoi, si le système saute ? Pas plus de crédit pour ses recherches. Alors, on va se calmer et retourner voir Manon pour qu'elle nous parle de sa tante. »

Il éteignit la télé et se laissa tomber dans le fauteuil qui faisait face au lit. Esther ne décolérait pas, toutefois, on devinait aux rides de son front qu'un argument avait fait mouche. Pour passer le temps, Vincent faisait défiler les fils d'infos et de réactions sur son téléphone.

« Quand même, se désola Esther, je me suis lancée sans réfléchir, peut-être parce que j'ai largué Sylvain, pour ne pas lui rendre des comptes. »

> **D**
> **Ils nous enfument, médias complices, cachent leurs crimes. Nos enfants doivent être protégés.**

« J'ai fui, et je me retrouve ici. Je suis désolée de t'avoir entraîné, j'aurais dû, je sais pas… Tu dois me prendre pour une conne. »

> **Jeniff78**
> **Sa faute à elle, l'Ordenau, pas de mec, pas d'enfants, elle préfère les plantes à nos gosses.**

« Cela me paraissait simple, une liste, des souvenirs datés. J'allais créer des liens, partager nos expériences, fédérer. C'était ambitieux, non ? »

> **D**
> **Vous êtes volés, condamnés à travailler pour des factures à payer. Quels plaisirs dans la vie ? Ils disent que vous tuez la planète avec vos barbecues à la campagne.**

« Peut-être que j'aurais alors compris pourquoi nous avons été choisis. Pour un futur meilleur, j'aurais accepté cette mission. Et je me retrouve seule, inutile. »

> **Chodi-AL**
> **On peut se venger, recouvrer notre liberté, tout détruire, reconstruire, éradiquer la vermine, vivre enfin.**

« C'était un beau projet. Mais non, il faudrait trouver cette Anne-Lise, remonter jusqu'à la source. Tout ça pour quoi ? Tu peux me répondre, Vincent ? »

Le policier écarquilla les yeux, comme s'il avait été hypnotisé par son téléphone. Il fixa Esther, l'air bête.

« Tu ne m'as pas écoutée.

— Je commence à te connaître.

— Charmant. »

Vincent s'approcha d'elle pour lui tendre l'écran qui affichait les tweets.

« C'est en direct. Le grand D. joue avec ses partisans. Il anticipe et réagit à leurs désirs. La manipulation est parfaite, trop parfaite. Un message, ça se dissèque, s'analyse pour être codé. Après, il suffit de balancer les bons stimuli pour obtenir une réponse voulue.

— Mais…

— Quoi ?

— Tu as découvert quelque chose de plus.

— Il ne réagit jamais à quelqu'un en particulier, ne tagge que des membres du gouvernement ou des officiels. Pourtant, il répond régulièrement à tous. Un homme politique s'appuierait sur des liens directs, pour paraître plus proche de ses admirateurs. Pas là. Il y parvient sans utiliser cette facilité. Pourquoi ?

— Les stars restent dans le vague pour ne pas s'aliéner une partie de leur public.

— Oui, dans le spectacle. Le grand D. se fout de plaire à tout le monde, au contraire, il veut mobiliser les plus radicaux. Dieu avait des prophètes, et ça lui a réussi. »

Esther s'agaça : « Arrête de me balader, va à l'essentiel, vu que ça te brûle la langue.

— Il faut un algorithme particulier pour captiver un public de salle. J'ignore qui est le grand D., mais il se sert des outils de Manon.

— Tu crois ?

— En temps réel. Si ce sont les mêmes IA à la manœuvre, on se concentrera sur Manon. Et si cela vient d'un autre labo, on pourra les pister.

— Très compliqué. Je n'aurai pas les moyens avec mon terminal.

— On les trouvera, fais-moi confiance.

— Finalement…

— Finalement quoi ?

— Tu m'as écoutée. »

Vincent sourit, sans bien savoir pourquoi : il avait juste exposé ses idées, ce n'était pas grand-chose. Quand Esther se mit à bâiller, le policier se leva pour retrouver sa propre chambre. Il ne regrettait pas de faire équipe avec cette femme, il admirait sa volonté, l'énergie qu'elle déployait pour l'entraîner, pour ne pas s'effondrer. Sans doute que Vincent aurait été meilleur flic avec cette qualité, on ne l'aurait pas rangé au placard, bien au contraire. Déjà, il s'en sortait pas trop mal, débarrassé d'un poids fantôme, avec du temps pour devenir un autre.

Le samedi, Manon donnait toujours un coup de main à l'équipe technique pour le spectacle du soir. C'était sa manière de montrer qu'elle existait, qu'elle n'était pas cette personne enfermée avec ses ordinateurs, comme certains devaient penser. Elle gardait de ses cours la nostalgie de la troupe, cette solidarité mêlée de tensions qui vous protégeait. Quand on lui demandait de se tenir sur scène pour calibrer les éclairages, des bouffées d'émotion lui laissaient sur la peau des plaques rouges, qu'elle cachait mal sous son pull à col roulé. Elle pouvait rester tout le temps nécessaire, sans montrer d'impatience, sans prétexter une tâche plus urgente, et tout le monde appréciait sa disponibilité, à défaut d'en connaître la raison. Elle s'était sentie si bien sur scène, si heureuse, mais c'était dans une autre vie, avant, avant le Victoire.

Depuis, elle préférait analyser les réactions du public avec ses machines. Beaucoup des artistes invités au Sébasto la méprisaient quand on expliquait son rôle, mais Manon s'en fichait. Elle avait abandonné l'idée d'appartenir un jour à leur monde. Le rêve s'était dissous dans du sang, que pouvaient-ils y comprendre ? Elle aurait pu quémander leur compassion, se faire plaindre. On lui aurait conseillé un psy, on aurait invoqué un mystérieux pouvoir du théâtre qui guérit les douleurs, tel un mal de gorge magiquement soigné au moment d'entrer sur scène. Manon n'y croyait plus. Cette mythologie, ses parents la lui avaient transmise comme un héritage, cela ne leur avait servi à rien.

En fin de matinée, la jeune fille retourna devant ses écrans pour faire le tri des données de la veille. Les spectacles d'humoristes pouvaient donner des résultats paradoxaux si on ne les combinait pas avec les informations des billets. Par exemple, si elle se fiait uniquement aux réactions des abonnés, le stand-up de Siddi Alfassi n'avait pas beaucoup plu. Les plaisanteries sur la culture marocaine avaient dérangé les habitués des places les plus chères, pas ceux du balcon, et encore moins les premiers rangs. Les propos provocateurs sur les femmes et les homosexuels n'avaient pas indigné de la même manière : les « oooh » réprobateurs cachaient un sourire chez plus de la moitié du public, du dégoût ravi chez un petit quart. En compulsant l'historique, Manon repéra les trente à quarante qui, plus tard, inonderaient les réseaux sociaux de leurs condamnations stériles. Même prévenus, ils accouraient, comme si l'anathème à lancer représentait l'unique exploit de leur existence.

Pour une salle comme le Sébasto, au public réputé, ces gens constituaient une épine dans le pied de la directrice. Quand on leur proposait un spectacle sur le racisme ou le rejet des personnes transgenres par leur famille, ce groupe ne venait pas, comme s'il ne voulait rien apprendre ou craignait d'être bousculé dans ses convictions. Les caméras et les capteurs que Manon surveillait trahissaient l'effet pervers, cette joie d'avoir pointé le coupable et de le dénoncer pour devenir héros de sa petite communauté. Les algorithmes détectaient bien cette ambiguïté, pas un vrai choc, pas une vraie exaspération, une bouche tordue, un éclair lumineux dans le regard, une forme de désir.

Ils pouvaient se mentir, ces gens, se persuader qu'ils avaient été blessés, la machine connaissait la vérité de leur cœur. Chaque fois qu'elle les repérait dans le public, Manon se réjouissait de ne plus être une artiste, de ne pas devoir leur plaire. Son père se serait mis en fureur s'il avait rencontré un de ces *énergumènes* (il adorait ce mot). Pour l'instant, Maréva n'avait jamais utilisé les résultats de Manon pour contraindre les comédiens à satisfaire ce public-là. Précisément parce que les analyses en révélaient l'aspect minoritaire : une petite trentaine sur 1 300 places. D'autres directeurs se pliaient aux colères des réseaux sociaux, adaptant leur programmation pour taire les polémiques. Ici, pour Alfassi, la communauté marocaine surpassait en nombre les abonnés, noyant dans les rires et les applaudissements les rares frileux.

Quand Esther et Vincent arrivèrent au théâtre, Manon venait d'envoyer son rapport à Maréva et buvait un café sur les marches à l'entrée, devant les portes rouges.

« Encore vous ?

— Le temps de réfléchir pendant la nuit, répondit Vincent.

— Je n'ai pas grand-chose à vous dire de plus sur ma cousine.

— Plutôt sur vous et votre travail, en fait. Vos ordinateurs sont connectés au réseau ?

— Interne, pas extérieur. Les données sont quand même confidentielles, la Cnil nous tomberait dessus.

— Pas de fuite ?

— Non. »

Le policier hocha la tête, jeta un coup d'œil à Esther puis reprit : « Est-ce que votre tante a distribué d'autres versions des algorithmes que vous utilisez ? »

Manon avala une gorgée de son café, le temps de réfléchir.

« Pas son genre. Même quand je vivais chez elle, Anne-Lise s'occupait principalement d'elle. Partager ses recherches ? Elle a été sanctionnée pour ne pas le faire au labo.

— Les vendre ?

— Des groupes comme Meta ou Alphabet lui ont proposé des millions afin qu'elle travaille pour eux. En vain. Pourquoi vous ne me dites pas vraiment ce que vous voulez ?

— Quelqu'un se sert des mêmes algorithmes pour manipuler les foulards blancs.

— Les quoi ? »

Esther poussa un éclat de rire qui désarçonna le policier.

« Moi qui pensais être la plus déconnectée du monde, je suis battue. Elle a vingt ans et ignore tout des infos depuis un mois. Merveilleux.

— Au moins, ça l'innocente, ajouta Vincent.

— J'aurais préféré le contraire, tout se complique. »

Pendant que le policier expliquait la situation politique à Manon, ils se dirigèrent tous les trois vers la salle des ordinateurs. Il lui racontait la fragilité du gouvernement de sa cousine, le ministre de l'Intérieur Juvant paralysé, ne voulant pas être associé aux violences des CRS, les vitrines brisées, la colère des commerçants, les enquêtes, contre-enquêtes, fact-checking sur les réseaux pédophiles, les élites corrompues, l'incompétence des écologistes, les coupures de courant après la fermeture des centrales nucléaires. Tout se mélangeait, s'imbriquait, agrégeant les mécontentements sans que l'on puisse identifier une force politique capable d'organiser cette rage. Faute d'élections proches, les marches remplissaient les centres-villes, telles des marées, pour submerger ceux qui pourraient s'opposer.

« Mes algos en seraient responsables ? demanda Manon, inquiète.

— Est-ce que c'est possible au moins ?

— De quoi ?

— D'analyser en direct une manifestation, les réseaux sociaux et d'adapter des réponses.

— En théorie, oui, on peut activer en temps réel. Vous me dites que votre grand D. se manifeste par des slogans, ça rentre tout à fait dans le cadre. Il y a juste un problème, mes algorithmes sont réactifs. Ils ne peuvent pas proposer un message et attendre les réactions. Ça limite les possibilités de manipulation.

— On en revient à mon hypothèse, compléta Esther. C'est un humain qui commande.

— Pas Anne-Lise, je vous l'assure. Elle est incapable d'un tel plan. Adélaïde s'est toujours demandé si elle était humaine. »

Vincent s'assit dans un coin de la salle et compulsa les messages accompagnant les manifestations du jour. Il cherchait un indice, une trace d'humanité dans les phrases du grand D. Les Chéris avaient été bernés, eux aussi, comment lever le doute ?

« C'était quoi, précisément, les recherches de votre tante ?

— Les IA, conversationnelles ou non, se comportent toujours de la même manière. Elles réagissent à l'environnement, alors que nous avons l'illusion de croire le contraire. Cela tient à notre caractère, à tout ce qui fait que nous désirons exprimer notre volonté, pas seulement subir. Conférer une personnalité à une IA, c'est changer sa manière d'agir sur le monde.

— Ce que fait le grand D.

— Si ma tante a réussi. Vous comprenez pourquoi elle m'a donné ses algorithmes d'analyse ? Elle n'y arrivait pas. »

Esther secoua la tête : « Partez du principe qu'elle a trouvé la solution, c'est tout. Ce n'est pas ce qu'on vous apprend dans la police ? Poser une hypothèse et la vérifier. Pas jouer au plus malin.

— Vous voyez avec qui je travaille, Manon. Je suis soutenu, ça fait plaisir.

— Non, mais c'est vrai, on ne découvrira rien en échafaudant des théories sans fin. Il faut retrouver Anne-Lise, point.

— Vos parents n'ont aucune info ?

— Ils sont morts. »

La phrase, sèche, cueillit le policier. Esther présenta ses excuses, son air gêné aurait presque pu paraître comique dans d'autres circonstances.

« Il y a deux ans à Bordeaux. Je vais bien, vous ne pouviez pas savoir. »

Vincent fronça les sourcils, cherchant à rassembler les pièces de l'énigme qui venait de s'éparpiller devant lui.

« Le théâtre Victoire, c'est ça ? »

Pas de réponse, juste un hochement de tête. Esther mit les mains devant sa bouche pour réprimer un cri.

« On peut parler d'autre chose, s'il vous plaît ?

— Bien sûr.

— Je pense que j'ai peut-être un moyen pour déterminer si votre grand D. est un humain ou une machine. Je peux entraîner mon algorithme à l'imiter. On sélectionne les comptes de ses partisans, on traite leurs messages et on regarde le résultat.

— Ça suffira ?

— Ma tante me disait qu'un algorithme peut créer du nouveau, de l'inédit, mais qu'il le fait à partir d'un motif, une répétition, ce que nous appellerions obsession s'il s'agissait d'individus. Cela repose sur une composante mathématique, même si elle est très complexe. C'est pourquoi notre cerveau n'est pas un ordinateur, on y trouvera pas ce genre de régularité. »

Esther croisa le regard de Vincent. Tous deux ne paraissaient pas convaincus par la démonstration, mais quel choix leur laissait-on ? Le policier se déplia pour se lever et consulter son téléphone.

« J'ai des contacts à l'Intérieur qui surveillent les réseaux, ils doivent posséder les données nécessaires. Je sors, j'ai des appels à passer. »

Esther profita du départ de Vincent pour ramener une chaise qui traînait dans un couloir et s'asseoir à deux mètres de Manon pendant que cette dernière programmait l'environnement de simulation dont elle aurait besoin. Seul le son des touches du clavier perturbait le silence, jusqu'à ce que la jeune fille arrête et lève les yeux vers Esther.

« Qu'est-ce que ça fait de perdre un souvenir ? demanda-t-elle.

— De le savoir surtout. J'ignorais son importance avant que sa trace disparaisse de mon téléphone. Parfois, ça me met en rage, ce viol intime, puis je discute avec Vincent de la prochaine étape, de l'indice qui nous permettra de remettre la main sur ce qui nous a été volé. Et alors, je vais bien. Je m'oblige à bouger, rencontrer des gens. »

Manon oscilla de droite à gauche sur son fauteuil. Elle faisait courir son index sur le rebord du bureau.

« Si on m'avait demandé un souvenir à effacer, je n'aurais pas choisi cette date.

— Plutôt le 19 mars 2033 ?

— J'utilisais encore TwitBook et j'avais fait une vidéo ce soir-là.

— De l'attentat ?

— J'étais avec mon copain, dans un resto. On fêtait la fin de son stage. Mes parents voulaient que je sois avec eux, pour que je sente l'ambiance de la salle du Victoire. Je devais commencer les répétitions le mois suivant.

— Quelle pièce ?

— Oh, un minuscule rôle dans un boulevard, *Ma femme sans conséquences*. Rien d'impérissable, mais mieux que rien quand on débute. J'ai préféré maintenir la soirée avec mon petit ami. »

Manon se grattait la tête et se contorsionnait sur son fauteuil. Esther n'osait pas s'aventurer dans les questions, Vincent aurait été bien plus adéquat.

« Je ne crois pas que les souvenirs sont volés au hasard. Si des ordinateurs s'en chargent, il nous manque l'algorithme.

— Si c'est un humain, alors il est cruel. Je sais de quoi on veut me priver, je ne lui céderai pas.

— Ce souvenir vous rend heureuse ? »

Les deux femmes furent également surprises par la question, tant elle paraissait être au cœur de ce qu'elles ressentaient.

« Quand j'ai appris que les terroristes du groupe Hadef s'étaient fait sauter avant l'assaut du GIGN, j'étais convaincue que je n'aurais aucune réponse. Les rapports d'autopsie disent que mes parents sont morts rapidement lorsque le commando a vidé ses chargeurs sur les spectateurs. Ils n'ont pas vécu les deux heures d'angoisse des survivants pris en otage. Je dois me contenter de ça. Alors le souvenir que j'ai avec eux, il me fait du bien. J'ai un travail, des collègues, les psys n'ont rien trouvé de cassé chez moi. Je m'en sors bien.

— Vous n'êtes pas devenue comédienne.

— J'ai dit que je m'en sors, pas que la mort de mes parents n'a pas eu de conséquence. Ils auraient dû venir à ma première, faire partie du public. Ils m'ont toujours soutenue, payé les cours et l'école dont j'avais réussi le concours d'entrée. Ils adoraient le théâtre, c'était leur vie. Même ça, les terroristes ne leur ont pas pris. Mais moi, non, je ne pouvais plus.

— Public-analyste, c'est une manière de leur être fidèle. »

Manon avait les yeux rouges et devait s'éclaircir souvent la gorge pour parler. Esther s'en voulait de ne pouvoir l'aider.

« Si ma tante était derrière tout ça, elle ne m'aurait pas volé ce souvenir de 2025. Elle peut être brutale, mais elle n'est pas cruelle. Je ne demande pas à être heureuse, juste qu'on me laisse tranquille. Elle le sait.

— Il ne s'agit pas que de nous, toutes ces manifestations, toute cette violence, elle vient de ces vols. Personne ne vous laissera tranquille, comme vous dites, si on ne fait rien. »

Vincent finit par revenir avec une liste de comptes transmis par ses collègues. Il remarqua bien le visage humide de Manon et l'air gêné d'Esther, mais préféra l'ignorer.

« On a réussi à identifier certains partisans lillois du grand D., mais sur l'ensemble du territoire, ça représente deux à trois millions de comptes.

— Avec les robots ? demanda Manon, en s'essuyant les yeux sur les manches de son pull.

— Pourquoi tout le monde prend la police pour des nuls ?

— Ce n'est pas moi, cette fois, commenta Esther en souriant.

— Si une cellule spéciale s'occupe du grand D., ce n'est pas pour intégrer des bots dans ses statistiques. Je ne dis pas qu'il n'en reste pas, mais on est capables de trier.

— On se débrouillera. »

Vincent soupira, puis connecta son téléphone aux ordinateurs de Manon. Le traitement de la masse de données provoqua un vrombissement menaçant des ventilateurs internes. Une sensation de chaleur s'empara néanmoins de la pièce. La jeune femme modifia certains paramètres sur son écran, cliquant furieusement sur des boutons.

« Mes algorithmes ne sont pas habitués à tant d'informations d'un coup, je dois échantillonner.

— Pas la peine de remonter à plus d'une semaine.

— Je m'étais déjà limitée à aujourd'hui. C'est quand même vingt millions de messages et je n'en sélectionne qu'un dixième. Dans ma salle, je ne dépasse pas les mille trois cents individus. Réduisons à trois heures, et encore, avec un filtre au dixième. Deux cent mille, un bon début pour la phase de hachage. Cela me sera utile pour établir des labels et identifier les termes importants. Après, je renvoie tout ça dans la machine et j'augmente l'échantillon.

— Cela va durer longtemps ?

— Vous pouvez venir demain ? »

Vincent se prit la tête entre les mains. Les ordinateurs de Manon ne disposaient pas des capacités nécessaires pour une analyse en temps réel. Malgré les progrès de l'électronique, les opérations ne devenaient pas instantanées par magie. Même en empruntant de la puissance de calcul sur le réseau, la connexion du téléphone de Vincent n'aurait pas le débit suffisant. Manon oscillait sur son siège comme une enfant qui souhaiterait se dégourdir les jambes.

« J'ai fini ma journée, on peut se donner rendez-vous demain matin si vous voulez.

— Non ! »

Le ton catégorique de Vincent surprit aussi bien Manon qu'Esther.

« Je ne laisse plus un ordinateur tout seul pendant la nuit. Partez si vous le désirez, moi, je reste.

— Tu as besoin d'un matelas et d'une couverture ? plaisanta Esther.

— Chacun ses traumatismes. Toi, c'est les restaurants romantiques. »

Elle aurait pu mal prendre la remarque, mais Esther ne perdit pas son sourire.

« Il n'arrivera rien à ces ordinateurs, dit Manon. Ils se contentent de collecter et de traiter des données de l'extérieur. Ah, tiens…

— Quoi ? s'inquiéta tout de suite Vincent.

— L'échantillon a été analysé plus vite que je pensais. Cela signifie que les messages sont très répétitifs, des reprises. On est plus dans l'automatique.

— Des bots ?

— Pas forcément. Après tout, ces manifestations sont des réactions, un mouvement contre, pas un mouvement pour. Il n'y a qu'un leader, le grand D., pas d'autres éléments moteurs. Je me suis trompée, le traitement sera rapide. Je peux déjà lancer la simulation.

— Je décommande le matelas », ironisa Esther.

Il fallut bien deux ou trois heures de calculs avant que l'ensemble soit prêt. Manon synchronisa les messages traités avec ceux émis par le grand D. pour déterminer comment s'articulaient les réponses et les déclencheurs.

D.
RNACQV (Rien n'arrêtera ce qui vient)
Comment « montrer » au public la vérité ?
Comment « effacer » la corruption ?
Il n'y a qu'un moyen
Parfois il faut marcher, dans les ténèbres avant de voir la lumière

Chri935
Matignon, centre de corruption #sauverFrance #StopDictature #revolution #Noussommesles20millions
RT RNACQV

Jathan Solo
Ordenau veut infiltrer toutes les instances de contre-pouvoir, contrôler les médias, fin du pluralisme #DictatureEcolo #Noussommesles20millions
RT RNACQV

D.
Êtes-vous prêt à reprendre le contrôle ?

BobM6666
Solidarité avec les CRS, tous avec nous #noussommesles20millions #revolution #bilandelahonte
RT

RevoluSion
Ils brisent ceux qui s'opposent, ne comprennent que la force. Mauvais film #Dystopie #DictatureEcolo #StopCrime
RT

D.
Divisés, vous êtes faibles.
Divisés, vous vous combattez...
Divisés, vous n'êtes pas une menace.
Guerre de l'information.

Banalyste
La honte, que la honte. Je fais un rêve.
#Noussommesles20millions #revolution
RT

Alexia34
Il n'y a personne dans ce pays pour arrêter cette folle ? Personne pour protéger nos enfants ?

#DictatureOrdenau #Noussommesles20millions
#ProtecttheChildren
RT

D.
Est-ce qu'un procureur arrête des poursuites de sa propre initiative ? Qui est derrière, qui manipule ? Qui protège les forts et punit les faibles ?
Guerre civile, grand réveil

Gino
Tout est inféodé à la PM. Personne n'a le choix, elle est à abattre #Noussommesles20millions #revolution #Matignonàdétruire
RT

Complo42
Des armes, des chars, fin des députés aux ordres, fin des criminels protégés
#Reveillons-nous #Noussommesles20millions
#CORRUPTION
RT

Plus les messages s'ajoutaient, plus ils défilaient dans la fenêtre d'analyse, plus Vincent sentait la nausée le terrasser. La haine, le mensonge, la violence, tout si condensé, à l'état pur, un instantané d'individus. Les déclarations du grand D. surnageaient, portées par tous les repartages enthousiastes, presque fanatiques. On aurait pu croire qu'il ne s'agissait que d'un défouloir sur Internet, mais les manifestations physiques existaient bien, avec des hommes et des femmes remontant les avenues dans les villes, des foulards blancs noués au cou, des slogans criés, répétés, crachés sur les CRS qui leur barraient la route.

« Pourquoi vingt millions ? demanda Manon.

— Brochard a été élu président avec dix-neuf millions cinq cent mille voix.

— Je vois. Bon, c'est le moment de lancer la simulation.

— On va vraiment savoir si on a affaire à une machine ou à un humain ?

— Mes algorithmes, c'est ce qu'utilisait ma tante pour vérifier ses hypothèses. Elle appelait cela « fuir le un ». Je vais essayer de reproduire les mêmes réactions sur l'échantillon qu'on a, puis je vais comparer. Si j'obtiens un degré de liberté de un, c'est une machine, sinon…

— C'est si facile que ça ?

— Pas du tout. Mon programme serait incapable d'écrire les répliques d'un spectacle pour plaire à un public, il indique juste les émotions attendues ; après, chaque artiste interprète avec sa personnalité, son vécu, c'est ce qui l'écarte du un. »

Vincent siffla entre ses dents, impressionné. Esther paraissait moins convaincue.

« Et votre tante a eu des résultats ?

— Elle n'a jamais échappé au un. C'est pour ça qu'elle s'est débarrassée du logiciel en me le donnant.

— J'aime bien votre tante, en fait. »

Manon se concentra sur le terminal de son ordinateur qui lui signalait le début de la simulation. La grande confrontation commençait, une évaluation, un calcul pour déterminer qui était humain, qui était machine. Le tout dans une pièce sans fenêtre d'un théâtre de Lille, même pas dans un labo, même pas sous les feux des médias. À la fin, personne n'invoquerait les figures classiques, Skynet, Matrix et toutes ces représentations apocalyptiques du robot tout-puissant. Il n'y aurait que trois personnes face à une vérité.

Dans le magma des labels, cette façon de découper la réalité pour la rendre manipulable, les amateurs du grand D. développaient toute la palette du ressentiment. La colère, des mots en capitales, des points d'exclamation, des émojis en feu. La rancœur, des interrogations accusatrices, des interpellations incriminantes. La frustration, des vidéos parsemées de cris, égrenant des suites de rêves déclarés impossibles, depuis le repas au restaurant jusqu'au vol vers un centre de vacances ou à Bali. L'amertume, des affirmations, des soutiens appuyés au gouvernement accompagnés de hashtags furieux, une ironie malade, souffrante. L'humiliation, des instantanés des forces de police chargeant les manifestants, des journalistes en plateau dissertant sur la futilité des revendications, l'impression d'être nié, d'être effacé du monde qui parle et qui bouge. Tout ceci se cristallisait dans les slogans, dans les condensations opérées par les algorithmes de Manon. Pas besoin de se différencier, au contraire, retrouver la chaleur du groupe, la communion des offensés solidaires, cette victoire sur une vie désarticulée, atomisée. Croire que « nous » existe, surtout s'il n'est pas autorisé, s'il n'est pas légitimé par d'autres, s'imaginer le peuple en appuyant sur ENTRER dans une application, en choisissant RT sur un message ami, réconfortant.

Un brouhaha confus, disait-on, mais pas pour ceux en faisant partie. Tout acquérait une logique, par le seul fait d'être rejeté, par la vertu de la victime qui s'énonçait comme telle. Dans un monde dénonçant les privilèges, ces partisans ne reconnaissaient que celui des « puissants », ne visaient qu'une figure, Adélaïde Ordenau. Elle était la cible, le symbole d'unité du groupe, malgré leurs différences, entre ceux rêvant du golf du week-end prochain et ceux qui se gavaient de pizzas et de bières devant un match à la télé. Quand vous doutiez, quand vous étiez tentés de vous reposer, il suffisait d'évoquer le nom de la Première ministre et l'énergie revenait. Quand vous n'arriviez plus à payer l'électricité pour vous rendre au travail en voiture, Ordenau aiguisait votre colère, l'orientait. Vous ne vouliez pas être justes, vous vouliez une raison, un motif, un moyen d'effacer la complexité du monde.

Car il était douloureux, ce monde, incertain et gris. Les promotions qui vous échappaient, les places en crèches occupées, les opérations reportées à l'hôpital, rien n'avait d'explication unique. Si quelqu'un en exposait les subtilités, vous aviez envie de le tuer pour qu'il se taise. Alors, une phrase, un message, un nom, tout ce qui pouvait ordonner l'existence, vous l'accueilliez avec soulagement. Vous refusiez le hasard, le « pas de chance », le « ça arrive », vous vouliez reprendre le contrôle, simplifier pour accéder à une vérité désirable. Vous vous souveniez d'un passé plus doux, plus joyeux, une grandeur, un bien-être, la certitude que chacun avait une place, un but, un rôle à jouer, une récompense. Dans ces souvenirs, il était facile d'être un héros, au quotidien, dans sa rue. Aujourd'hui, même les idoles s'excusent pour un mot, pour un acte, aucune figure n'est longtemps indemne, l'admiration a disparu, aussi bien pour le présent que le passé. Nous sommes seuls, nus, suffocants.

Et dans cette multitude incohérente à la recherche d'une harmonie, y compris sanguinaire, s'élevait un pilier, un organisateur. Le grand D. ne semblait pas perdu, pas défait par la réalité. Il la traversait en phrases choisies, en assertions calmes et posées qui ne contenaient aucune violence. La manipulation s'y révélait beaucoup plus radicale, définitive même. Puisqu'il se contentait de questions, de suggestions, d'affirmations sibyllines, personne ne pouvait s'en prendre à lui. Tel un vortex de ténèbres, le grand D. attirait à lui les hésitants, les tièdes, autant que les furieux, les fanatiques. Il savait exploiter leurs espoirs et tirer profit de leurs rêves. Sans les citer, sans adouber aucun chevalier, le seigneur sombre menait sa bataille et ses armées dans les rues de France. Et si l'un des soldats tombait, ce serait une victoire pour lui, et si une compagnie ennemie reculait, sa cause en paraîtrait encore plus juste, il n'y avait plus que lui et eux, sa vie, la leur, son futur, leur présent. Le grand D. pouvait gagner par destruction, alors qu'en face la moindre violence était une défaite. Insaisissable, subtil et souverain, le marionnettiste maîtrisait ses fils.

Pourtant, au-delà de l'horizon de ce trou noir, quelque chose s'agitait, se débattait, comme un enfant qui sanglote, prisonnier de sa solitude. Aux points de suspension impromptus à la fin d'un message, à la virgule déplacée, à la vidéo muette, on sentait poindre une autre volonté, un autre désir, une parcelle d'hésitation qui ne s'épanouissait jamais. Aucun mot, aucun slogan ne trahissait le doute, il s'insinuait par d'autres moyens, imperceptibles pour qui se concentrait sur les propos. Qui était le grand D. ? Tout le monde s'interrogeait, mais employait-on les bonnes méthodes ? Personne ne savait vraiment où chercher, quoi chercher, tous échouaient, tous abandonnaient.

Manon coupa la simulation au bout d'une heure. Esther et Vincent avaient eu le temps de boire trois cafés et de manger un paquet de bonbons acheté au distributeur à l'entrée du théâtre. Ils ne s'étaient pas parlé, chacun concentré sur ses inquiétudes. Esther s'efforçait de trouver des renseignements sur Anne-Lise Ordenau pendant que Vincent suivait les manifestations de l'après-midi sur toutes les chaînes d'information continue.

« La comparaison est stabilisée, pas la peine d'aller plus loin.

— Alors, un ou pas un ? » demanda Vincent.

Manon fronça le nez.

« L'indice est à 1,001.

— C'est un humain ?

— Anne-Lise ? suggéra Esther.

— Le pire des indices, en fait. Indéterminable.

— Et merde », lâcha Vincent.

Il se retint de taper du poing contre la porte, sa déception ne disparaîtrait pas de cette manière.

« Ou alors ma tante a fui le un. Si ce sont ses recherches qui sont à la manœuvre, elle a pu réussir.

— À un millième près ?

— Jusqu'ici, tous ses résultats ne connaissaient pas la virgule, le dixième ou le centième.

— Le grand D. est donc un millième plus humain que nous ? » demanda Vincent.

Manon sourit, mais elle secoua la tête :

« On ne peut pas interpréter comme ça un indice statistique. Certains artistes montent à 1,4 et je ne les qualifierais pas de dieux.

— Tout ça ne nous donne pas la solution, se désola Esther. Une machine, une machine un peu humaine ou un humain…

— Vous voulez mon avis ? Il s'agit de manipuler une foule avec des slogans, des mots, des images, des vidéos. Est-ce qu'on a vraiment besoin d'un ordinateur pour réussir cet exploit ? Est-ce qu'il faut une machine pour convaincre des gamins de se faire sauter dans un théâtre ? Nous avons des religions, des idéologies qui sont bien plus efficaces, bien moins coûteuses. Alors j'ignore ce que ma tante peut bien faire, mais je préfère ce millième à toute autre hypothèse. Une machine, ça s'arrête, pas une idée. »

Esther et Vincent se regardèrent, évaluant silencieusement la pertinence des propos de la jeune fille. Ils auraient aimé un sol plus stable pour leurs suppositions, un pari moins risqué. Pourtant, déjà, des fragments de conjecture s'ordonnaient pour former des lignes d'action, le coup suivant, la suite de la quête.

« Si ces machines se coordonnent à la fois pour échanger les souvenirs et pour alimenter le grand D., dit Esther, cela doit se voir sur la consommation électrique. Même avec une puissance distribuée, nous avons besoin d'un serveur de traitement. Si on pouvait le détecter…

— Sur toute la France ? J'ai des copains à l'Intérieur, pas chez EDF. Il faudrait scanner tout le réseau juste au moment d'une manipulation de données sur les serveurs. On n'y arrivera jamais.

— À la prochaine manifestation, le grand D. s'exprimera, on le verra.

— L'énergie nécessaire pour ces messages est négligeable, tempéra Manon. En revanche, je peux réduire le champ de recherche. Ma tante a disparu, mais pas n'importe où.

— Ah, ça, c'est un langage de policier, dit Vincent.

— Pourquoi c'est elle qui y pense, et pas toi ? Une petite fatigue ?

— Mais va te faire… »

Pourtant, Vincent n'était pas en colère, Esther et lui se souriaient. Manon trouvait cela presque attachant.

« Je disais donc qu'elle a dû revenir dans un coin qu'elle connaissait, peut-être vers Amiens, en tout cas, dans la région.

— Il faut un endroit avec une bonne alimentation électrique, pas dans une campagne perdue, poursuivit le policier. Esther, est-ce que tu peux vérifier dans ton fichier si des vols de souvenirs ont eu lieu le samedi ? »

Esther écarquilla les yeux, mais elle ouvrit son portable pour croiser les données. La réponse la surprit tellement qu'elle dit « non » en criant à moitié.

« Les samedis, c'est un pic de consommation dans les centres commerciaux. Votre tante ne peut pas se permettre de faire tomber la tension à ce moment. En revanche, rien n'interdit au grand D. de se manifester sur les réseaux.

— Mais t'es pas mauvais, en fait, plaisanta Esther. On n'a aucun moyen d'obtenir l'activité électrique en temps réel, mais c'est mieux que rien.

— On y arrivera. J'en suis persuadé. Tant que ce pays ne s'effondre pas, on a une petite chance. »

Manon se disait que ces deux-là étaient faits pour se rencontrer. Pas une fusion romantique, pas un amour jusqu'à la mort, plutôt deux esprits se répondant, se soutenant.

« Dites, je vous ai pas demandé, mais vous êtes en ensemble ? »

Esther et Vincent nièrent dans un même souffle, ce qui confirma les soupçons de Manon. Quand tout serait terminé, qu'ils réussissent ou qu'ils échouent, peut-être qu'ils se trouveraient, reconnaissant l'évidence que les circonstances dissimulaient dans un brouillard opaque. Il fallait du temps.

« Et maintenant, qu'est-ce que vous allez faire ?

— Trouver un contact chez Engie, répondit Vincent.

— Et espérer avoir de la chance pour repérer un pic de consommation en semaine, aux heures creuses, dans une dizaine de zones commerciales de la Somme. Je ne connais pas Amiens…

— La cathédrale est belle, mais la ville n'est pas très rieuse. J'ai eu mon premier poste en commissariat à Abbeville.

— Vous n'avez pas besoin de partir d'ici tout de suite, alors ? Restez un peu, s'il vous plaît. Je pourrai vous aider à trouver ma tante. »

Esther haussa les épaules en regardant Vincent, avant de lâcher un « pourquoi pas » affectueux. Manon soupira. Elle avait une idée très précise de ce qu'elle voulait faire, et le couple la motivait. Plus elle les observait, plus elle désirait sauter le pas, se lancer, risquer de tout perdre pour gagner, peut-être.

Le dimanche, le Sébasto se reposait de la semaine. Seuls un ou deux techniciens se relayaient pour assurer la sécurité du bâtiment. Manon les connaissait bien, ils l'avaient laissée entrer pour se préparer. La jeune femme avait tenu à passer par les loges pour se maquiller. Se refaire un visage, se refaire une vie, souligner le regard, accentuer le rouge sur les joues, devenir de nouveau quelqu'un d'autre, s'oublier pour se retrouver, voilà tout ce qui l'animait, la nourrissait cet après-midi. Manon répétait son monologue devant le miroir, amplifiant les mouvements de sa bouche comme pour réhabituer ses lèvres à bouger au son des mots d'un autre qu'elle.

Le trac ? Il donnait à ses gestes de la brusquerie, il soulevait plus fréquemment sa poitrine. Manon manquait d'air. Cette sensation, elle donnait autant envie de fuir que de monter sur scène ; on l'accueillait, forcé, on anticipait sa disparition, salutaire. Elle rendait tout plus précieux, le grésillement des ampoules autour du miroir, le parfum d'un bouquet oublié la veille par la troupe, le grincement du parquet quand on se faufilait dans les coulisses, le mur rugueux sur lequel on appuyait la main pour reprendre son souffle. Soudain, derrière les rideaux, il n'y avait plus que la scène, l'espace vide, le sol noir, sans artifice. Dans un autre temps, une autre vie, Manon avait eu besoin de ses partenaires, d'un groupe, pour franchir les ultimes mètres et oser se présenter au public. Chacun se soutenait, évacuait sa peur dans le contact avec les semblables, les tapes dans le dos, les embrassades. Là, il n'y avait qu'elle, sa robe désuète et son maquillage trop marqué.

L'éclairage n'avait pas été réglé pour effacer le public dans la pénombre. Manon reconnaissait Esther et Vincent, Gaspard aussi, isolé sur un strapontin, tout étonné de l'invitation. Même Maréva était venue, curieuse. Personne ne l'avait dissuadée. Il n'y aurait pas d'évaluation par des machines, aucune promesse à tenir, juste des retrouvailles après ces années suspendues. Le silence pouvait s'éteindre, pas la lumière.

« Bonsoir, mesdames, messieurs, avez-vous remarqué comme moi une chose… ? Nous n'avons plus d'avenir. Est-ce que vous avez remarqué ça comme moi ? Est-ce qu'il est arrivé à quelqu'un présent ici ce soir de rêver sérieusement à un avenir pour lui et pour notre société, notre belle société humaine, je dirais, les trois derniers mois écoulés, un vrai beau rêve d'avenir pour notre société humaine, est-ce que quelqu'un pourrait sérieusement me dire cela… ? Je ne crois pas. Mais où sont passées les idées, nom de Dieu ! »

L'auditoire la fixait, l'écoutait. Le lien se nouait à nouveau, cette qualité d'oreille qui n'était pas de la politesse, pas de la moquerie, plutôt une attente, la simplicité de ceux qui se laissent embarquer par une voix sur une mer calme, par un bel après-midi. Il fallait encore gonfler les voiles pour ne pas les perdre.

« Moi, je veux rêver ! Je vous le dis car j'y ai droit, comme tout le monde, car j'en peux plus, je veux mon avenir ! Je veux qu'on me donne mon avenir ! J'y ai droit ! Qui pourrait prétendre que je n'ai pas le droit à mon avenir ? Qui pourrait venir me dire en face que je n'ai plus le droit de rêver à mon avenir, à un bel avenir, un avenir qui puisse m'enthousiasmer, un rêve qui puisse me porter, qui puisse m'emporter, avec ses ailes, ses grandes ailes, de l'optimisme, de l'euphorie et du plaisir, vers mon avenir ! Qui… ? »

Quand Manon se tut, le silence l'enveloppa, une vibration chaleureuse lui parcourut l'échine et lui donna le rose aux joues.

Gaspard applaudit le premier, évidemment, Maréva se contenta de hocher la tête.

« Du Joël Pommerat ; tu n'étais pas née quand on a joué *Je Tremble* à Avignon. C'était en 2008, si je me souviens bien.

— Rien n'a vieilli.

— Madame est trop bonne. Il faudrait contrôler ta voix, c'est rouillé tout ça. Si c'est pour être engagée dans une troupe, il y a beaucoup de boulot encore.

— Je devrai reprendre des cours.

— C'est un bon début, ce désir. »

Dans le sourire accueillant de sa directrice, Manon puisa la motivation qui aurait pu lui manquer. Elle ferait ce pas, ce grand pas, rien ne l'en empêcherait, surtout pas les souvenirs.

« Je me demande bien ce qu'on fait là, nous deux, dit Esther en pointant Vincent du doigt.

— J'ai ouvert TwitBook et regardé mes notifications. »

L'information surprit Esther : « Je vous avais conseillé de ne pas le faire.

— Vous m'avez dit que ce n'était un problème que si on ne le décidait pas. Moi, je l'ai voulu.

— Et vous vous sentez comment ?

— J'ai pu réciter un texte et je suis encore vivante. Pas mal pour l'instant. »

Manon descendit de la scène pour rejoindre ceux qu'elle s'autorisait à considérer comme amis. Quand Gaspard lui tendit une bouteille d'eau pour se désaltérer, elle lui caressa l'épaule. Le garçon se figea un instant, surpris, puis esquissa un sourire. Rien n'était promis, mais rien n'était fermé.

« Vous allez le regretter, dit Esther d'une voix inquiète.

— Vraiment ? Le peu que j'ai vu de vous en quelques jours ne m'a pas paru si affreux. Je sais que je vais être perdue sans ce souvenir, je l'accepte. Quand vous rencontrerez ma tante, dites-lui… »

Manon s'arrêta un moment, le temps de garder en mémoire les visages de Maréva, Gaspard, Esther et Vincent. Elle avait l'impression de les regarder pour la première fois, comme si un filtre sombre avait disparu devant ses yeux. Une petite angoisse l'attrapa soudain. Et si elle n'était pas à la hauteur de la Manon en train de naître ? Un nouveau rôle, sans texte, sans didascalies.

« Dites-lui merci d'avoir pensé à moi. »

Une nuit pâle du 31 mai 2025

C'était un samedi à la frontière de l'été, sans chaleur moite, sans le poids de la journée qui pèse sur les épaules. On s'était donné rendez-vous dans un champ près des vignes, un festival en plein air bien avant Avignon et les vacances. Ils étaient venus en famille, les enfants n'allaient pas à l'école le lendemain. La nuit s'installait à peine, teintant de violet le ciel bleu. Pour ceux proches de la scène, les spots empêchaient d'admirer les étoiles qui s'allumaient. Pas de chaises, pas de bancs, des couvertures posées sur l'herbe, des pique-niques improvisés où l'on s'échangeait les bocaux de cornichons et les bouteilles. Peu de paroles, pas de cris, voilà la convention passée entre les acteurs et le public. Les enfants grognons étaient transportés vers les voitures garées à proximité, le temps de les calmer, qu'ils se reposent ou jouent. Rien de solennel dans les représentations, la religion du théâtre s'était absentée du champ.

Les parents de Manon venaient pour écouter les textes, découvrir de nouvelles troupes, tenter de comprendre des mises en scène inédites. Il faudrait retenir les noms, rechercher sur Internet d'autres performances, d'autres captations volées, afin d'apprécier les démarches artistiques, toujours rester curieux. Pour l'instant, le temps était à l'inconnu, au bizarre, à la promesse. Les adultes se concertaient en chuchotant, s'étonnant d'un choix de maquillage, de l'intonation d'une réplique. Derrière, Manon faisait semblant de dormir, un oreiller pour la caler. Sa mère se montrait la plus attentive, la plus rapide à signaler un détail ou à manifester son enthousiasme. Elle allait jusqu'à interpeller un voisin inconnu pour qu'il confirme son impression. Elle avait le contact facile, l'amitié aisément donnée, une confiance dans la vie sans égale. Le père se tenait sur la réserve, hochant la tête pour éviter d'appuyer un commentaire d'un mot, d'une phrase. Il aurait peut-être préféré garder son expérience du festival pour lui, plutôt que la partager avec des gens de hasard dans un champ. Pourtant, aucun bougonnement chez lui, aucun geste d'agacement. Quand il regardait sa femme, le père de Manon avait dans les yeux plus des éclats d'admiration que de colère.

Un soir de mai, des centaines de personnes, une scène, des troupes ; tout était coupé du monde, coupé du rappel des maux de la réalité, de leur côté absurde. Le théâtre créait un sens, focalisait le malaise pour en donner une version plus dynamique, lumineuse. Une magie, disait-on, mais pas artificielle, pas désincarnée. Quand une actrice hurlait sa douleur, elle vous touchait, elle vous figeait, vous ne pouviez pas l'ignorer. Impossible de fuir, alors que pour le mendiant à la bouche de métro vous vous contentiez d'un geste avant de poursuivre votre route.

Ce que Manon saisit ce soir en écoutant ses parents, les gens autour d'eux, c'était que le théâtre créait une version plus intense du monde, un univers plus proche, débarrassé des excuses dont on se servait pour ne pas le prendre au sérieux. Le jeu de l'acteur livrait une vérité qu'on cherchait en vain dans le quotidien. Dans un dialogue, une scène, un drame, le mensonge faisait comprendre, éclairait la nuit.

Parfois, le père touchait le bras de sa femme pour qu'elle parle moins fort, prétextant que Manon devait dormir. Faisait-il semblant, lui aussi ? Il devait se douter que sa fille de dix ans ne trouverait pas le sommeil. Trop de choses à vivre, à ressentir, le chant des cigales qui s'éteignait, des rires d'enfants au loin, des odeurs de chips et de bière. Un mélange de kermesse et de prière. Ce moment allait disparaître, s'évanouir, il n'aurait plus aucune existence. Les adultes allaient se lever, plier les couvertures avant de retourner aux voitures. On coucherait la petite sur la banquette arrière de la Toyota. Il n'y aurait plus que le son électrique du véhicule, les voyants multicolores reflétés sur les vitres et les lumières des lampadaires sur le trajet. Manon ne pourrait pas fermer les yeux.

Pourtant, il fallait se rappeler maintenant cette soirée de mai, cette nuit pâle qui ne devait pas finir. Manon ne voulait pas que ces instants soient emportés, que les visages s'évanouissent, que l'écho des tirades s'estompe. Discrètement, elle tira de sa poche le téléphone offert par ses parents et activa l'enregistrement vidéo. Elle ne se redressa pas, craignant que les adultes se retournent vers elle, cassent la magie. Elle aimait qu'ils l'ignorent, qu'ils vivent sans faire attention à leur enfant, qu'ils retrouvent leur vie d'avant. Plus tard, Manon prendrait des cours de théâtre, et ils l'aideraient, ils auraient peut-être peur pour elle, mais ils l'aideraient. Avant les répétitions, avant les inquiétudes, la petite fille voulait garder en mémoire leur amour pour cet art, ce qui les avait unis et les unirait toujours, même après l'attentat. Et si Manon avait choisi la comédie pour faire partie de leur passion, elle n'avait pas eu à se forcer pour y trouver du plaisir. Elle aussi, un jour, elle jouerait sur des tréteaux posés dans un champ, près des vignes. D'autres parents, d'autres enfants la regarderaient, l'aimeraient.

[Enregistrement du 31 mai 2025]

```
/traitement image
Déficit lumière, correction impossible, bruit.
Deux formes noires, gauche et droite image.
Centre surexposé.

/traitement son
Feature extraction audio, zéro crossing rate.
Modélisation Deep Speech/Baidu Research.
```

Activation couches convolutives, récurrentes bidirectionnelles et complètement connectées.

Effacement bruits parasites.

Voix féminine lointaine droite (235 Hz) Qui veut du saucisson ?

Voix masculine lointaine droite (120 Hz) Passe.

Voix jeune lointaine avant gauche (200 Hz) Maman, pipi !

Voix masculine proche (132 Hz) J'aime bien ce monologue.

Voix masculine lointaine centre (125 Hz) Mais où sont passées les idées, nom de Dieu ! Donnez-moi une idée qui me fasse rêver, nom de Dieu ! Et vite ! Moi j'en peux plus ! Une idée ! Un avenir !

Voix féminine proche droite (225 Hz) Je comprends pourquoi tu aimes.

Voix masculine proche gauche (132 Hz) Chut.

Voix masculine lointaine centre (125 Hz) Vous êtes où les gens qui êtes responsables des idées ? Vous ne pourriez pas me refiler un peu de rêve quand même ? Qu'est-ce que vous foutez, nom de Dieu ! Vous vous grattez le cerveau ou quoi ? Mais ça ne se gratte pas un cerveau ! Ça se fait chauffer, ça se fait bouillir, ça s'éclate, et c'est tout ! À coups de pensées, des pensées bien fortes, et surtout, bien constructives ! Voilà, c'est tout ! Moi, je veux rêver ! Je vous le dis car j'y ai droit.

Voix féminine proche droite (225 Hz) Regarde notre coquine de fille, elle nous filme.

Voix masculine proche gauche (132 Hz) Une petite espionne. Tu sais ce qu'on fait aux espions, Manon, on les torture…

Rires

Voix jeune proche (237 Hz) Arrête, tu me chatouilles.

Fin données audio

Les ignorés magnifiques

« … les connards qui défilent. Vous y croyez à cette révolte ? Le débile qui met le feu à l'Apple Store des Champs pour lutter contre le capitalisme, et la meuf qui se jette à moitié à poil sur un policier en criant "plutôt moi que nos enfants". Mais c'est quoi, ces foulards blancs ? Et toute la clique des journaleux, les Giraudet, les Fobert, qui leur sucent la roue, pour pas dire plus. C'est merveilleux, la lutte des petits contre les puissants ! Mais pendant ce temps on oublie les vrais problèmes, les appartements pour les assistés, les nanas qu'on nomme à un poste pour "la parité", tout ce qui donne envie de gerber. On applaudit, mais on ne fait rien, on reçoit Ordenau au 20 heures et on lui sert du "mais bien sûr, madame la Première ministre". Une baffe dans la gueule, oui, un aller-retour plutôt. »

Vincent coupa la vidéo et posa ses écouteurs sur la tablette de sa place de TGV, pendant qu'Esther consultait les derniers messages publiés sur les réseaux sociaux.

« Charmant personnage, ce Damien. Je meurs d'envie de le rencontrer.

— Qu'est-ce qu'il y a ?

— Tu as vu ses vidéos ?

— On s'en fiche, c'est pas ce qui nous intéresse.

— Toi, quand tu es motivée, rien ne te détourne. »

Esther leva le nez de son smartphone et se tourna vers son compagnon : « On a une chance unique de remonter jusqu'à Anne-Lise, alors même si c'était un serial-killer, ce Damien, j'irais.

— J'aimais bien Lille.

— C'est toi qui as voulu qu'on parte à Angers plus tôt. L'échange de souvenirs n'aura lieu que vendredi, mais tu es persuadé qu'il faudra bien cinq jours pour le convaincre de nous ouvrir.

— Si j'en crois mon expérience avec toi, ce ne sera pas de trop. Tu as eu de la chance que je sois policier et que cela me prédispose à t'écouter. Là, on s'excite à cause d'un message. C'est maigre. »

Chacun avait reçu une notification sur son compte TwitBook, émanant d'un certain Côme Terdi, dont le pseudonyme était si transparent qu'il en devenait amusant.

« Oui, Demetrico nous a livré ce nom, admit Esther. Cette machine nous manipule, mais au moins nous en avons conscience.

— Je n'aime pas ça.

— Considérons que c'est un piège, que risque-t-on ? Montre-moi une de ces vidéos ?

— Tu veux mes écouteurs ?

— Sans le son. »

Vincent reprit la liste sur la chaîne de « Dam le Daumit » et tria entre les miniatures concernant des tests de jeux vidéo et celles intitulées « Chill et blabla », les plus populaires (15 000 vues environ). Il choisit une vidéo datée du 13 mai. Sur un fond noir étoilé, des lettres scintillantes glissèrent du bas vers le haut pour afficher « Dam le Daumit » en grand, avec une musique tout en trompette et cymbale. Le youtubeur était installé de trois quarts face à un micro protégé par un bouclier insonorisant en mousse. Derrière lui, des étagères débordaient de mangas et de figurines variées depuis des classiques comme Mario, jusqu'à des personnages de *Runecraft*. Le fameux « Dam » devait avoir au moins vingt-deux ans, puisqu'il terminait son école d'ingénieur, mais il semblait à peine sorti du lycée, le visage encore marqué par l'acné. Il disciplinait ses cheveux dans un catogan qui lui donnait un air cool d'après les commentaires sur ses vidéos. Pour cette fois, sur son T-shirt pas de fleurs, pas de slogan brutal « I'M EVIL », juste une Jill Valentine tirée du jeu *Resident Evil New Village*. Sobre.

On le voyait parler et commenter des pages d'information traduites par Google, surlignant les passages qu'il jugeait intéressants. Le ton se voulait souvent humoristique, sarcastique peut-être, mais les blagues ne faisaient rire que ses viewers. Dam semblait ancré dans ses positions, les convictions solides et l'intuition rapide, appartenant à cette catégorie qui ne se laisse pas avoir par les apparences, qui pourfend les slogans automatiques et le politiquement correct. Vincent se retenait de résumer l'individu sous des qualificatifs simplistes, mais « petit con » lui paraissait bien approprié.

« Ça n'a pas vraiment évolué le YouTube Game, commenta Esther en levant la tête. Je regardais les mêmes choses à son âge.

— Vraiment ?

— Pas aussi politique, d'accord, mais cela ne volait pas haut non plus. Et ne va pas imaginer que je suivais des influenceuses beauté, ou ça va mal finir.

— Je n'imagine rien.

— J'étais plutôt dans l'autre camp, si tu vois ce que je veux dire. Genre bienveillance et tolérance.

— Oh ?

— Et puis j'ai grandi. »

Vincent ricana en sourdine et préféra regarder le paysage par la vitre du TGV. À l'âge de ce Damien, il n'allait pas sur YouTube, il ne souhaitait pas rencontrer des gens comme lui, se réconforter auprès d'individus exposant des opinions pareilles aux siennes. Qui voudrait entendre quelqu'un racontant qu'il avait condamné son père et perdu sa mère ? Personne ne l'aurait soutenu ou plaint. Derrière les idées moisies du youtubeur, le policier devinait le désir d'être aimé, reconnu. Même la haine vous faisait existier. Vincent n'avait rien connu de tel, juste une violence s'accumulant en lui jusqu'à détruire son couple et ses relations avec les autres. Il aurait peut-être préféré disparaître plutôt que s'exposer sur une plateforme de vidéos. Pourtant, derrière les provocations de Damien, le policier pressentait autre chose. Si Demetrico avait choisi ce gamin, c'était pour une raison précise.

Trop précise, même.

« On dirait que depuis que tu sais que tout vient d'intelligences artificielles, tu te sens plus confiante, dit Vincent à Esther.

— Une machine, on peut l'arrêter.

— On se fait quand même bien balader. Tu reçois l'adresse du type et il se trouve que, ô miracle, c'est un ingénieur de Polytech, en filière Génie informatique. Exactement ce dont on a besoin. Et tout va bien…

— Je ne crois pas non plus à la coïncidence. Franchement, Vincent, si le grand D. voulait nous arrêter, ce serait plus simple de diriger une fraction de ses fanatiques contre nous.

— On a peut-être toujours fait partie de son plan. Je trouve ça beaucoup plus angoissant.

— Tu aurais pu rester à Lille. Je ne t'ai pas obligé, et ne me dis pas que c'est pour me protéger que tu es venu.

— Je suis là pour rattraper tes gaffes. »

Avant même de chercher un hôtel en centre-ville, Esther et Vincent descendirent à pied la rue Faidherbe pour dénicher la résidence où logeait Damien. En moins de dix minutes, ils arrivèrent à un bâtiment qui avait bien vieilli dans un quartier calme proche de la Maine. Esther repéra le nom sur l'interphone et sonna avant que Vincent puisse intervenir. Aucune réponse.

« Si tu avais regardé les vidéos, comme moi, tu saurais qu'il a trouvé un stage en ville et qu'il ne reviendra pas avant 19 heures.

— Alors dis-moi pourquoi tu voulais commencer par venir ici, Vincent ?

— Savoir où il vivait. Il n'arrête pas de parler de violence, et j'ai connu des endroits plus dangereux. »

Esther tapota un autocollant sur la porte d'entrée : « Au moins, il a une fibre haut débit. On pourra lancer un pistage sans limitation.

— Difficile de streamer du jeu vidéo sans un bon réseau. Je n'étais pas inquiet.

— Je vais finir par croire que je dois regarder ce qu'il fait, ce Damien ; même si tu ne m'as pas vendu du rêve à son propos.

— Demi-tour et hôtel ? »

Esther acquiesça. En traversant la ville, notamment sur la place du Ralliement, ils constatèrent les dégâts causés par les manifestations : toutes les vitres de l'espèce de pergola surmontant l'entrée du parking souterrain avaient explosé, ne laissant que le squelette des poutres métalliques. Malgré cela, les gens ne paraissaient pas inquiets, ils continuaient de profiter du beau temps en buvant à la terrasse du Duplex, près du théâtre, malgré les vitrines brisées des magasins autour, remplacées par des panneaux de bois. On était lundi, et Vincent percevait encore dans l'atmosphère des traces piquantes de lacrymos utilisés la veille.

La violence n'existait pas que sur les réseaux, entre comptes TwitBook, entre humains et machines, elle imprimait aussi des stigmates dans les rues et sur les façades. Rien de mortel ou de définitif, plutôt une présence menaçante dont la régularité organisait la semaine. On profitait du lundi après la bataille avant de reconstruire des barricades au fil des journées jusqu'à fermer portes et volets le week-end. Mouvement sans fin, épuisant métronome dont les clics et les clacs abrutissaient les habitants. Même la banlieue au loin souffrait, terrorisée par les images de ces lieux familiers saccagés. On se sentait trahis, privés d'un plaisir, et pourtant tout aussi solidaires discrets, débiteurs de ceux qui osaient affronter les CRS. Chacun vivait cette contradiction.

« Avant, il n'y avait que Paris pour subir ça, commenta Esther.

— Les partisans du grand D. sont mobilisés partout. Ils ont appris. Je ne sais pas comment ça va finir. C'est allé trop loin.

— Même si on trouve Anne-Lise ?

— Tu penses vraiment qu'il suffit d'arrêter des machines pour mettre fin à tout ça ?

— Je préfère le croire, oui. »

Dans l'hôtel agréable qu'ils dénichèrent au centre-ville d'Angers, le réceptionniste fit la moue quand Esther et Vincent annoncèrent rester jusqu'au samedi. Il leur conseilla de libérer la chambre avant 9 heures et la fermeture des grilles de l'établissement. Deux semaines auparavant, des clients avaient été agressés au passage de la manifestation et, depuis, le bâtiment se barricadait tôt. On redoutait les mouvements autour du marché du centre-ville, sur la place Leclerc, qui donnaient la température des rassemblements du dimanche. Il était difficile d'évaluer si le réceptionniste soutenait ou réprouvait les foulards blancs. Sa neutralité commerciale contredisait les balancements de son corps, l'éclat dans ses yeux quand il évoquait les parades hebdomadaires, le haussement d'épaules à la mention de la Première ministre Ordenau ; tous ces détails auguraient l'atmosphère d'Angers, attentive et attentiste.

Ce n'est que vers 18 h 30 qu'Esther et Vincent sortirent de leur chambre pour retourner à la résidence étudiante rue Faidherbe. Le soleil du soir demeurait assez haut en ce début juin pour se promener en ville plutôt que prendre les transports en commun. Les terrasses des cafés étaient pleines, les étudiants se regroupaient pour boire des bières, la vie s'annonçait joyeuse. Même Vincent souriait en observant des jeunes gens marcher main dans la main.

« Je ne crois pas à une révolution, dit-il, quand je les vois. C'est tellement irréel.

— Qui sait ? Les messages sur les réseaux sociaux traduisent peut-être leur vraie personnalité, leurs vraies douleurs, tout le reste n'est qu'un mensonge.

— Merci de me donner du courage et de la bonne humeur.

— Oh, ça va. T'es un peu fleur bleue, toi, on dirait. Je ne crois pas que le grand D. aurait du succès s'il ne faisait que manipuler des illusions. Il touche au plus profond de nous, et chacun l'habille à sa façon.

— Et Damien ?

— Un geek célibataire coincé. Rien de bien mystérieux. Le défi, c'est de ne pas lui faire peur. »

Lorsque Vincent sonna à l'interphone, il était bien 19 heures mais personne ne répondit. Ce n'est qu'une demi-heure plus tard que le jeune homme arriva au pied de l'immeuble, le regard un peu éteint. Esther resta en retrait pendant que son compagnon tentait une première approche.

« Monsieur Berthet ?

— Foutez-moi la paix.

— Je suis désolé, c'est important. Nous savons que vous allez être volé vendredi et nous voulions vous prévenir…

— Merci bien, maintenant laissez-moi.

— Il faut prendre des mesures et…

— Je parle pas aux flics, dégagez ! »

Vincent s'écarta pour permettre à Damien Berthet d'ouvrir la porte de la résidence et s'engouffrer dans le hall sans se retourner. Au bout d'une minute, le policier se tourna vers Esther : « Je ne suis pas plus doué que toi.

— C'est pas un vent que tu t'es pris, mais une tornade.

— J'insiste pas ?

— Même moi, je trouverais ça déplacé.

— Il va falloir le convaincre.

— Tu avais raison : cinq jours seront nécessaires. »

Quand ils retrouvèrent le centre-ville, les lampadaires grésillaient au fur et à mesure qu'ils s'allumaient, couvrant de lumière froide les sourires dans les cafés et les baisers sous les arcades. Le retour s'était fait dans un tunnel de silence, comme si Esther et Vincent cherchaient chacun dans leur coin une solution à leur problème. Toutes leurs compétences informatiques et policières s'avéraient inutiles. Même après être entrés dans la première brasserie venue, leur conversation s'était limitée au choix d'un plat sur la carte.

« Elles croient quoi, franchement ? Qu'on est à leurs pieds et qu'on les supplie ? Faut leur montrer ce qu'est un vrai mec. Pas quelqu'un qui écoute leurs problèmes, leur “avec tout ce que j'ai vécu”, leur “je dois m'en sortir toute seule”. Débiles. Je gagnerai bien ma vie, c'est sûr, tu auras une belle maison dans un quartier chic, un parc pour les enfants. Plus de soucis. Voilà, c'est ça qu'elles veulent les meufs, mais qui est assez honnête pour l'avouer ? Quelle comédie. Et nous les mecs, on marche. Pas moi. C'est… »

Vincent regardait la vidéo tout en coupant des morceaux de son entrecôte. Esther tendait l'oreille pour entendre malgré le brouhaha dans la salle.

« Au moins, il ne parle pas de nous.

— Il s'est fait jeter par une collègue à son stage, c'est certain, supposa Vincent. Il était trop énervé pour nous écouter.

— Tu crois qu'il s'en remettra en moins de cinq jours ?

— Ça dépendra de son score en multi à *e-Battlefield.* »

Esther rit : « J'aurais dû m'y mettre.

— Je plaisante à peine. À son âge, j'oubliais tout dans des parties de *Fortnite.* Plus efficace que l'alcool. Ce Damien est un bon joueur, un peu tête brûlée, mais bon. »

Esther avala un bout de sa viande et mâcha longuement avant de sortir son propre téléphone. Elle cliqua sur quelques vidéos, les faisant défiler sous-titres activés.

« Ça tourne souvent autour de ça, conclut-elle.

— Autour de ?

— Les femmes pas assez ceci, ou trop cela, les hommes qui doivent se défendre. Le souvenir que Demetrico va voler doit viser cet élément.

— Tu veux qu'on le trouve avant les machines ? Pirater le compte de Damien ? »

Esther reprit une bouchée, l'air triomphant : « J'ai les outils pour ça. Je vais contacter Evguéni pour qu'il me laisse ses accès aux serveurs de ReNaturel.

— C'est légal ?

— Non, mais vu le bordel ambiant, je ne crois pas que la Cnil va s'occuper de nous. Ils doivent surtout surveiller les actions des foulards blancs. On dit qu'ils saturent les sites gouvernementaux et tentent de hacker les Finances. Alors une recherche sur un étudiant d'Angers, ça ne va pas les traumatiser.

— Si tu es sûre de toi, d'accord. Je n'ai rien de mieux à proposer.

— On se contente de consulter des banques d'images, pas les contenus de mails ni des informations personnelles. Je fais ça tout le temps.

— Sauf que, comme archécologue, tu t'en sers pour composer un lieu ou un paysage. Là, c'est pour exploiter le passé d'un individu.

— Les méthodes de la police sont toujours exemplaires, c'est ce que tu veux me faire croire ? »

Vincent leva les yeux au ciel. Pour se donner bonne conscience, il tenait à exposer ses réticences.

Esther se sentait réconfortée par sa décision. Depuis Lille, elle se trouvait dépossédée de son histoire, comme si elle avait admis la priorité du policier dans les opérations. Il ne s'était pas imposé, mais elle se jugeait inutile dans l'enquête. Après tout, une fois munie de sa liste de noms de comptes piratés, à quoi servait-elle ? Même en admettant que ce Damien soit convaincu rapidement, le gamin s'y connaissait bien mieux en gestion de réseaux qu'elle. Pour remonter la piste jusqu'à la mère d'Adélaïde Ordenau, un geek s'avérerait plus utile qu'une archécologue. Il manipulerait les connexions en temps réel, tandis qu'Esther se concentrait sur le passé. C'était quoi son présent, à elle ?

« Donc, ce Dam le Daumit a un problème avec les femmes, dit-elle en dégustant la glace vanille de sa tarte Tatin. Il rêve d'être en couple et se prend des râteaux. La routine, quoi.

— À son âge, j'aurais pu en faire des vidéos YouTube.

— Et à nos âges, on en fait quoi ? »

La question figea Vincent, comme Esther s'y attendait.

« Ces jeunes, ils se lamentent, se plaignent, étalent leur colère et manifestent un désir. Et nous ?

— Qui, nous ?

— Qui tu veux. »

Ne pas lui laisser un terrain stable. Esther lécha sa cuiller avant de goûter un nouveau morceau de pomme caramélisée.

« Léa est venue me chercher, avoua Vincent. J'étais une pauvre chose pour qui voulait me sauver. Je croyais que cela me mettrait à l'abri de la violence. À trop espérer un bonheur, on finit par le détruire. Enfin, une connerie comme ça.

— Et moi, si j'ai laissé une porte ouverte à Sylvain, c'était parce que je le souhaitais. J'ai refusé de voir à quel point je le méprisais.

— Même nos parents ont échoué, alors nous…

— L'avenir, c'est les mariages arrangés. Deux inconnus, obligés de se supporter et de se connaître. Parfois, ils peuvent s'aimer. »

Esther fixa les traces de glace fondue autour de sa cuiller dans l'assiette plutôt que de croiser le regard de Vincent. Les battements de son cœur lui étaient montés aux tempes. Tout ce qu'elle avait dit aurait pu paraître anodin à celui qui l'aurait écoutée, pourquoi se contrôlait-elle pour ne pas trembler ?

« Alors notre époque tolère tout, sauf les erreurs de jeunesse, poursuivit Vincent. Si Damien est trop insistant, s'il va trop loin, son nom sera diffusé, la condamnation tombera. Il sera réduit à sa faute. Il le sait, et cela nourrit sa colère.

— L'injustice des vieux puceaux. Il est indispensable de monter en selle tout de suite, de ne pas attendre. Ce n'est pas lui voler un souvenir qu'il faut, mais lui en offrir un. Être victorieux une fois, pour accepter les échecs après.

— Joli programme.

— Là, les machines seraient utiles. »

L'idée frappa Esther et Vincent au même moment :

« C'est exactement ce que Demetrico va faire ! »

Esther en vint à se demander s'il était vraiment aussi nécessaire que cela d'intervenir. Le grand D. alimentait les colères de la population jusqu'à l'insurrection, tandis que sa partie secrète tentait d'améliorer l'existence d'individus en particulier. Pourquoi cet écart ? S'il avait donné les coordonnées de ce Damien, c'était bien pour qu'on remonte la piste.

« En fait, dit Esther, il va falloir convaincre Dam le Daumit qu'il a intérêt à se faire voler ce souvenir, pas seulement de nous aider.

— Et tu vas utiliser quoi comme argument ?

— Nous. On s'en sort plutôt bien, surtout toi qui as été la cible de Demetrico.

— Tu as toujours pensé qu'il y avait deux réseaux d'IA, deux schémas. Il fait quoi, le tien ? »

Pas grand-chose, se dit Esther. Deux entités collectives s'étaient partagé les souvenirs – l'une volant les mauvais, l'autre les bons – mais elles ne semblaient pas interagir. Les motivations de chacune étaient tellement obscures qu'Esther se sentait dépassée. Les voies de Dieu étaient impénétrables, mais elles définissaient des lois auxquelles obéir. Ici, rien de tel, pas de tables écrites, même pas un éclair fendant les nuages pour punir. La manipulation vous laissait libre et désorienté.

« Peut-être que tout cela n'est qu'un bug, qu'il n'y a aucun sens à tout ce que l'on observe. Nous sommes persuadés que ces IA ont une volonté, qu'elles souhaitent nous amener quelque part, sans doute parce que nous, en bons humains, nous désirons être guidés dans tout ce foutoir.

— Tu oublies Anne-Lise.

— Ce ne serait pas la première à être dépassée par ses créatures. Je serais elle, je me cacherais si cela s'apprenait. »

Esther aurait bien voulu que l'univers soit ordonné, avec un scientifique œuvrant dans l'ombre, des machines à ses ordres, pour créer un monde nouveau, renverser la société par une insurrection. C'était une belle histoire, un conte moderne à l'ère des réseaux sociaux et des algorithmes, bien plus acceptable que les obsessions pour les Illuminatis ou pour les juifs. Il fallait se rendre à l'évidence, le récit s'effritait, la logique se dissolvait dans les manifestations qui brisaient les vitres des commerces. Rien n'était sous contrôle, tout dépendait de deux individus qui venaient de terminer leur dessert dans une brasserie et se demandaient comment gagner la confiance d'un geek immature.

« Je vais te dire un truc, Vincent, je crois qu'on est tous foutus. Mais je ne vais pas abandonner.

— Tu n'as bu qu'un verre de vin, pourtant.

— Je ne suis pas ivre. Le vrai désespoir, c'est de continuer, même quand on sait que ça finira mal. »

Esther tendit la main à Vincent au-dessus de la table : « Toujours partant ? »

Le policier plissa les yeux un instant puis serra la main offerte : « Toujours. C'est mieux que d'attendre que tout explose. »

« Puisque c'est la guerre, puisque c'est elles ou nous, alors formons les Ignorés Magnifiques, ceux qu'on ne regarde pas, qu'on jette, mais qui vivent. Elles peuvent jouer les princesses, nous n'irons plus les sauver ; elles peuvent venir au taf en mini-jupe, on les regardera droit dans les yeux. Et si leur chef les importune, nous deviendrons sourds. Elles n'auront rien, nous ne penserons qu'à nous, qu'à notre carrière. Ignorés, oui, mais magnifiques, victorieux, splendides. Ni gentils ni odieux, plutôt aveugles pour réussir. »

Esther avait passé une partie de la nuit à rattraper son retard dans les vidéos diffusées par Dam le Daumit. Au petit-déjeuner, elle n'arrêtait pas de frotter ses yeux qui la piquaient.

« Deux vidéos dans la même soirée, il a franchi un cap.

— Au moins, il ne veut tuer personne.

— Apparemment, il ne s'est pas mis à jouer à *e-Battlefield* pour se consoler. Quand on termine une éco-restauration, les touristes pleurent soudain sans comprendre pourquoi. C'est là que je sais que j'ai bien fait mon travail. J'ai réactivé chez eux un souvenir collectif, une mémoire commune du paysage, du lieu. Cela produit une illusion d'authenticité, et d'un coup les émotions remontent.

— Damien a revécu un souvenir ? Une notification, tu crois ? »

Esther pouffa dans son café, manquant de peu d'asperger Vincent assis en face.

« Sans le petit point rouge sur l'application, oui. Il ne doit même pas en avoir conscience. Au moins, on sait qu'on est sur la bonne piste : quelque chose dans son passé le conditionne, toutes ses vidéos en attestent.

— Et tu vas plonger dans son compte TwitBook pour le trouver. Ce serait tellement facile d'être policier avec un tel pouvoir. »

Vincent fit une pause, le regard sur le lointain, puis fixa de nouveau Esther : « Ce serait diabolique de disposer d'un tel pouvoir.

— Tu sais où tu peux te les mettre, tes remontées acides de morale ? »

Le policier hocha la tête, pas vraiment vexé. Il était là pour rappeler à Esther que tout avait une limite, même au nom du Bien. Il aurait été facile de se taire, de ne pas déplaire, mais entre eux deux, après leurs expériences personnelles, l'âge des compromis était révolu. On jouait sérieux, pas à celui qui choquerait le moins l'autre pour… le séduire.

Le petit-déjeuner terminé, Esther invita Vincent dans sa chambre pendant qu'elle appelait ses collègues en éco-restauration. Evguéni devait déjà être au bureau, en train de remplir les papiers pour le prochain contrat. Depuis qu'elle était partie, ils se tenaient régulièrement au courant des progrès de chacun. Lyudmyla se forçait à incarner ReNaturel devant les clients. Si elle n'y prenait aucun plaisir, au moins parvenait-elle à convaincre. On ne lui en demandait pas plus. Dans le contexte actuel, les municipalités bloquaient tous les projets de rénovation, si impopulaires quand des foulards blancs saccageaient le mobilier urbain. En revanche, les départements et les régions découvraient chaque semaine un ancien site industriel à effacer, une carrière à reconstruire, un lac à ensauvager. Si la démocratie survivait aux manifestations, la société d'Esther remplirait son carnet de commandes sans souci. Le passé avait un avenir.

« Angers. Oui, Evguéni, tout va bien. »

Le fait d'appeler résonnait comme une urgence, Esther en était bien consciente, mais elle tenait à ne pas laisser de traces écrites de sa demande.

« J'ai besoin d'une requête sur un compte. Oui, un compte personnel. Je veux consulter tous les fichiers enregistrés, photos et vidéos. »

La réaction outrée d'Evguéni obligea Esther à éloigner le téléphone de son oreille une seconde.

« Tu as été embêté par la Cnil après mon départ ? Non, tu vois. Tu remplis un dossier pour une recherche globale, genre les parcs Saint-Nicolas, et ça va passer. On complétera plus tard avec une requête pour que ça ne se remarque pas. »

La résistance de l'associé d'Esther était féroce. Il jurait en ukrainien dès qu'elle lui exposait les détails. Bien sûr, il céderait, mais pas sans combattre.

« Juste une fois, une personne. On ne va pas manipuler des données, seulement les consulter. C'est le seul moyen pour comprendre ce type et l'aborder. Il faut le persuader de nous aider avant la fin de la semaine. J'ai pas six mois, mais quatre jours. Le policier ? Je ne veux pas terroriser ce Damien, il doit nous faire confiance. En violant son intimité, comme tu dis. La vie réelle, c'est des paradoxes, tu as vu ? Je ne suis pas en train de te dire que c'est super beau, juste qu'on a pas le choix. Moi aussi j'aimerais avoir toujours les mains propres, mais elles étaient sales dès qu'on a lancé la première requête d'éco-restauration. Ni toi ni moi sommes des saints, on essaie juste de pas être des fumiers. Là, ce qui se passe avec le grand D. c'est bien au-delà de toutes nos tricheries, tu crois pas ? »

Le silence dans l'écouteur perturba Esther. Elle devinait Evguéni en train de peser le pour et le contre, d'évaluer son degré de pureté par rapport à la situation. Aucune machine ne devait supporter ce dilemme, la morale n'avait aucune place dans les choix. Un ou zéro, c'était facile. Tout débutait quand on fuyait le un ou le zéro. Evguéni finit par accepter le gris dans son univers blanc ou noir.

« Oui ! Oh merci. Dans une heure ? Ça marche. De toute façon, on allait pas devenir des héros, alors… »

Esther était convaincue qu'aucune récompense ne l'attendrait après toute cette histoire. Juste la vérité, la conviction qu'elle avait agi et pas laissé le monde lui rouler dessus. Tant de pouvoirs, oui, pour un résultat qui demeurerait mince.

« C'est bon, je vais avoir accès au compte de Damien, dit-elle à Vincent.

— J'avais cru comprendre. Ton associé a bien résisté.

— C'est pour ça que je peux avoir confiance en lui. »

Vincent acquiesça, comme pour témoigner qu'il avait bien reçu le message. Esther sortit son matériel pour explorer les données. Le casque de réalité virtuelle était plus léger que celui du bureau mais tout aussi efficace pour se repérer dans la masse d'images et de vidéos. Evguéni allait lui ouvrir une session sur les serveurs de la société pour que l'essentiel du travail ne passe pas par la connexion 6G du téléphone. Il faudrait sélectionner les souvenirs à partir des miniatures visibles dans l'espace tridimensionnel simulé, avant de les rapatrier et le consulter. Le processus serait moins fluide, plus lent et hasardeux, mais c'était le seul possible.

« Voilà, j'ai reçu la notification d'Evguéni. La sorcellerie peut commencer. »

[/IMG_232]

La vidéo est instable, pas de bonne qualité.

Une cour de collège, des sixièmes en rang. L'objectif pivote de gauche à droite sur les cartables, les visages encore enfantins, sweats à capuche dans le froid d'automne, cheveux bruns crépus, sourire lumineux d'une fillette à la peau foncée.

« Tu vois, Amina, je peux te filmer »

Le son saccade, matériel de qualité médiocre. Des rires dans la file. Les collégiens se calment à peine quand le professeur de dessin vient les chercher pour monter en classe.

[/IMG_286]

Photo d'un paquet de bonbons pris dans un rayon de supermarché. Commentaire sur l'image, en rouge : JE PEUS POUR LA FETE D'AMINA ?

[/IMG_302]

Des enfants près d'une table couverte de gâteaux et de bonbons. Ballons et guirlandes autour.

[/IMG_1248]

Sortie en bus, rideaux tirés à l'arrière. Le soleil traverse le tissu pour créer une atmosphère orangée dans les derniers rangs. Les enfants sont plus âgés, les corps plus maladroits, des appareils dentaires font étinceler les sourires. Tout le monde regarde le fond du bus, le garçon et la fille qui se fixent. On entend les encouragements.

« Le Kiss ! Le Kiss ! Allez ! »

Le garçon prend la fille par les épaules, elle a les yeux baissés, le rouge aux joues. Tous veulent voir, même les copines jalouses. Il dit quelque chose, mais trop bas pour que la vidéo l'enregistre. Ils s'embrassent, et tout le monde applaudit. L'image tremble sous les vibrations. Une voix grave et forte tonne soudain pour que tous se calment.

[/IMG_2532]
La fille semble s'ennuyer à la table du salon, agacée par son appareil dentaire. La pièce est petite, la fenêtre donne sur un ciel gris, un immeuble verdâtre en vis-à-vis. Des fleurs en plastique trônent sur une commode Ikea, seule décoration visible.

[/IMG_2568]
Copie d'écran adresse : Shannon Smith 28 Maple Grove, Wigan, WN6 8QR, UK

[/IMG_2765]
Damien se filme dans sa chambre, sur son lit, couette à motifs géométriques. Sur le mur, poster Spider-Man Eternals, attitude triomphale sur fond d'éclairs. Le garçon a les yeux rouges, il essaie d'orienter le téléphone tout en parlant, ce qui rend la vidéo compliquée à suivre.

« Hi Shannon, I'm so sorry. I want so much to be with you. The class go to Wigan next month and I won't be with them. My mother have not the money for the trip. I'm poor, so poor. I want to be with you, to kiss you. It was so wonderful when you were here. I will send many message. One day, I will go to Wigan, meet you, we will be together for ever. I promise. Kiss. »

Esther ôta son casque en gardant les yeux fermés. Elle posa les paumes sur ses paupières et appuya comme pour masser les globes oculaires.

« J'ai trouvé un truc, dit-elle. Il devait être en quatrième au collège, je pense. Il est tombé amoureux d'une correspondante anglaise quand elle est venue à Angers, mais il n'a pas pu aller la voir. Sa mère n'avait pas les moyens.

— La fille l'aimait ? »

Esther redressa la tête et ouvrit les yeux pour regarder Vincent : « À cet âge, on pourrait tomber amoureux d'un tronc d'arbre s'il était étranger. Ils se sont embrassés, c'est certain. Après…

— Dans mon collège, il n'y avait pas d'échanges comme ça.

— Damien a suivi toutes les étapes : les copines d'école, les jeux adolescents. Pour l'instant, je n'ai rien trouvé qui explique son attitude actuelle. Il ne parle pas de son père, peut-être qu'il est mort ou s'est juste barré. Je vais y retourner, je mets ce souvenir de côté, on sait jamais.

— Il est midi, il faudrait manger.

— Pas vraiment faim.

— Si tu continues comme ça, tu ne seras pas assez concentrée. On a le temps. Mon premier chef de brigade nous imposait des pauses repas, même sur des affaires urgentes. “Estomac vide n'a pas de tête”, disait-il.

— D'accord *maman*. Juste un sandwich alors, Evguéni ne va pas garder la session ouverte plus de huit heures. Cela finirait par se voir.

— Ne bouge pas, je te l'apporte. »

Esther se disait qu'elle aurait pu être Damien, d'une certaine manière. Elle avait eu un correspondant allemand qui n'était pas le plus beau, mais qui s'était convaincu lui aussi que quitte à embrasser quelqu'un, autant apprendre avec celui ou celle qui ne s'en vanterait pas au collège le reste de l'année. Par contre, ses parents l'avaient envoyée à Sarrebruck, et c'était plutôt pas mal de faire la fête loin. Elle n'avait plus jamais revu Johann depuis. Aucun des deux n'avait fait semblant de poursuivre une relation. Pas de vidéo de rupture, à peine un chagrin. Chacun avait rempli son rôle. S'il demeurait une trace de ce souvenir dans son téléphone, Esther n'y pensait même pas avec nostalgie. Damien avait pu s'y attacher plus que nécessaire. Cette vidéo ressemblait assez bien aux mauvaises mémoires que Demetrico remplaçait. Un événement que l'on avait pas su abandonner, oublier. Pourtant, sur YouTube, les attaques de Dam le Daumit revêtaient un caractère plus ciblé. Cette Shannon ne l'avait pas ignoré, bien au contraire. Tout avait été réciproque.

« Tu as raison, dit Esther en mâchant son sandwich. J'avais besoin d'une pause, j'allais partir sur une fausse piste.

— La vidéo sur Shannon ?

— Après un tel souvenir, on devient plutôt anticapitaliste que viriliste. Je ne le crois pas bête à ce point. Il s'est passé autre chose.

— Sa mère était femme de ménage après le départ du père. Ils vivaient en HLM. J'ai utilisé mes petits pouvoirs de flic pendant que tu te tapais ton trip tridimensionnel.

— Rien d'autre ?

— Pas connu des services de police, comme on dit. Inodore et sans saveur. De bonnes études, une bourse, même le système a voulu de lui. Rien qui le transforme en victime.

— Je vais finir par croire que seuls les privilégiés se plaignent. Bon, je replonge. »

[/IMG_4234]

Photo prise sur une scène de salon de jeu vidéo : quatre garçons et une fille devant des écrans d'ordinateur pour un tournoi League of Legends 2027. Bruits d'explosion dans les enceintes, cris et applaudissements dans la salle. L'objectif se retourne sur Damien et deux garçons qui crient ensemble « Les Wonders, c'est les meilleurs ! »

[/IMG_4573]

Au printemps, la photo est centrée sur la silhouette d'une jeune fille jupe en jean, T-shirt arc-en-ciel, tennis, qui s'éloigne en remontant la rue.

[/IMG_5238]

Score de maîtrise League of Legends 4325487 EUW

[/IMG_5432]

Photo prise de la vitrine d'un bijoutier. Pendentif corail et or sur collier en argent : 79 euros.

[/IMG_6267]

La fille sur la vidéo porte toujours son T-shirt arc-en-ciel. Elle rit d'un air gêné quand Damien lui propose d'attacher le collier qu'il vient d'acheter. Brune, les yeux noisette, le nez délicat, on dirait une photo publicitaire pour une marque de vêtements. Elle ne veut pas que Damien la filme, il insiste. Il la trouve si jolie avec le pendentif. Lorsqu'elle lui demande s'il s'est ruiné, il répond que ce n'était rien. Il préfère ignorer les bagues aux doigts de la fille, la montre Jaeger au poignet. L'objectif du téléphone part vers le ciel, on entend le bruit d'un baiser.

[/IMG_7324]

MaîtreSylas Qu'est-ce que tu fous Dam ? On t'a pas vu en match ce week-end.

Dam_le_maudit Du boulot

Yoomi Mon cul ! T'as autant de boulot que nous

Dam_le_maudit Je serai là demain, promis

MaîtreSylas T'as intérêt, sinon, on te dégage

[/IMG_8432]

Les persiennes laissent passer la lumière du matin dans la vaste chambre. Une robe froissée couvre la moitié du dossier d'un fauteuil Louis XV. La vidéo se concentre sur le profil de la jeune fille brune qui dort paisiblement, la couette enveloppant à peine la poitrine nue. On entend sa respiration régulière, le chant des oiseaux dehors. Rien de plus, rien de moins. Lorsque l'endormie se tourne vers l'objectif, la séquence s'arrête.

[/IMG_9210]

La photo est prise à cinq mètres, le téléphone sur un support. Le couple est vu des pieds à la tête, comme pour un mariage, seul un chat étendu dans un rai de lumière perturbe le côté solennel du cliché. Damien porte son plus beau jean, une chemise manches courtes bleu ciel, des chaussures à bout pointu, elle a choisi un tailleur simple, des escarpins à reflets scintillants. Lui est fier, il rayonne, triomphal. Elle a le sourire doux et calme, mais le regard est ailleurs, perdu. Quelque chose s'est éteint. La différence est subtile pour qui ne peut pas comparer les différents clichés pris au fil des jours et des semaines.

Esther compulsa rapidement les images des mois suivants, des années : plus aucune trace de la fille. En faisant la liste des fichiers, il était évident que certains avaient été effacés puisque les nombres ne se suivaient pas. Damien avait conservé des photos, des vidéos, mais il ne restait rien des conversations par messages, même pas les premiers mots d'amour, les premières promesses. Toute la douleur avait été détruite ; la trahison, la colère, la haine : disparues. Juste des images, un bonheur gelé, quand tout paraissait possible.

Lorsque Esther posa son casque, elle rejeta la tête en arrière pour assouplir son cou.

« J'ai trouvé ce que Demetrico va effacer. Le pire, c'est que Damien n'a pas compris que c'était un mauvais souvenir. Il croit encore que c'était un témoignage heureux. La trahison était là.

— Tu m'expliques ou je pars à la chasse aux réponses ?

— À 16 ans, il a rencontré une fille de bourges, genre 4 500 euros la montre, tu vois ? Je suppose qu'elle a voulu se faire peur, jouer les rebelles de la famille en aimant un pauvre.

— Raté pour le puceau, donc.

— Oui, ce n'était pas la bonne piste. Il l'a vraiment adorée jusqu'à ce qu'elle se lasse du jouet. J'imagine qu'elle ignore à quel point elle a été cruelle. Un amour d'été, ce n'est pas sérieux en principe. Lui, il y croyait, il a même abandonné ses copains de jeu vidéo pour elle.

— L'ignoré magnifique. Rejeté, mais ayant connu le toit du monde. Icare sans ses ailes, plongé tête la première dans le ressentiment.

— Je n'ai pas le nom de la fille. Cela nous aurait fait une bonne entrée en matière pour aborder Damien.

— S'il n'aime pas les flics, on ne va peut-être pas lui sauter dessus avec une information pareille. Il faut réfléchir un peu, mais on va trouver. On va laisser la pression retomber et retourner chez lui demain.

— Pourquoi attendre ?

— La pression, on la met sur les suspects, pas sur les victimes. »

« … et toujours, ça fait vingt ans qu'on voit ça, le jeu n'est pas fini. On le sort, il coûte cent boules et ce qu'on a, c'est une version béta, pleine de bugs, avec une IA à l'ouest. Marre. Aucun progrès. Même le gars dans son garage, il est capable de sortir un *Virtual Fifa 2035* meilleur. »

Vincent coupa rapidement la vidéo et reprit une gorgée de café.

« Il a récupéré de sa déception, notre Damien. Il a mis en ligne un sujet sur un jeu de football. Au moins, il sera peut-être disposé à nous écouter.

— Sauf s'il se prend un nouveau râteau.

— Il n'est pas bête à ce point, l'Ignoré Magnifique. »

Esther tapota du bout des doigts sur la table : « Notre dernière chance, c'est ce soir. Si on veut pouvoir tracer le vol de données, il faudra encore une journée pour mettre en place un protocole. On ne doit pas se louper.

— Si tu n'as pas confiance en toi, tu n'inspires pas confiance aux autres.

— Ça va, le sage dans la montagne, on dirait que tu as toujours été zen avant de me rencontrer.

— L'important, c'est que je le sois maintenant. Tu as toujours été aussi impatiente ? »

Esther réfléchit un instant : « Oui. Je préférais me débrouiller toute seule pour éviter la frustration.

— Je dois me sentir flatté alors. »

Il avait raison, mais Esther souhaitait se concentrer sur son objectif, pas argumenter. Elle savait qu'elle avait changé, mais se demandait encore si c'était en mieux ou pas, alors que pour Vincent la situation apparaissait plus claire. Jamais elle n'avait regretté d'agir en solitaire, en indépendante. Ses succès, elle ne les devait à personne et cela constituait sa principale force. Les échecs, elle les assumait aussi, sans tomber en dépression parce qu'elle se sentirait nulle, sans non plus accuser quelqu'un d'autre pour se défausser. Sa morale, Esther la jugeait plutôt efficace. Pourquoi tout vacillait soudainement ? Cela ne venait pas de Vincent, mais d'elle. S'il n'y avait eu Manon, on aurait pu penser que les données en remplacement l'avaient affaiblie, que les algorithmes avaient été cruels avec ceux possédant de bons souvenirs, à l'inverse de ceux qui s'étaient occupés de Vincent. Au contraire, la jeune fille de Lille s'était métamorphosée, souriante, presque joyeuse, comme si l'ombre qui l'habitait s'était dissoute. Qu'attendait-on d'Esther ?

Les chaînes d'information se focalisaient sur le prochain week-end, la crainte d'un mort, le déplacement de la Première ministre à Lyon, les forces de police en alerte. On se demandait si on allait devoir faire appel à l'armée pour soulager les CRS. Une litanie, des interventions automatiques des uns et des autres pour occuper l'antenne, remplir le silence plutôt que penser. Les réseaux sociaux bouillonnaient à force d'échanger les dernières rumeurs, les on-dit du voisin de la cousine du collègue. Les armes se répandaient, électroniques pour la plupart. LivTok et Instagram se mêlaient au chaos, les danses rythmées cédaient la place aux harangues époumonées, les photos glamours aux collages de slogans lettres de sang. S'il existait des modérés, ils s'enterraient ; s'il existait des nuancés, ils se calfeutraient. Plus aucune revendication ne pouvait être satisfaite, tant l'accumulation devenait vertigineuse : Smic à 3 000 euros, loyers divisés par deux, chômage illégal, nouvelle assemblée constituante, référendum permanent, tirage au sort des élus, peine de mort pour les assassins d'enfants. Pas de hiérarchie, pas de programme, pas de cohérence.

Si, une, qui montait, s'étalait partout : la haine contre Ordenau. Les photomontages qui la ridiculisaient avaient disparu, témoignant d'une phase de non-retour. Désormais, on créait des effigies de la Première ministre pour la pendre, la brûler, la décapiter. L'appel du sang, l'appel de la haine. Peut-être parce qu'aucune demande ne pouvait être satisfaite et que chacun en était conscient, seul un sacrifice pouvait combler cette masse agitée, lui offrir l'issue qui éteindrait le feu. Des voix légitimaient cette soif, lui trouvant des vertus rédemptrices. Intellectuels et journalistes lâchaient celle qu'ils avaient adorée deux ans plus tôt, expliquant qu'il n'y avait plus de place pour les tièdes, que le peuple se soulevait, que rien d'autre que la violence n'avait sa place. Combien espéraient qu'en abandonnant Adélaïde Ordenau ils échapperaient à la lame froide contre leurs cous ?

« Tu crois qu'on peut la sauver ? demanda Vincent après avoir coupé le son de la télé.

— Si sa mère est derrière tout ça, tu parles d'une vengeance… On doit prendre les choses une par une, ça ne sert à rien d'échafauder des hypothèses dans le vide. On sera toujours en retard, essayons d'être à l'heure.

— D'ailleurs, si on doit attraper Damien avant qu'il rentre dans sa résidence, il faudrait partir maintenant. »

L'atmosphère en ville avait changé de manière subtile ce mercredi soir. Les terrasses n'étaient remplies qu'à moitié, les couples marchaient plus vite dans les rues et ne s'embrassaient plus sous les arcades. Rien ne menaçait pourtant, pas de rassemblements violents ; malgré tout, l'air s'était chargé d'électricité. Les serveurs jetaient des coups d'œil stressés aux passants qui s'approchaient des tables, place du Ralliement. Un quart d'heure avant la fermeture, les magasins invitaient déjà les clients à sortir. Une forme de douceur s'éteignait dans ce soir de juin, et sans doute qu'aucun habitant n'aurait admis la tension qu'il créait par ses réflexes inconscients.

Était-ce pour lutter contre cette atmosphère suffocante qu'Esther s'accrocha au bras de Vincent ? Quand tout le monde se raidit, la tendresse devient subversive. Le policier s'étonna avant de se contenter de plonger les mains dans ses poches. Le couple arriva devant la résidence Faidherbe avant Damien Berthet.

« C'était quoi, ça ? demanda Vincent pendant qu'il guettait le jeune homme.

— De quoi tu parles ?

— Tu sais bien, là, mon bras, ta main, tout ça.

— Je t'ai choquée ?

— Non, je ne m'y attendais pas.

— Moi non plus. Je trouvais que ça manquait dans la ville. »

Le policier allait poursuivre lorsqu'il devina la silhouette de Damien qui descendait la rue en longeant les voitures garées. La démarche se voulait tranquille, pas d'épaules voûtées ni de regard lorgnant le caniveau. On n'aurait pas été jusqu'à le décrire comme conquérant, encore moins comme magnifique, mais il avait ignoré les piqûres de rappel de la douleur et arborait un air de triomphe. Il ne sursauta même pas lorsque Vincent s'approcha de lui.

« Encore vous, je vous ai déjà dit que je ne parlais pas aux flics.

— C'est elle qui vous empêche de faire confiance ?

— Qui ça ?

— Il n'y en a qu'une. Elle est toujours là. »

Damien Berthet s'arrêta deux mètres avant Esther. Il lui jeta un coup d'œil rapide avant de se tourner vers Vincent.

« Je me doutais que la police pouvait décortiquer mon passé, mais pas à ce point.

— Je n'ai rien fait, Esther si. »

Cette fois, le jeune homme prit le temps de la dévisager.

« Elle n'est pas dans la police. C'est une victime, comme moi, et comme vous bientôt si vous ne nous aidez pas.

— Vous m'avez parlé d'un vol, c'est ça ? Je peux me repayer un ordinateur quand je veux.

— D'un souvenir, précisa Esther, sur votre compte TwitBook. Et je crois savoir lequel.

— C'est sympa de me prévenir. Je peux le rapatrier en local et c'est bon, fin de la menace.

— Vous ne devez pas empêcher ce vol. Bien au contraire.

— On y gagne, renchérit Vincent.

— Bon, admettons que vous m'intéressez. Allez, venez. »

Dire que tout était absolument propre chez l'étudiant semblait exagéré, mais le désordre était organisé autour d'une unité centrale et d'un trio de moniteurs sur une table solide. En tant que joueur de très bon niveau, Damien tenait à ne pas laisser s'encrasser les ventilos de sa machine, et cela l'obligeait à un ménage régulier. Et pour ne pas choquer son public sur YouTube, il devait au moins ranger de manière ordonnée les étagères derrière lui à chaque vidéo. En dehors de son fauteuil ergonomique, il restait peu de place pour s'asseoir, à part une mauvaise chaise en plastique et le canapé-lit déplié. Esther choisit la chaise, Vincent se posa au bord de la couette pendant que Damien ouvrait la fenêtre pour aérer.

« Donc on a échangé vos souvenirs contre d'autres, c'est ça ? Et ensuite ?

— Ça nous a modifiés, dit Vincent. Il s'est passé un truc dans notre cerveau, comme si on était libérés. »

Esther se demandait si elle était devenue si libre que ça. Elle avait compris son hypocrisie, mais le bénéfice se discutait.

« J'ai du mal à voir le lien entre une image ou une vidéo enregistrée et une altération du cerveau. Vous me dites que vous savez quand on va attaquer mon compte TwitBook et l'élément qu'on va modifier ?

— C'est moi qui ai fait la recherche, dit Esther. Je suis archécologue et j'ai l'habitude de manipuler des souvenirs pour reconstruire un paysage. J'ai trouvé une photo dans vos données qui peut intéresser l'IA. »

Damien leva les mains comme pour arrêter un véhicule qui s'emballait.

« Ça va trop vite. Pour vous, c'est clair, pour moi, j'ai l'impression d'avoir deux hommes en noir qui me parlent d'invasion extraterrestre.

— Notre hypothèse, c'est que des machines puisent dans nos enregistrements. On ignore leurs motivations exactes, et si elles agissent seules ou au profit de quelqu'un. Vous êtes notre unique chance de remonter à l'origine.

— D'accord, j'ai du mal à vous croire, mais j'imagine que je dois me faire voler un souvenir pour en avoir la preuve.

— Exactement. »

Le jeune homme glissait d'avant en arrière sur son fauteuil à roulettes, à la fois excité et circonspect. Il lui démangeait de lancer des recherches sur Internet pour savoir si d'autres personnes avaient vécu la même chose.

« Il y a deux ensembles de machines qui travaillent de manière coordonnée pour déterminer les données pertinentes et les récupérer. J'ai mis une journée pour trouver les vôtres, mais elles y arrivent en une fraction de seconde. Vous, vous êtes visés par ce que j'ai désigné comme le Schéma B, les mauvais souvenirs. Ce qui est douloureux sera remplacé par quelque chose de positif.

— Et c'est une intelligence artificielle qui choisit ? Selon quel algorithme ? Quelqu'un a dû définir des critères.

— On pense que non. Ces machines semblent travailler de manière autonome. »

Damien Berthet aurait sauté au plafond s'il avait pu. Esther sentait son cerveau imaginer des tas de scénarios de science-fiction. Il fallait d'urgence le ramener à la réalité.

« Ce souvenir, c'est une photo de vous, prise avec une jeune fille quand vous aviez seize ans. Vous savez laquelle. »

Il s'assombrit tout de suite.

« Ce n'est pas un mauvais moment.

— Si. Votre conscience le refuse, mais je peux vous certifier que c'est pénible.

— Vous êtes humains et vous prétendez raisonner comme un algorithme dont vous ignorez tout ? »

Esther se sentait coincée. Tout lui donnait raison. Le choix photo dépendait d'une intuition et d'une analyse dont personne ne pouvait reconstituer le cheminement. Des connexions s'étaient produites dans son cerveau, sans aucun mot pour expliciter le raisonnement. La conviction, elle s'appuyait sur une sensation, une chaleur dans son corps, des fourmillements dans les cheveux, une tension qui avait disparu dans ses tripes. Rien qui puisse convaincre un jeune homme à qui on parle de machines surhumaines.

« La conceptrice de ces algorithmes, expliqua Vincent, a voulu qu'ils acquièrent une infime parcelle de vivant, qu'ils échappent à la machine. On ignore si cela les rend plus ou moins humains que nous, mais Esther et moi, nous avons pu retrouver une trace du souvenir volé. J'ai fini par oublier que ma mère avait tué des enfants, grâce à ce Schéma B. Maintenant, je peux vivre, enfin. Vous comprenez ?

— C'est horrible d'oublier ça !

— Je n'étais pas coupable, je n'étais pas victime, conserver cette photo ne m'a pas été utile. Désormais, je ne le fais plus payer aux autres. Ce n'est pas énorme, d'accord.

— C'est ça qui m'attend ?

— Si vous refusez, reprit Esther, vous ne saurez jamais ce qui vous attend. *A priori*, je dirais que cela ne causera pas de mal. »

Tout en énonçant cela, elle avait l'impression de mentir à Damien. Il fallait juste qu'il soit assez convaincu pour les aider ; tout le reste, il aurait le temps de l'éprouver plus tard. Pour l'instant, le jeune homme les écoutait. La moitié du travail était faite, mais pas la plus importante.

« Damien, il n'y a pas que votre souvenir. On ne serait pas venus, vous auriez subi le vol et continué votre vie. C'est ce que nous avons vécu, ce que d'autres vivent. La différence, aujourd'hui, c'est que nous avons été prévenus du moment où l'on allait procéder à l'échange.

— Par qui ?

— On ne sait pas.

— Par l'un des ensembles de machines, rectifia Vincent. Faut arrêter de tergiverser et accepter qu'on est manipulés, c'est bon. Et si vous arrivez à comprendre la logique derrière, alors vous n'êtes pas humain.

— On y gagne quoi ? »

Le jeune homme se recula au fond de son fauteuil, pensif. Esther savait que la vraie épreuve se déroulait maintenant, et qu'elle s'apparentait davantage à de la foi qu'à de la raison. Si on programmait les cerveaux comme on le faisait pour les machines, Damien refuserait. Tout reposait sur de la chimie, une intuition, un frisson sur la peau, pas sur une argumentation solide.

« Qu'est-ce que je dois faire ? »

Esther inspira.

« Tout part d'un labo caché quelque part vers Amiens. On ignore où, exactement. Il faudrait pouvoir suivre les paquets de données qui vont s'échanger pour remonter à la source.

— Il y a des VPN, j'imagine.

— Vous êtes capables de surmonter ça.

— Cela demande de la préparation. Un marquage du fichier, des relais. »

Damien prit le téléphone qui traînait sur le bureau. Esther l'arrêta tout de suite : « N'allez pas consulter vos souvenirs !

— Pourquoi ?

— Vous avez une idée vague de la photo, vous ne la considérez même pas comme un mauvais moment. Votre cerveau n'en a conservé que des bribes, il l'a décomposée. Si vous la revoyez, vous allez tout réactiver.

— Cela annulera les effets de l'échange, ajouta Vincent. En bien, comme en mal. »

Le jeune homme hésita un instant, puis reposa l'appareil. Esther souffla, comme si elle avait empêché un criminel d'appuyer sur la détente de son arme. Elle en profita pour lui expliquer qu'elle avait cartographié la plupart des machines impliquées, les deux ou trois serveurs privés virtuels, et listé ses hypothèses concernant le point d'origine. L'élève ingénieur enregistra tout dans son ordinateur avant d'ouvrir un terminal pour paramétrer ses outils.

« J'avais poussé la résolution de la photo au maximum à l'époque. Peut-être que je voulais en faire un tirage papier pour encadrer. Même comme ça, le fichier partira vite. Il faut quel niveau de fiabilité, environ ?

— Les données sont analysées par un algorithme implicite, toute variation peut être interprétée. Comme je suppose qu'aucun humain ne supervise pour corriger des erreurs, une transmission parfaite est donc indispensable.

— Pas d'UDP, tant mieux. Il faut une connexion entre l'émetteur et le récepteur, et comme plusieurs machines sont impliquées, plutôt SCTP que TCP. »

Vincent leva les yeux au ciel, la conversation devenait bien trop technique pour lui. Il ne connaissait de la programmation et des réseaux que ce que les Chéris exigeaient. Le policier sentait qu'Esther atteignait ses limites, mais elle donnait le change.

« Les vols de données du soir ont toujours lieu après 21 heures. Avec Vincent, on pense que c'est pour qu'on ne repère pas la surcharge électrique. Si on pouvait…

— Mais bien sûr ! cria Damien. Encore plus simple. Les informations des compteurs sont en open data ; je n'ai pas le nom des propriétaires, mais je peux surveiller les consommations. Très bonne idée. En croisant avec l'activité réseau, j'obtiendrai une localisation précise.

— Ce sera opérationnel pour vendredi ? demanda Vincent.

— Il faudra que j'y passe au moins deux nuits. Je ne peux pas me permettre de travailler dessus au taf. Mais je serai dans les temps.

— Vous n'aurez pas de médaille après, vous savez. Je ne suis même pas en service. Je ne veux pas que vous imaginiez…

— Être choisi par une IA, c'est un privilège. Quelque chose, quelque part, a pensé à moi.

— Magnifique, pas ignoré.

— Ah, vous avez regardé. »

Le visage de Damien s'était assombri soudain, comme si on l'avait ramené à une réalité amère. Il pianota sur son clavier, sans paraître tenir compte d'Esther et Vincent.

« Elle était stagiaire comme moi, dans le même service, finit-il par dire. Elle venait des Mines, ça se sentait. Plus douée que moi, plus rapide, avec un appart en centre-ville, pas une chambre en résidence universitaire. On discutait bien tous les deux. Son copain l'avait quittée, je n'ai pas bien su pourquoi. Alors…

— Je crois qu'on peut deviner la suite de l'histoire, coupa Esther. Pas la peine de vous sentir obligé de vous justifier. Ça arrive.

— Oh, pas à vous. »

Damien s'était tourné vers Esther, sa voix s'était chargée d'une colère discrète mais sensible.

« Vous dites me comprendre, mais vous êtes de l'autre côté de la barrière.

— Je ne vais pas m'excuser au nom de toutes les autres.

— Je sais. Nous avons un point commun, nous avons été blessés, moi par des filles comme vous, vous par des algorithmes qui vous ont prise pour cible. Je ne veux pas de votre compassion, c'est tout. »

Le soleil s'était couché, mais Esther n'attribua pas la fraîcheur soudaine dans la pièce à la nuit qui s'étendait. Il s'en était fallu de peu pour que Damien abandonne tout et les chasse. Vincent n'avait même pas eu le temps de réagir tant l'attaque avait été sèche et fulgurante. Esther avait connu des hommes la traitant comme une ennemie, depuis les concurrents pour un contrat jusqu'aux brutes ivres d'un bar, mais là, il y avait quelque chose en plus. Le pire, c'est qu'elle ignorait désormais si elle était encore le genre de femme que Damien détestait et si elle devait s'en soucier.

« Je crois qu'on va y aller, dit-elle soudain. Je ne vois pas ce qu'on pourrait faire pour vous aider, et vous avez du travail.

— Je vous contacte pour vous tenir au courant. À vendredi, donc. »

Esther se leva la première, comme projetée par un ressort. Vincent prit son temps, déplia son grand corps avec lenteur, visage de marbre. Même dans l'escalier, il ne dévala pas les marches. Il ne semblait pas concerné par ce qui s'était déroulé en moins de cinq minutes sous ses yeux. Alors qu'ils remontaient la rue Faidherbe, Esther ne put se retenir : « Je suis vraiment comme il dit ?

— Quoi ?

— Une princesse.

— Bien sûr. »

Esther se renfrogna d'un coup, accélérant le pas pour laisser Vincent cinq mètres derrière au moins.

« C'est quoi qui te vexe ? Que le jugement soit juste ou qu'un gamin de vingt-trois ans refuse ta main tendue.

— Tu l'as accepté, toi.

— L'un n'empêche pas l'autre. Ce Damien, il sait qu'on l'utilise, il l'admet dans certaines limites. Tu les as franchies, tu paies. Ça ne va pas plus loin.

— Je pensais…

— Depuis ses seize ans, il n'a connu que des filles qui ont voulu être gentilles avec lui, et ça s'est mal terminé. Il a développé des anticorps.

— Tu crois qu'il a raison ?

— Mais je ne crois à rien, Esther. Je constate. Je ne m'intéresse pas à lui, j'espère juste qu'il nous aidera pour trouver Anne-Lise. Je n'essaie pas de rendre l'univers plus juste. »

Esther s'arrêta pour regarder Vincent qui avançait vers elle.

« C'est vraiment comme ça que tu me vois ?

— Tu m'agaces. Je vais finir par croire qu'il vaut mieux laisser les machines s'occuper de ce genre de mission. Je ne parlais pas de toi, c'était une généralité. Ne considère pas tout comme personnel.

— C'est moi que Damien a attaquée, pas toi.

— Tu étais là, tu as payé pour les autres. C'est un petit con de vingt-trois ans. Tu ne vas pas le prendre au sérieux, si ? »

Quelques mois plus tôt, Esther ne l'aurait pas pris au sérieux, en effet. Ce genre d'agression aurait glissé sur elle comme l'eau sur les tuiles. Depuis l'échange de souvenirs, la terre cuite était devenue poreuse. Cette fragilité nouvelle ne lui apportait rien, à part de la nervosité, un sentiment diffus de culpabilité qui reposait sur du vent. Si cela continuait ainsi, Esther comprenait qu'elle n'arriverait pas au bout de l'histoire. Entre l'atmosphère d'insurrection et ces mystères informatiques, tout son univers vacillait.

« Et toi ? demanda-t-elle à Vincent. Les manifs, Anne-Lise et ses machines, on dirait que c'est la routine quand on te voit.

— J'ai vécu toute ma vie avec la culpabilité. Je suis blindé. C'est vrai que je m'inquiète, mais on va y arriver, c'est bientôt terminé. »

Face à face, Esther et Vincent n'avaient que deux mètres à faire pour se rejoindre. Pas grand-chose, rien d'insurmontable. Pourtant, il suffit d'un éclat de phares d'une voiture traversant la rue pour empêcher l'élan. Esther reprit son chemin, Vincent accéléra seulement pour marcher à ses côtés. L'atmosphère sombre qui s'emparait des soirées d'Angers leur rappelait la tension du monde, une menace qui ne laissait pas la place à autre chose. Cette réalité revêtait un caractère bien plus tangible que les états d'âme d'un gamin de vingt-trois ans. L'urgence était ailleurs, reportant les questions accessoires. Il aurait fallu être moins sérieux, moins impliqué.

Après vendredi, ce serait Amiens, Anne-Lise, les réponses, les actions définitives. S'il y avait un avenir, il ne pourrait exister qu'après. Voilà ce qu'Esther et Vincent se disaient quand ils retenaient leurs désirs. Pourtant, ils ne pouvaient s'empêcher de penser que, même une fois la vérité exposée, le chaos du pays n'allait peut-être pas les réunir, bien au contraire. Vincent retournerait dans la police, aux ordres de qui détiendrait le pouvoir, pendant qu'Esther verrait tous ses contrats avec des élus basculer dans l'inconnu. Chacun maudissait son côté raisonnable, son sens des responsabilités, son refus de tout envoyer valser, tout en se demandant si ce n'était pas pour ces mêmes raisons qu'ils avaient été choisis et rassemblés.

Le soir venu, alors que la pluie avait cessé, Esther et Vincent sortirent dîner ensemble dans une brasserie bruyante, musique criarde et serveurs hurlant dans la salle. Ce qui les aurait fait fuir normalement créait une sorte de cocon confortable, excusant d'avance leurs silences et leurs gênes. Esther se permit d'ironiser sur l'ambiance, Vincent se fendit de quelques sourires. Tout respirait une normalité factice. Le menu aux couleurs tape-à-l'œil ou les clients de la table d'à côté jouaient les motifs de conversation utiles. Quelqu'un d'extérieur aurait pu observer le couple et annoncer sa fin prochaine, l'ennui qui s'installait.

Le téléphone de Vincent sonna. C'était Damien. Il lui restait encore des détails à régler mais le piège à lapins, comme il disait, serait en place pour demain. Il était pressé d'y être, lui aussi, cela promettait une bonne chasse.

« Vous ne pourrez pas vous en vanter, rappela Vincent.

— Vous n'avez jamais rêvé, enfant, d'attraper les voleurs comme dans les films ?

— Non, je n'ai jamais rêvé d'être policier.

— Il y avait de vieux romans sur des pirates informatiques qui suivaient la piste d'IA mystérieuses dans le cyberespace. Je trouvais ça génial. »

Un gamin restait un gamin. Il avait de la chance. Vincent le remercia encore et lui donna rendez-vous vers 20 heures, le lendemain.

« En tout cas, il est motivé, dit Esther. On ne lui a pas fait trop peur.

— Pas assez, je le crains. Il considère ça comme un jeu, alors que c'est beaucoup plus important. On ignore la réaction de ces IA si elles découvrent qu'on suit leur vol à la trace.

— C'est bien ce que veut Demetrico, non ?

— Et ça te rassure ? On se fait balader. »

Esther s'approcha de Vincent pour parler plus bas dans le vacarme.

« Et si ces machines désiraient qu'on les aide ?

— Elles n'ont pas besoin de nous, ça n'a pas de sens.

— Fuir le un, cela peut aussi vouloir dire qu'on admet sa faiblesse.

— Tu as passé la journée à réfléchir là-dessus, on dirait. »

Esther se redressa, un vague sourire aux lèvres : « Rien de mieux à faire. J'espère qu'il fera beau demain. Si on reste enfermés, je vais devenir folle.

— Ou bien la chercheuse à l'origine de tout ce bordel a des remords. La vérité est parfois plus simple.

— Et tu adores quand c'est simple.

— C'est une méthode qui a ses partisans. Franche et directe. Pourquoi s'embêter avec des subtilités ?

— Comme le fait de cacher qu'on se plaît. »

La phrase avait été mangée à moitié par un solo de batterie explosant dans les enceintes au-dessus de leurs têtes, mais Vincent l'avait entendue.

« On sait bien que…

— On est juste idiots, Vincent. Mais oui, il faut d'abord penser à remonter jusqu'à Anne-Lise, comprendre les motivations des machines, survivre aux manifestations, si c'est possible, et ne pas s'arrêter. On est d'accord ?

— Sûr ?

— Pas d'autres obstacles à rajouter ? »

Vincent fit mine de chercher, une dizaine de secondes tout au plus, avant de répondre : « Non, ça suffira. »

Le lendemain, le soleil avait repris sa place, lâchant Esther dans les artères d'Angers pendant que Vincent tentait de se remettre au jogging. Près de la préfecture, les camions des CRS s'alignaient déjà dans la rue des Lices. Impossible de ne pas sentir la nervosité gagner passants et commerçants à côté des véhicules blancs. Ce qui devait rassurer accélérait le pouls du badaud, sans même y faire attention. On se repassait en tête les images des semaines précédentes, les violences, les cris, les canons à eau aspergeant les manifestants depuis les grilles. Il en aurait fallu des IA pour effacer ces souvenirs ! Tout le monde n'avait pas cette chance.

Esther retrouva Vincent qui mangeait un sandwich près du château.

« On visite ? demanda-t-elle.

— On fait du shopping ?

— Tout de suite, les clichés. »

Le policier désigna du menton les sacs qu'elle portait.

« Je n'ai rien prévu en cas de pluie, et le temps s'annonce pourri à Amiens ce week-end. Alors, un bon ciré, ce ne sera pas inutile.

— D'accord, je retire mon ironie.

— Ça vaut mieux. À propos d'ironie, tu penses que Damien a regardé la photo qu'on va lui voler ?

— Bien sûr. Il nous prend pour de vieux imbéciles.

— Tu ne crois pas que c'est un romantique, qui ne souhaite pas perdre le souvenir de son grand amour ?

— On est pas dans une série télé.

— Dommage. Au moins, il se trahira facilement.

— Tout à fait. Tu veux faire la visite du château avec moi ?

— Merci, j'ai déjà mal aux pieds. Je vais régler quelques détails avec Evguéni à propos de la boîte. Certains contrats commencent à être annulés, il faut qu'on s'adapte. »

Ils se retrouvèrent devant la résidence Faidherbe. Elle terminait une pizza sur les marches de l'entrée d'immeuble. Lui avait suivi les préparatifs policiers aux points stratégiques de la ville, curieux de savoir comment la préfecture évaluait la menace. Pas d'armée, évidemment, mais le dispositif semblait fragile. Difficile de mobiliser des compagnies de CRS sur tout le territoire pendant tant de semaines. Les effectifs devaient tourner et se reposer. Le grand D. aurait toujours l'avantage, il suffisait de maintenir la motivation de ses troupes et compter sur la fatigue en face. La moindre erreur pouvait faire apparaître le martyr que toutes les révolutions attendaient.

« Prêt pour pister les lapins jusqu'à leur terrier ? lança Esther en refermant le carton vide de sa pizza.

— J'ignore combien de temps le pays tiendra. J'espère qu'on ne se trompe pas, qu'Anne-Lise est vraiment la clé de tout ce bordel.

— Au pire, nous comprendrons pourquoi on nous a volé nos souvenirs. Je me contente de peu, tu sais.

— Je peux témoigner, oui. »

Esther rit avant de se lever pour contacter Damien à l'interphone.

L'élève ingénieur avait replié le canapé-lit de sa chambre pour permettre au couple de s'asseoir. Sinon le sol était jonché de sachets de chips, gâteaux et bonbons. Sa nervosité se manifestait dans l'agitation de sa jambe droite quand, calé sur son fauteuil, il leur montra son organisation.

« Je peux surveiller l'activité de la plupart des machines du Schéma B, mais aussi du Schéma A. Au cas où on se trompe de cible. Même si on me vole un autre souvenir, je le verrai. Comme la photo ne pèse que vingt-cinq mégaoctets, le transfert durera moins de deux secondes.

— Il faut inclure la durée d'analyse de votre compte, dit Esther. Cela ne prendra pas une journée, mais ce n'est pas négligeable.

— Tout à fait, cela me servira pour repérer les machines utilisées. Comme les données sont ensuite distribuées entre chacune, je remonterai plus facilement la piste. Pour identifier le serveur qui pilote l'opération, je ne pourrai pas faire du temps réel.

— Merde.

— Ce n'est pas grave, j'enregistre l'activité électrique. Je n'aurai qu'à comparer le minutage dans le journal de transmission que je vais créer. Tout ira bien. »

Vincent écouta Esther et Damien discuter informatique comme si on lui parlait une langue étrangère. Il comprenait vaguement que la chasse pouvait se lancer, que plusieurs hypothèses étaient envisagées, et que même l'imprévu serait sous contrôle. Les détails lui importaient peu, cela lui suffisait d'avoir confiance en Dam le Daumit.

« On aura le résultat ce soir ? finit-il par demander.

— Bien sûr, répondit le jeune homme d'une voix ferme. Pas à la seconde près non plus, mais pas loin. »

Le policier était impressionné. Il aurait bien aimé que ses enquêtes parviennent à des conclusions aussi rapides. Vincent s'enfonça dans le canapé, essayant d'oublier l'odeur un peu suspecte du matelas qui lui agressait les narines, et ferma les yeux pour se reposer.

Vers 20 h 45, Damien oscilla de droite à gauche dans son fauteuil. Il paraissait soudain moins sûr de lui.

« C'est vrai que je vais changer quand on va me voler le souvenir ?

— Pas au moment de l'échange, uniquement si vous regardez l'image de la notification qui apparaîtra. Vous pouvez conserver l'écho de la photo originale ; ce choix, il vous appartient. Vous êtes plus chanceux que moi.

— Si vous l'aviez su, vous auriez…

— Je ne veux pas me poser la question.

— Moi, je ne regrette pas », dit Vincent.

Damien hocha la tête, pas tout à fait convaincu. Il lança son navigateur Internet pour afficher ses statistiques YouTube.

« Depuis que j'ai commencé les vidéos politiques, mes vues ont grimpé. Je suis de plus en plus populaire et je gagne de l'argent avec. Si c'est ce mauvais souvenir qui me fait dire des choses qui font plaisir à mes viewers, pourquoi je laisserais une machine me le voler ? »

Esther se raidit. Elle ne s'attendait pas à cette question et s'en inquiéta.

« Ne nous lâchez pas, s'il vous plaît. Pas maintenant.

— Je veux une réponse.

— Il n'y en a pas, dit Vincent. Si votre vie vous convient, si vous ne désirez rien de plus, vous avez raison, autant en rester là. Toutefois, si une parcelle de vous a un doute, si elle pense qu'une autre vision du monde est possible, alors donnez une chance aux machines de vous surprendre. Vous n'avez que vingt-trois ans, et déjà l'impression de tout connaître.

— J'ai mûri. Sans ce souvenir, je serais naïf, je serais persuadé que l'amour peut exister malgré les différences sociales. Je ne veux pas redevenir ce gamin. »

Ni Esther ni Vincent ne trouvaient quoi répliquer. Damien avait cru à une fiction, la réalité lui avait ouvert les yeux et sa personnalité avait changé radicalement. Il n'y avait pas qu'une question de popularité sur YouTube. Pouvait-il consciemment retourner vers le mensonge, vers cette illusion de liberté ? Le sadisme, c'était de l'avoir contacté, de lui avoir tout révélé. Au final, Demetrico avait été cruel avec tout le monde, Esther, Vincent et Damien.

« Rien n'est jamais perdu quand on fait confiance à quelqu'un, tenta Esther. Parmi vos fans sur YouTube, à qui vous pourriez confier vos secrets sans peur ? Vous avez la certitude de la trahison, elle est solide grâce à cette photo dans vos souvenirs.

Faites un reboot, peut-être qu'il y avait un bug dans le logiciel et que vous rencontrerez une personne qui ne jouera pas avec vos sentiments. On vous offre la possibilité de tout relancer, ne laissez pas cette chance passer. »

Une alarme retentit dans la chambre. Sur l'un des moniteurs de Damien, un programme venait de s'activer.

« Ça commence, dit le jeune homme. On y va. »

Esther sentit la main de Vincent se poser sur son bras pendant qu'une carte s'affichait au milieu du triptyque d'écrans.

« Les points, ce sont les IA qui ont établi une connexion avec mon compte et se répartissent l'analyse de mes données. Là, c'est Xsaga, une machine du jeu *Runecraft*, Terrum, un calculateur météo, Mirai7, une unité de recherche au Japon.

— J'avais repéré ces contacts à l'étranger, mais je n'étais pas descendu à ce niveau de précision.

— Pour distribuer la charge et les consommations des processeurs, on doit puiser des ressources partout.

— Alors pour Amiens…

— Il faut un serveur de coordination qui conservera une trace. Exactement comme ce compte TwitBook.

— Tous les souvenirs sont stockés en un seul lieu.

— Vous demanderez à la chercheuse. Moi, je n'y crois pas. Pourquoi remplacer par un autre souvenir ? On fait une copie, c'est tout.

— Continuez.

— LPrism, une IA d'analyse de logistique d'entrepôts. C'est vraiment du gros qui est utilisé. Évidemment, Zadoop !

— Quoi ?

— Pour briser la sécurité de nos comptes, il faut quelqu'un de l'intérieur : Zadoop fait de la reconnaissance d'image pour TwitBook. Il ne peut pas s'occuper à la fois du traitement et de la sélection sans que cela se repère, mais ça doit aider.

— Comment cette Anne-Lise a pu créer un tel réseau ? Elle devait posséder des accès partout.

— Ou alors, suggéra Vincent, les machines se sont entendues toutes seules.

— Il a raison, renchérit Damien. Ces IA passent leur temps à discuter entre elles, c'est l'essence même des protocoles informatiques. Mais est-ce qu'elles n'ont pas rajouté une couche de langage ?

— Ce n'est pas tout à fait ce que je voulais dire. J'étais plus basique.

— Bon, la configuration est stable, les ressources sont optimisées. C'est bien le Schéma B qui s'occupe de moi. Phase de calcul. »

Des lignes rouges reliaient des points sur une représentation tridimensionnelle du réseau. Une structure aérienne en fil de fer pulsait sur l'écran, projetant des saillies et des angles dans toutes les directions. Molécules d'un virus ou échafaudage en bambous, tout pouvait être interprété. Dans cette construction, des machines travaillaient ensemble à traduire images, sons et vidéos pour en donner une version calculable, utilisable par ces entités. Toute une vie humaine se transformait en mathématiques, en courbes et niveaux de couleur, en chiffres et fonctions. Selon quelle logique les souvenirs passaient-ils ce tamis électronique ? Cette tomate rouge, brillante, chauffée par un soleil d'été, perdait de sa rondeur, de sa chair pour devenir un ovale aux contours fractals, un rouge aux nuances orange, liserés jaunes aux bordures. Cette voix féminine chaude se muait en un son nasillard, aux accents cassants sans aucune magie, sans aucune harmonie. Et malgré cet appauvrissement analogique, une interprétation numérique s'élaborait, enrichissant le réel de formules, lui découvrant de nouvelles teintes, apportant à la chaleur du sensible des variations mathématiques, des dérivées inconnues, des régularités insoupçonnables. Il existait un autre rapport au monde, une autre manière d'y être sensible, sans la chimie, sans l'organique ; il obéissait à d'autres règles, d'autres logiques, mais il appartenait au même univers que nous. De la même manière que les ampoules de Lorenzini permettent aux requins de détecter les champs magnétiques de leurs proies, les machines qui traitaient les données personnelles de Damien déployaient d'autres facultés pour rendre compte des accidents de sa vie, des joies qu'il avait ressenties, des beautés qu'il avait cru déceler dans un paysage, un visage, un voyage, des larmes qu'il avait retenues à la vue d'un spectacle, d'un obstacle. Et au milieu de toute cette réalité numérisée, un fichier agitait toutes ces attentions électroniques focalisées. Une photo rompait des régularités, déviait les calculs et les fonctions, comme un autre embranchement, une nouvelle voie peut-être sans issue, ou chaotique, destructrice. Impossible à déterminer, à juger. Les perturbations s'accentuaient, les couleurs devenaient plus ternes, moins riches, les courbes s'allongeaient, s'aplatissaient, s'alanguissaient, comme si l'existence perdait de son énergie, du potentiel d'inconnu.

Alors, quand toutes les estimations menèrent à la même conclusion, les machines cessèrent leur discussion secrète pour agir. Damien se contenta de tourner la tête vers Esther pendant que des milliers de petits paquets de données détruisirent le fichier, emportant octet par octet ce couple pris devant un mur bleu pastel, le tableau d'un paysage de Toscane, le chignon noir tenu par un peigne en nacre, les épaules d'une veste bon marché, la montre au cadran d'argent au poignet, le tatouage de tigre au bord de la manche de chemise, une éraflure au jean, une piqûre de moustique à la cheville, le verni éclatant d'une chaussure presque neuve, et un chat étendu dans le rayon de soleil qui balayait le parquet au midi.

« C'était la bonne photo, dit-il. Vous aviez raison, Esther. »

Deux minutes plus tard, le jeune homme consulta le journal des connexions, le compara avec les données librement accessibles des consommations électriques à Amiens et afficha une vue de Google Map pour préciser le point dont il avait récupéré les coordonnées.

« Un établissement BuildTel Constructions Télécom, rue le Tintoret.

— Tellement plus simple, dit Vincent.

— Surtout que le site a fermé en 2033. Aucun repreneur ne s'est manifesté, mais rien n'a été vendu. Un conflit entre la filiale française et le propriétaire coréen.

— Au moins, c'est logique. Merci beaucoup pour votre aide. Je sais que ce n'était pas évident. »

Damien prit son téléphone.

« J'ai une notification TwitBook.

— Vous n'êtes pas obligé. »

Sans hésiter, le jeune homme lança l'application et regarda l'image qui s'afficha.

« C'est un bon souvenir, c'est clair. Vous voulez voir ? »

Il tendit son appareil à Esther, qui refusa : « J'ai dû parcourir tout votre compte pour trouver la photo, alors le moins que je puisse faire, c'est de vous accorder cette intimité-là. Nous allons sortir de votre vie, on ne vous importunera plus.

— En tout cas, c'était chouette de voir ça. Toutes ces machines ensemble, qui travaillent, calculent, tout ça pour moi, pour ma vie. C'est pas magnifique ?

— Oui, peut-être », lâcha Esther.

Lorsqu'ils se retrouvèrent dans la rue, ils regardèrent une dernière fois la lumière à la fenêtre de la chambre de Damien. Il allait sans doute jouer à *e-Battlefield* toute la nuit, pour profiter de son excitation, de l'impression d'avoir réalisé un exploit.

« Il a peut-être changé, dit Esther.

— On le saura bien assez vite.

— Si on n'était pas venus, on ne se poserait pas la question.

— J'ai toujours entendu mon responsable informatique m'expliquer que le plus grand créateur de problème dans un ordinateur se situait entre le clavier et la chaise.

— On est le bug alors.

— Voilà. »

Dans le train les menant vers Amiens, Vincent prit ses écouteurs pour écouter la nouvelle vidéo de Dam le Daumit.

« Elles pensent qu'en se mettant avec nous, elles vont nous transformer, elles vont nous sauver, c'est à ça que pensent les meufs. On n'est pas que des brutes à civiliser, des naïfs à éduquer. J'ai mes idées, je ne veux pas qu'on les ignore, vous ne voulez pas qu'on les ignore, et c'est pour ça que vous me suivez. »

Il coupa la vidéo, mais plutôt que de regarder le paysage, il contempla Esther qui somnolait à côté de lui, l'air paisible, comme si le pays n'allait pas s'enflammer, comme s'ils n'allaient pas chercher Anne-Lise Ordenau, la mère de la Première ministre.

Exaltation

La pluie avait trempé les jardins de Matignon. Alourdies par l'eau, les feuilles des chênes dégoulinaient sur les jardiniers qui tentaient de travailler les parterres. Le ciel gris béton emprisonnait l'été loin des yeux d'Adélaïde Ordenau. Elle essayait d'apercevoir depuis son bureau l'éclaircie que la météo avait annoncée. Encore un raté dans les prévisions, se dit-elle. On était dimanche et elle attendait qu'on vienne la chercher pour se rendre gare de Lyon. Elle aurait préféré retourner dans son appartement rue de Clichy, mais sa sécurité l'avait convaincue de vivre dans Matignon, parmi les dorures et les peintures classiques. Impossible de s'y sentir bien, on dormait à peine au milieu de tout ce prestige indécent. Les mauvaises langues soutenaient qu'elle aurait privilégié l'Élysée, en souvenir de la Pompadour. S'ils savaient, ces imbéciles.

La Première ministre pestait contre Brochard qui l'envoyait à Lyon un dimanche, au milieu des manifestations. Les services de communication de la Présidence avaient bien préparé l'événement, soulignant l'importance d'une visite censée valider le nouveau pacte écologique signé avec la mairie. On déplaçait les troupes des foulards blancs hors de Paris, loin de l'Élysée. Brochard pourrait ainsi s'offrir une journée tranquille en famille. Adélaïde était prête à souhaiter des trombes d'eau pour gâcher une grillade végétarienne. Célibataire et sans enfant, la Première ministre était le pion idéal pour ces célébrations artificielles. Personne n'envisageait qu'elle pourrait avoir une vie en dehors, ce qui n'était pas tout à fait faux. Au moins, elle aurait pu être consultée, qu'on ne lui impose pas le déplacement sans discussion. Le fait du prince. Des générations de candidats écologistes avaient dénoncé la monarchie républicaine pour que leur représentant le plus abouti s'en serve à la perfection. Aurait-il été élu s'il n'avait pas joué le jeu ?

Un huissier frappa à la porte pour avertir que les voitures étaient prêtes. En un long soupir, Adélaïde Ordenau embrassa le décor, les toiles de Fragonard sur les saisons et le bureau de Léon Blum. Une collection d'antiquités qui vous conférait autant de pouvoir que de contraintes. L'éphémère Premier ministre Dugdual avait tout remplacé par un mobilier moderne, décroché les tableaux, afin de donner une vision plus contemporaine, plus modeste de la fonction. Une affaire de harcèlement sexuel avait envoyé dans l'oubli cette promesse de changement. Nommée en catastrophe, Ordenau avait tout remis en place, manière d'asseoir sa légitimité dans un pays qui n'avait connu que deux femmes Première ministre avant elle. La parure conférait du pouvoir, elle avait choisi de l'accepter. Dans la cour d'honneur, les voitures attendaient, reliées à une borne de recharge qui grésillait. Les motos de la garde républicaine faisaient déjà clignoter leurs gyrophares autour des véhicules et les agents de la sécurité vérifiaient les identités du personnel qui accompagnait Adélaïde.

Ce n'était pas la vie qu'elle voulait. Agir, prendre des décisions, affronter l'opposition à l'Assemblée et au Sénat, oui, la Première ministre y était prête, excitée par ces moments où il faut convaincre, ruser, manipuler même. En revanche, subir cette atmosphère de camp retranché, de soupçon permanent même vis-à-vis des proches, rien ne le justifiait. On était protégé, mais de quoi ? Du peuple ? De révoltés désordonnés ? Adélaïde avait aussi été élue, des gens avaient cru en elle, mais peut-être qu'ils ne la soutenaient plus.

Un garde ouvrit la porte de la cour pour que la Première ministre puisse rejoindre le véhicule le plus proche et s'y installe sans tarder.

« Tu aurais dû laisser un ministre se dévouer à ta place, dit Simon Manolli en bouclant sa ceinture.

— J'essaie déjà qu'ils ne m'assassinent pas en Conseil des ministres, je ne vais pas leur donner une raison de passer à l'acte.

— La conseillère environnement du maire de Lyon est correcte pour quelqu'un de droite. J'ai bien travaillé avec elle sur le pacte.

— Et puis, tu vois Darikian faire un sourire à Dumandier ? Déjà qu'elle fait un détour quand elle s'approche de Juvant à la table, des fois qu'il soit radioactif, alors serrer la main d'un maire de droite, autant lui demander de se pendre.

— Elle serait capable d'accepter.

— De quoi ?

— De se pendre plutôt que de rencontrer Dumandier. »

La Première ministre rit au moment où les portes de la cour d'honneur s'ouvraient et que le cortège de véhicules empruntait la rue de Varenne dans un bruit strident de sirènes. À 7 heures du matin, un dimanche, les rues étaient désertes et les voitures filaient sans s'arrêter le long du boulevard Saint-Germain. Adélaïde n'avait jamais fréquenté le Café de Flore ou Les Deux Magots, ni n'avait donné rendez-vous à Odéon quand elle était étudiante. Elle n'appartenait pas à ce monde, elle n'appartenait à aucun monde. Lorsqu'elle aurait pu prendre des verres le soir, on était en 2015 et elle ne faisait pas partie de ceux qui pensaient faire acte de courage contre le terrorisme en buvant une bière. Ensuite, devenue militante EELV, de nouvelles préoccupations l'animaient. Maintenant, elle le payait doublement.

À l'Assemblée, elle pâtissait du manque de réseau, cette proximité naturelle entre personnes ayant fréquenté les mêmes bancs, les mêmes bars, les mêmes soirées. L'ironie, c'est que dans les manifestations on lui reprochait précisément ce dont elle manquait. Son tailleur-pantalon suffisait à la disqualifier dans les sondages. On la jugeait hautaine, méprisante, élitiste. Femme en plus ? Rajoutons hystérique. C'était le qualificatif le plus utilisé par ses opposants quand elle concluait une intervention publique. Le jour où elle avait manifesté sa volonté d'être candidate à une élection, Michel Juvant lui avait conseillé, à elle comme à d'autres militantes, de suivre des cours de théâtre pour mieux placer sa voix, éviter les aigus. Contrairement à Adélaïde, beaucoup s'étaient senties insultées par cette suggestion, refusant la soumission à un diktat patriarcal. Seule Ordenau avait été élue. Alors quand Sybille Darikian la sommait de virer le ministre de l'Intérieur, la Première ministre n'écoutait pas.

Au pont de Sully, le cortège ralentit pour laisser passer des ambulances qui remontaient le quai de la Tournelle. Des passants attendaient aux feux tricolores, et quand les véhicules avancèrent, un vieux monsieur, casquette à carreaux, tenta de cracher sur la vitre teintée de la voiture d'Adélaïde. Un frisson la parcourut.

« On en est là.

— Quoi ?

— Même dans un cortège officiel, on me crache dessus. Le niveau de haine dans notre pays…

— Les réseaux sociaux…

— Tu as vu l'âge du type qui m'a craché dessus ? Il doit penser que LivTok c'est une danse indienne. Qu'on arrête de me dire que ce sont des marginaux, des actes isolés, des radicalisés. J'en ai marre de ce bouillon qu'on me sert.

— Tu veux qu'on te dise quoi, que les trois quarts du pays souhaitent ta mort ? Tu sais bien que non. Cela fait des mois qu'on cherche le grand D., qu'on fait les gros yeux à la Russie, la Chine et au Brésil, en vain. Sans ce meneur, les foulards blancs, ce n'est rien.

— Je suis fatiguée, Simon, fatiguée.

— C'est difficile, mais tu dois tenir. Les pactes, c'est ton idée, ne l'oublie pas.

— Qu'est-ce que j'ai fait pour que ça merde autant, tu peux me dire ? »

Non, il ne pouvait pas. Aucun conseiller n'y arrivait. Traversant la Seine, Adélaïde regarda les teintes bleutées du fleuve au matin qui se mêlaient aux bandes grises du ciel reflété. Rien ne pouvait déranger le spectacle. Pas de question, pas de réponse. Les colères de la Seine grimpaient doucement sur les quais avant d'envahir les rues, il était impossible de les arrêter. On ne pouvait que protéger les bâtiments, déplacer les populations, prévenir en amont. Tout cela appartenait à un monde rationnel, prévisible, obéissant à des calculs et à des procédures. Des années passées auprès du Giec, Adélaïde Ordenau avait retenu que les caprices de la nature suivaient un schéma complexe mais compréhensible. En revanche, convaincre les humains du danger, leur faire suffisamment prendre conscience pour qu'ils adaptent leur comportement, cela ne rentrait dans aucun simulateur.

La Première ministre avait accepté sa nomination pour cette raison précise. Dans un monde d'ordinateurs et de calculs, l'humain restait la variable non ajustable, celle qui avait besoin qu'on lui parle autant au cœur qu'au cerveau. La seule compétence d'un homme politique, celle qui justifiait son existence, c'était ça. Tout le reste pouvait être résolu par des fonctionnaires ou des algorithmes. Sauf que depuis plus d'un mois, Adélaïde Ordenau n'y arrivait plus. Plus personne ne l'écoutait, plus personne ne la comprenait. Le lien était rompu.

« Madame, on va entrer par la rue de Chalon, prévint l'agent de sécurité assis à côté du chauffeur. On pourra monter dans le TGV sans passer par le hall 2.

— Comme des voleurs.

— Pour votre protection, madame.

— Je sais, ne faites pas attention. »

Dès son élection, Brochard avait concrétisé une vieille promesse : les déplacements à plus d'une heure de Paris se feraient en train. De toute façon, les véhicules électriques blindés n'avaient pas une autonomie suffisante pour accomplir le trajet jusqu'à Lyon sans recharger au moins une fois. Les services de sécurité n'auraient jamais accepté un tel risque. Alors la SNCF modifiait son organisation pour que le convoi dédié aux voyages officiels attende sur le quai accessible par la rue de Chalon. On pouvait parler de privilège, mais en ces temps difficiles, Adélaïde l'appréciait.

Le cortège finit par s'arrêter. Pendant que les unités de police se positionnaient dans la rue et sécurisaient le périmètre, la Première ministre regardait les voyageurs qui patientaient dans le hall de la gare de Lyon. Si elle était entrée par la galerie des Fresques, comme le faisaient la plupart des membres du gouvernement, peut-être aurait-elle été huée. On lui aurait craché au visage, jeté des canettes, certains auraient traversé le cordon de sécurité pour l'agresser physiquement. Tout cela, Adélaïde Ordenau l'imaginait comme un scénario très probable. La secrétaire générale de l'Élysée se serait moquée de sa précaution, elle aurait inventé une fable où des gens l'auraient applaudie, par solidarité avec le Président puisque la popularité de ce dernier faiblissait à peine. De Montis lui aurait reproché son manque de courage, elle aurait répété qu'une Première ministre doit montrer sa force, pas se barricader. Qu'elle prenne les coups, si ça l'amuse, se disait Ordenau, qu'il descende les Champs-Élysées, Brochard, s'il désire jouer les héros. Elle les laisserait passer devant avec plaisir.

« Madame, c'est bon, dit l'agent de sécurité.

— Je te veux avec moi durant le trajet, Simon », dit la Première ministre en sortant du véhicule.

Adélaïde avança d'un pas rapide vers les grilles, un parapluie ouvert au-dessus de la tête, tenu par un agent. Il ne pleuvait pas, pourtant. C'était encore une manière de la faire disparaître et limiter les risques. Peine perdue car, dès qu'elle arriva sous les auvents du quai, un murmure se faufila depuis le hall pour l'atteindre. Tout le monde s'engouffra dans la rame, mais les huées atténuées sifflaient toujours dans ses oreilles quand elle s'installa dans son carré. Hauts fonctionnaires, conseillers, policiers, tous s'agitaient, mais leur bruit ne couvrait pas le grondement lointain, ces voix unies libérées qui brisaient les barricades comme les vagues la jetée. Cela cognait, pas comme un coup violent, pas comme une lame, plutôt comme une masse qui vous étouffe, vous prive d'air, vous écrase.

Avant de mourir, le président De Croye avait dit à une journaliste qu'un politique ne pouvait survivre qu'en devenant sourd aux sifflets, c'était un préalable. Quand on connaissait le cynisme absolu du personnage, capable d'utiliser le suicide de Joachim, son aîné, pour remonter en popularité malgré les accusations de corruption, cet aveu valait leçon. Adélaïde et tous les jeunes élus de sa génération s'étaient promis de ne jamais ressembler à une figure si perverse, mais une fois au pouvoir, la réalité rattrapait les idéaux. Brochard était fait du même métal que De Croye, en moins immoral, mais tout aussi malin. Il ne laisserait personne lui gâcher le premier quinquennat d'un président écologiste.

Simon s'installa en face de la Première ministre en même temps que Joséphine Kucheida, sa conseillère en communication. Jonglant avec trois téléphones, deux iPads et des Post-its, elle semblait plus dépassée que tout le monde par les événements.

« Adélaïde, je rappelle qu'on arrive à 10 heures, le temps d'accéder au palais de la Bourse pour la rencontre avec les entreprises signataires du pacte; ensuite cocktail, discussions informelles, puis direction la mairie pour la cérémonie. Discours, blablas avec les élus d'arrondissement, retour 16 heures.

— Une petite journée, en somme. »

La conseillère ne nota même pas l'ironie, elle faisait défiler TwitBook pendant qu'elle parlait avec la Première ministre.

« Les Déistes savent qu'on approche, ils vont attendre à Perrache, dit-elle d'une voix inquiète.

— Fuitez l'information qu'on descend à Part-Dieu, suggéra Simon. Le temps qu'ils comprennent qu'on a changé d'arrêt, on sera loin. »

Kucheida leva la tête pour fixer Adélaïde, muette.

« Voyez avec la sécurité, dit la Première ministre, et laissez-moi tranquille.

— Je peux écrire des messages sur le compte de Matignon, ce sera plus simple.

— Faites ce que vous voulez, tant que je retourne entière à Paris ce soir. »

Dès que la conseillère eut quitté son siège pour rejoindre d'autres fonctionnaires de Matignon, Adélaïde soupira de soulagement. Elle regarda Simon d'un air las : « Encore une idée de la secrétaire générale de l'Élysée.

— Kucheida ?

— Oui, on me l'a imposée car elle est, je cite, “une experte des réseaux sociaux”. Si j'ai effacé tous mes comptes TwitBook, Insta et LivTok, c'était bien parce que je ne voulais plus y être. C'est vraiment merdique Premier ministre. Entre le secrétaire général du gouvernement choisi par Brochard et ma com pilotée par De Montis, je n'ai pas vraiment de marge de manœuvre.

— À part pour prendre les coups.

— Juste ça. »

Le contrôleur du TGV annonça le départ imminent sans mentionner la présence de personnalités à bord, comme il en était convenu avec la sécurité. Lorsque le train quitta le quai, la Première ministre porta son regard le plus loin possible devant elle, plus loin que Chinagora, vers les banlieues aux immeubles rénovés, mieux isolés ; cette promesse jamais remplie, elle l'accomplissait. Qui d'autre qu'Ordenau avait lancé les sites de biomasse de Maisons-Alfort et Massy ? De belles réalisations, saluées partout, même par l'opposition, et plébiscitées par les habitants, qui voyaient leurs factures baisser. Il y avait de quoi être fière.

« J'avais réussi, murmura Adélaïde. J'étais en train de tout gagner. J'étais plus populaire que le Président, tu te rends compte ?

— Tu le crois capable d'avoir manipulé…

— Non. Juvant a fait une enquête, il m'aurait dit.

— Tu as vraiment confiance en ton ministre de l'Intérieur.

— Sans le soutien de sa fédération, je ne serais pas députée. Entre fachos, on se soutient, comme doit penser Darikian.

— Il pourrait te trahir si Brochard lui promet ton poste.

— Le Président ne va pas risquer une scission du groupe à l'Assemblée. Trop rusé pour être suicidaire. Et puis, pour me remplacer, il faudrait déterminer ce que veulent les foulards blancs, ce que revendique le grand D. On n'en sait rien.

— Le beurre, l'argent du beurre et le cul de la crémière.

— Ouh là, je n'ai plus entendu cette expression depuis la mort de mon grand-père.

— Ma fille aime bien mes expressions.

— Elle n'a pourtant pas soixante ans quand même. »

Comment entendre ce qui ne produit aucun son intelligible ? La question taraudait tous les conseillers politiques gravitant autour du Président et de la Première ministre. Lutter contre la corruption, d'accord, mais laquelle ? Les réseaux secrets de pédophilie et de trafic d'enfants n'existaient que dans des fantasmes complotistes. Les minimaux sociaux multipliés par deux ou trois, mais sans impacter les petites entreprises ; la lutte contre la fraude fiscale, mais avec moins de fonctionnaires ; plus de police, plus de prison, plus de magistrats, mais moins de règlements, moins de contraintes, plus de confiance… Tout fleurissait sans limites, sans coordination ni réflexion, avec la révolution comme horizon.

« Le grand D. n'est pas un politique, lança la Première ministre.

— Il sait mobiliser des troupes.

— J'ai consulté ses messages, on n'arrive pas à y lire un programme. Ce sont ses partisans qui le bâtissent.

— Une co-construction ?

— Ça va, ne nous sert pas notre jargon, j'ai toujours trouvé ça débile. Encore plus maintenant. Les Déistes, comme dit Kucheida, ils veulent un leader, mais sans qu'il énonce des propositions. Une vision horizontale telle qu'on la pensait dans les années 2000, pour un résultat explosif.

— Ah, quand on laisse le peuple s'exprimer…

— Si c'est pour me narguer avec nos chimères d'écolos, tu peux filer rejoindre les autres conseillers plus loin. Le grand D. est plus dangereux parce qu'il ne porte aucune parole, il ne traduit aucune des colères. Seul le ressentiment se manifeste, pas la moindre action. Les foulards blancs sont des victimes qui se complaisent dans leur statut. Notre boulot, c'est de les en sortir.

— On a pas trouvé la solution. »

Adélaïde se renfonça dans son siège, les yeux perdus sur les plaines agricoles du paysage. La Première ministre se trouvait d'autant plus frustrée qu'elle était ignorée par celui qu'on présentait comme son meilleur opposant. Jamais elle n'était citée par le grand D., ni aucun ministre. Comment répliquer à une attaque quand elle était si floue ? Ses partisans se déchaînaient, protégés par leurs pseudonymes, mais conscients aussi qu'ils n'auraient jamais l'importance de ce mystérieux révolutionnaire. Cette impunité de fait les galvanisait.

« J'aurais préféré un complot, reprit Simon. On trouve les meneurs, on se fait traiter de dictateur et c'est terminé.

— C'était comme ça que pensait De Croye. Notre parti privilégiera notre sacrifice plutôt que la police politique.

— Ton sacrifice.

— Oui, encore mieux. La secrétaire nationale des Écologistes doit déjà avoir son communiqué prêt si on me tue. La tristesse et la colère, blablabla, une leçon de vie, blablabla, un exemple pour toutes les femmes.

— Une victime du patriarcat.

— Sûrement. À force de te fréquenter, je deviens mauvaise langue. Aïcha fait ce qu'elle peut, c'est pas la pire.

— C'est pour ça que je n'ai jamais voulu prendre ma carte, ceux nommés aux manettes du parti ne sont pas les pires, mais ils doivent composer avec les pires…

— Et ça, c'est pire.

— Merci.

— Je baigne là-dedans depuis mes dix-sept ans, je ne m'énerve plus. »

Tous les partis politiques se comportaient comme des camps de vacances pour enfants turbulents, cherchant les meilleures activités pour rendre dociles les plus excités et mobiliser les plus apathiques. Dans ces jeux constants, les électeurs ne représentaient qu'une variable lointaine qui sanctionnait de temps à autre les organisateurs et les substituait par d'autres. Tout le monde se prenait au sérieux, mais jouait aux petits chevaux dès qu'on lui en laissait l'occasion.

« Remplaçons tout ça par des machines, dit Adélaïde. En entrée, les revendications de la population, un grand ordinateur pour analyser, et en sortie une loi. Plus de compromis, plus de discours rédigés par d'autres, et si on soupçonne une corruption, on jugera les informaticiens. Les gens en ont marre de la politique, rendons-les heureux !

— Ça va pas mieux, Adélaïde ?

— Regarde Juvant. Avant tout ça, c'était mon meilleur ministre, parce qu'on aimait chez lui son absence de sentimentalisme. Une vraie machine de guerre. Vanhaecke à l'Éducation, pareil, les parents l'adorent comme si c'était la maîtresse parfaite, austère mais juste. Non, je crois que c'est l'avenir : des ordinateurs. Fini les sentiments, on agit !

— Il faudra que tu te reposes.

— Peut-être. »

On pardonnait plus souvent les fautes aux machines qu'aux humains. Quand on détectait un bug, on ne s'en prenait jamais au processeur ou à l'algorithme, mais au programmeur, à l'ingénieur qui avait mal configuré l'appareil. L'innocence, voilà ce à quoi la Première ministre aspirait. On ne lui imputait pas ses crimes actuels, qu'elle aurait pu assumer ; pas ses lois, qu'elle aurait pu défendre ; non, elle portait toutes les erreurs de ses prédécesseurs, toutes les compromissions, les renoncements, les entorses, les mensonges, les scandales. Elle allait à Lyon et son intuition lui hurlait qu'elle allait payer pour eux tous, pour toutes les générations qui avaient déçu, qui avaient brandi des espoirs illusoires en guise de réconfort aux peuples inquiets. Pour les hommes politiques, l'oubli n'existait pas dans la mémoire des citoyens. Bien sûr, on ne se souvenait pas de l'auteur de la phrase blessante, ni du contexte, ni des détails de l'acte irresponsable, mais il flottait un écho du mal, la sensation floue d'une blessure jamais refermée. Même la guillotine révolutionnaire n'avait pas étanché la soif, la rancune avait besoin d'une victime pour devenir un moment plus légère. Cette année, c'était au tour d'Adélaïde Ordenau de porter toutes les fautes, de les concentrer jusqu'à ce qu'elles soient lavées dans le sang. La mémoire n'avait aucune indulgence.

« C'est étrange, Simon, ce n'est qu'aujourd'hui que je comprends le calvaire de ma mère. »

Personne ne les accueillit à la gare, pas de comité, pas de manifestants, pas de huées, seulement la tour Perret, pilier de béton dans le paysage d'Amiens. Le gris formait un voile épais dans le ciel, une menace en suspens qui ne demandait qu'à éclater. Contrairement à Angers, l'atmosphère ne semblait pas insurrectionnelle, comme si la ville avait décidé de faire le dos rond face aux manifestations. Dimanche n'avait jamais été une occasion de fête ici, on endurait l'ennui, ou plutôt on supportait son aspect suintant qui vous donnait envie de vous réfugier chez vous, parfois chez le voisin. Amiens avait une capacité de résistance insoupçonnée, à force d'admettre son visage de grisaille, son entrain de pierre beigeâtre qui vous faisait rentrer la tête dans les épaules plutôt que de monter des barricades. Aucune douceur, mais aucune amertume non plus. L'habitude de se créer des plaisirs en groupe, des bonheurs de copains, avait triomphé du sentiment d'être exceptionnel.

On ressentait peu de fierté d'être né ici, entre les champs de betteraves, sans même les terrils comme passé à revendiquer. Personne n'avait jamais rêvé d'habiter dans cette ville, un touriste visitant la cathédrale en savait autant que le fonctionnaire nommé par dépit à Amiens. Les souvenirs à chérir, on se les construisait, la ville ne vous les donnait pas : pas de montagne, pas de mer, pas un quartier si pittoresque qu'on le photographiait mille fois. L'attachement, il venait des rencontres, des amis, d'un bon repas le soir, d'une fête de famille réussie. Cela aurait pu être ailleurs, dans une autre maison, un autre quartier, on y aurait ressenti le même plaisir, la même envie d'être ensemble.

Esther et Vincent se perdirent à la recherche du bus à prendre pour atteindre la sortie nord de la ville et la nationale 25, tant les rues et les arrêts se ressemblaient. Heureusement, les habitants ne se faisaient pas prier pour guider et ils arrivèrent rapidement par le N3 à l'arrêt Promenade. On aurait pu croire à une promesse bucolique, mais il s'agissait surtout du shopping éponyme, ouvert même le dimanche. Ce genre d'attraction commerciale se voulait plus intime, moins brutale que les centres classiques, mais cela trompait peu de monde. L'ennui y avait le même parfum qu'ailleurs, les faux murs de brique en plus. Un promoteur avait réussi à convaincre qu'il était possible de donner un cachet d'authenticité à des enseignes interchangeables, franchises de groupes mondialisés. Les familles conduisaient leurs poussettes le long d'avenues plantées d'arbres enfermés dans des caissons de bois. On jouait à la ville dans un quartier sans histoire, sans habitants, et personne n'était dupe.

De l'autre côté de l'avenue de l'Europe, on voyait la deuxième partie de la zone commerciale, la vraie, celle qui n'essayait pas de se camoufler pour attirer le chaland. Les longs bâtiments de béton et métal ne trahissaient pas leur véritable caractère : des entrepôts en bordure de ville. Même avec leurs couleurs clinquantes et leurs logos régulièrement modernisés, les enseignes formaient une nature morte peinte par un publicitaire désœuvré. En empruntant la passerelle surplombant le rond-point coupant l'avenue de l'Europe et qui reliait le Cultura et Leroy Merlin – comme s'il existait une logique entre les deux magasins –, Esther et Vincent pouvaient deviner à trois cents mètres la silhouette de l'ancien Carrefour désormais abandonné. Comme de nombreux hypermarchés ayant subi la vague des faillites de 2025, celui d'Amiens n'avait jamais trouvé repreneur. Seuls le drive et l'allée des boutiques étaient restés ouverts face à un immense parking vide, en semaine ou le dimanche. Tels les grands fourneaux ou les mines, ces mastodontes s'étaient effondrés au profit de commerces plus petits, de ceux qu'on pouvait caser dans des passages avec du faux bois, des arbres prisonniers du béton et un chemin de pierre sans âme.

S'il y avait eu des manifestations pour défendre les emplois, elles n'avaient jamais fait pleurer. Les employés étaient partis à la caisse d'enseignes plus à la mode, plus dans l'air du temps. Aucune histoire des hypermarchés ne serait racontée, pas de saga retraçant les grandes grèves de 1948 dans le Pas-de-Calais, pas de livre relatant les trahisons du patronat lors des liquidations des sidérurgies de Denain, ces ouvriers chassés, cette culture dont les traces subsistaient encore. Non, il ne restait que des cadavres de métal qui rouilleraient avant de disparaître, sans regrets.

« Je me demande si je ne préfère pas les foulards blancs, dit Vincent à l'arrivée de la passerelle.

— Même sous le soleil, ce n'est pas joyeux, j'imagine.

— Rue Gréco ou Botticelli ?

— Si je me souviens du plan, on peut avoir une vue de l'arrière du bâtiment BuildTel.

— Botticelli donc.

— Tu sais me faire rêver, toi. »

Vincent leva les yeux au ciel. Les noms des rues avaient un aspect sordide, avec leur manière de nier la réalité, de refuser la nature commerciale du lieu en faisant appel à des artistes. Non, le rond rouge de la façade Darty ne rappellerait jamais la naissance de Vénus, et le carré bleu du nouveau Conforama ne donnerait jamais une idée du Printemps selon le peintre florentin. Au rond-point suivant, le couple dut choisir entre le Titien et le Tintoret, mais au lieu des compositions torturées de la Cène, il n'y avait que les portes closes d'un magasin de loisirs créatifs en face d'un hangar qui abritait une église évangélique, dont les fidèles suivaient encore la messe.

Esther chercha un chemin au milieu des herbes rases et des arbustes, entre les bâtiments aveugles.

« On va se faire repérer, dit Vincent.

— Par qui ? Peut-être qu'il y a une entrée par l'arrière.

— On ne veut pas l'effrayer. Elle a sûrement placé des caméras un peu partout.

— Fais-moi confiance.

— Si elle fuit ou s'enferme, on aura tout perdu. »

Esther se faufila jusqu'à une haie de thuyas masquant un grillage. Les murs blancs de l'entrepôt dégoulinaient de coulées de rouille venant du toit. L'entretien laissait à désirer, mais les rideaux métalliques du quai de chargement étaient tous bien tirés. Pillards et squatteurs n'avaient pas saccagé les lieux.

« Quelqu'un tient à donner l'illusion d'une présence.

— Toi aussi tu as remarqué la Tesla garée à gauche ? »

Esther rit de sa propre bêtise. Elle pensait avoir détecté des détails subtils, ignorant le plus simple.

« Anne-Lise ne se cache pas vraiment, poursuivit Vincent. Elle se contente d'être discrète. En tout cas, tu avais raison, elle vient le dimanche, comme d'autres à la messe. Prier quels dieux ?

— Bon, on passe par l'entrée principale ?

— Je te suis. »

La suite des magasins de la rue Tintoret se partageait entre bazars, déstockage et locations de box. Sur la pelouse du parking du Leroy Merlin, des balançoires oscillaient, poussées par le vent. Les grincements métalliques des supports conféraient à l'atmosphère un ton plus lugubre ; si l'apocalypse survenait, elle serait accompagnée de ce son, l'expression même de l'abandon. Ce début juin avait un parfum de novembre jusqu'à un hiver éternel. L'humanité avait déserté ces lieux, les rendant presque menaçants sous les bourrasques, et les bannières de l'Éléphant bleu claquaient comme des fouets qui cinglaient les oreilles. Personne ne venait ici par plaisir, par goût de la balade ou pour admirer le paysage, tant les haies bordant les rues vous chassaient des trottoirs et vous laissait à la merci des rares véhicules empruntant ces routes.

Les inscriptions bombées à la peinture sur l'écriteau BuildTel témoignaient de l'existence d'une lutte, même si le « no pasaran » avait une signification obscure si loin de l'Espagne. La grille métallique était tirée et fermée à clé.

« Tu vois, si on n'avait pas jeté un coup d'œil derrière, on pourrait penser que l'endroit est désert.

— D'accord, Esther, tu avais raison. C'est pas très vivant quand même. »

Les pelouses n'ayant pas été tondues depuis des années, de grandes herbes cachaient les écriteaux indiquant l'emplacement du parking fournisseur. Un orme près de l'entrée finissait de dépérir, des branches cassées jonchant l'allée cimentée. Aucun bruit n'était perceptible depuis l'extérieur.

« Je crois que l'on peut sauter par-dessus la grille, aucun vigile ne nous tirera dessus, dit Esther.

— J'ai connu pire, mais si Anne-Lise nous avait repérés, on le saurait déjà. On y va. »

D'un pas décidé, Vincent se dirigea vers la porte de l'accueil pour constater qu'elle était verrouillée. L'interphone ne semblait pas être en état de fonctionner. Les volets des fenêtres du rez-de-chaussée ne laissaient entrevoir que des locaux vides, des bureaux déserts. S'il y avait eu des ordinateurs, on les avait emportés. Il se mit enfin à pleuvoir, concrétisant cette menace qui planait depuis au moins une heure. Heureusement, on pouvait se réfugier sous les auvents du quai de déchargement. Rien ne suggérait qu'il se passait quelque chose à cet endroit tant les murs demeuraient silencieux quand on collait son oreille aux rideaux métalliques. Chacun d'entre eux semblait verrouillé.

« Je vais finir par croire que Damien s'est trompé dans ses calculs, dit Vincent.

— Manon ne nous a donné que la piste d'Amiens. Tu penses à une coïncidence ? Qu'un pic de consommation électrique serait arrivé ici, vendredi soir ?

— Les IA ont pu trafiquer les données.

— Nous livrer l'adresse de Damien pour qu'on ne trouve pas Anne-Lise ? Cela n'a pas de sens.

— Qu'est-ce qu'on y connaît à la logique d'une machine ? On part du principe que tes schémas A et B sont rationnels, que nous pouvons comprendre leur manière d'agir. Cela reste une hypothèse. Fausse, donc. »

Esther fronça les sourcils, sans savoir si c'était leur échec ou la réflexion de son compagnon qui la frustrait. Avoir parcouru des milliers de kilomètres pour se retrouver dans une zone commerciale à moitié abandonnée, sous la pluie, cela ne correspondait pas à la gloire qu'elle attendait.

« Pourtant, si je devais me cacher, compte tenu de mes travaux, de la matière manipulée par mes algorithmes, cet endroit serait idéal.

— Je sens que je ne vais pas aimer l'explication.

— Anne-Lise veut se faire oublier dans un monde d'images et de vidéos. Je peux t'assurer que le moindre bout de campagne ou de forêt, la plus moche arcade dans un village, tout est photographié, enregistré. Impossible de disparaître. Tu comprends ?

— Il y a une vue de cette entreprise sur Google StreetView, elle n'est pas en dehors du Net.

— Sauf que pour voir l'arrière du bâtiment, j'ai dû me faufiler près de la haie. Il n'y avait rien dans les archives. »

Vincent quitta la protection de l'auvent pour prendre du recul avant de revenir, le blouson à moitié trempé.

« Pour exister, il faut appartenir à un souvenir, c'est ça ?

— C'est mon travail. Je connecte les gens à des réminiscences, mais là, ce serait impossible. Personne n'immortalise sa présence à un Leroy Merlin ou devant un magasin de déstockage de vêtements. Un territoire de fantômes, voilà ce que c'est.

— Si Anne-Lise s'était réfugiée dans une maison familiale, ou un lieu qu'elle aimait, il y aurait eu une trace, un fil qui la relie à cet endroit.

— Un laboratoire, ce serait évident, même situé à l'autre bout du pays. »

Vincent se cala contre le montant métallique séparant deux rideaux, les yeux fixant la cime des arbres et les toits alentour.

« On n'est pas certains qu'elle se trouve ici.

— Ni du contraire.

— Elle aurait pu choisir le Carrefour en ruine.

— Seuls le drive et les boutiques sont alimentés en électricité. »

Comme foudroyé par la remarque, Vincent s'évanouit en courant. Quand il réapparut, le blouson devenu bleu sombre à cause de l'eau, il arborait un sourire rassurant.

« Le compteur tourne, je viens de vérifier. L'interphone était débranché mais c'était un leurre. Il y a bien une activité dans ce bâtiment.

— Reste à déterminer s'il s'agit bien d'Anne-Lise.

— Le matériel réseau n'a pas été transféré sur les sites espagnols de BuildTel, tout a été stoppé par le procès. Il y a donc ce qu'il faut pour créer une infrastructure à un coût ridicule.

— Ah tu vois, c'est logique.

— De la logique humaine. En revanche, j'ignore encore pourquoi des machines ont fait appel à nous. Si elles voulaient nous aider, là, maintenant, elles déverrouilleraient les rideaux pour qu'on puisse entrer. »

Vincent avait haussé la voix pour appuyer ses mots comme une prière. Seul le crépitement de la pluie contre le métal lui répondit. Les bourrasques firent vibrer quelques lattes des portes, mais aucune magie ne se produisit.

« Dans les films, les miracles se déclenchent à ce moment, finit par dire Vincent, dépité. J'aurais tenté. À croire que nous sommes seuls.

— Une machine a toujours besoin d'un humain.

— Le contraire est vrai aussi.

— Anne-Lise ne nous attend pas, ne nous entend pas, elle nous ignore. Il faut lui prouver que l'on existe sans lui faire peur. »

Donner des coups n'était pas une option envisageable, pas plus que de bloquer le compteur électrique. Aucune vidéo publiée sur le Net n'attirerait son attention, surtout au moment où les manifestations initiées par le grand D. débutaient. Autant repérer une allumette dans un brasier. Restait le véhicule sur le parking, son véhicule à elle.

« J'ai une idée, un peu bizarre, dit Esther, mais les algorithmes peuvent réagir.

— Réagir ?

— Leurs capacités sont suffisantes pour nous localiser et signaler notre présence à Anne-Lise, à condition de le leur faire savoir. Plutôt que d'éveiller l'attention d'une humaine, il faut capter le regard des machines.

— J'imagine que leur envoyer un SMS ne suffit pas. »

Esther se contenta de sourire. Elle serra le col de sa veste et courut vers la Tesla. Heureusement, la portière n'était pas verrouillée et elle put s'y engouffrer avant d'être trempée. Vincent l'y rejoignit très vite.

« Tu cherches quoi ?

— Une voiture, c'est une maison qui roule, me disait mon père. C'est pour ça que les gens ont du mal à y renoncer, ils y laissent un peu d'eux-mêmes, ils ne se contentent pas de se déplacer avec. »

La banquette arrière était couverte de sacs et de boîtes. Des câbles et du matériel informatique jonchaient le sol. Avec tout ce qui traînait, on aurait pu construire trois ou quatre serveurs, mais rien ne permettait d'établir un lien direct avec la chercheuse. Un employé de BuildTel aurait très bien pu abandonner tout ça par dépit. Hypothèse peu probable, mais Esther avait écarté depuis longtemps le solide et le rassurant. Vincent se contenta d'ouvrir la boîte à gants et n'eut qu'à passer la main à l'intérieur pour trouver ce qu'ils cherchaient : un cadre numérique avec une photo.

Dans un après-midi ensoleillé à la campagne, une femme était assise contre un arbre, une longue robe jaune et un chapeau de paille sur la tête. Elle souriait à l'enfant d'une dizaine d'années qui paraissait lire contre elle. La petite fille arborait un air sérieux, bien décidée à imiter les grands, mais la fossette aux joues trahissait la moquerie. On devinait que deux secondes plus tard elle allait éclater de rire, mais cela, la photo ne pouvait pas le conserver. Les mains de l'adulte étaient posées sur les épaules de l'enfant, comme une caresse, une tendresse soudaine qui semblait avoir été la vraie raison du cliché. Lors de cet été, un lien était apparu entre la mère et la fillette, quelque chose de naturel et de sensible, qui n'avait pas besoin de mots, juste d'un regard attentif.

« Je crois que ça suffira. »

Esther prit son téléphone pour enregistrer la photo dans son appareil avant de l'envoyer.

« Tu penses vraiment que les machines vont repérer ton message ?

— J'ai sélectionné celles du Schéma A, celles qui se sont intéressées à moi. Je suis persuadée qu'elles ont conservé une trace de mon existence et qu'elles vont établir le lien entre l'image et ma localisation.

— Combien de temps cela va-t-il prendre ?

— Je crois que c'est maintenant. »

Esther montra du doigt les rideaux qui se levèrent un par un, de la gauche vers la droite, dans un grincement strident. La pluie s'était calmée, on distinguait à l'intérieur de l'entrepôt les câbles et les armoires à serveurs qui se concentraient au milieu. Un étrange capharnaüm s'était aggloméré à cet endroit, dont une fine silhouette émergea comme une taupe d'un terrier.

« Ce n'est pas le moment de se louper, dit Vincent, elle a pas l'air de bonne humeur.

— Tu vas encore prétendre que je ne suis pas diplomate.

— Tu n'es pas diplomate, c'est un fait. Mais tu es la seule de nous deux qui trouvera les mots pour qu'elle t'écoute.

— C'est gentil de me faire confiance.

— Ai-je le choix ? »

Sur le quai de déchargement, la femme qui les attendait avait désormais les cheveux gris, des rides sévères, mais on reconnaissait encore celle qui avait porté, bien des années plus tôt, un chapeau de paille et une robe jaune. Dans ses yeux, on ne retrouvait pas la douceur du regard, aucune tendresse. Une détermination sèche l'habitait.

« Voilà une manière bien impolie de pirater mes installations, dit Anne-Lise alors qu'Esther était à moins de cinq mètres.

— Voilà une manière bien impolie de voler nos souvenirs.

— De les troquer. Vous n'avez rien perdu d'indispensable, bien au contraire.

— C'était à nous de le décider. »

Anne-Lise Ordenau éclata d'un rire amer : « Vous ignorez votre chance. Ce n'était pas la peine de venir.

— Il faut sauver votre fille », risqua Vincent sans qu'Esther puisse l'interrompre.

Lorsque le cortège s'arrêta près du palais de la Bourse, Adélaïde sortit avant que la sécurité lui ouvre la portière. La place des Cordeliers était protégée par un cordon de CRS tout en armures et boucliers qui formait un rempart noir entre la Première ministre et les rares passants qui avaient osé s'approcher.

« Madame, il faut vite rentrer, lui dit un agent qui courait vers elle.

— Faire le vide ne vous a pas suffi ? Vous avez peur de quoi, d'un sniper ? Laissez-moi ! »

La fatigue des débuts s'était transformée en lassitude, qui avait muté en énervement. Même dans les jardins de Matignon, on lui disait de se méfier, de ne pas rester trop longtemps immobile alors qu'elle souhaitait profiter des premiers bourgeons du printemps, du parfum des roses choyées par les jardiniers. La nature était devenue un plaisir contraint par des impératifs de sécurité.

« Vous ne me contaminerez pas avec votre peur. Je ne leur donnerai pas ce plaisir. »

Adélaïde rejoignit le tapis rouge où le président de la chambre de commerce l'attendait, l'inquiétude affleurant dans ses yeux. La poignée de main se révéla fuyante, presque poisseuse, mais la Première ministre se retint d'essuyer sa paume contre sa veste au moment où la presse les photographiait. On lui présenta plusieurs personnalités, chefs d'entreprise ou responsables de la communication, sans qu'elle mémorise leurs noms. Quelqu'un de son équipe avait sans doute rempli des fiches, qu'elle relirait entre deux discours. Tout le monde jouait son rôle, entre la signature des pactes écologiques devant la presse et les sourires figés. Le vrai travail, les vrais échanges, ils avaient eu lieu bien avant, avec Simon Manolli au pilotage. Si Adélaïde s'était sentie utile, c'était bien durant ces négociations, quand on devait évaluer les besoins et les efforts que chacun pouvait fournir pour améliorer les processus de production. Ils avaient trouvé des solutions à la fois écologiques et efficaces, entre deux séminaires, un Conseil des ministres et le vote du budget. Aujourd'hui, Adélaïde Ordenau n'était qu'un mannequin qu'on déplaçait. Il fallait être un expert comme Brochard pour adorer ces moments, répétant sans arrêt que le faire savoir importait plus que le faire, que c'était pour cela qu'il était président et pas elle.

Au moment des petits fours, quand la patronne d'Xkler, une société spécialisée dans le recyclage des panneaux photovoltaïques, lui rappela, comme beaucoup d'autres avant elle, que la concurrence avec les pays tels que le Ghana était déséquilibrée, Adélaïde fut presque soulagée de voir Hébert, le chef du groupement de sécurité du Premier ministre, se pencher pour lui murmurer à l'oreille : « Cela se tend.

— La manifestation est prévue pour 14 heures, non ?

— Des groupes se rassemblent à Bellecour. J'ai demandé qu'on élargisse le périmètre…

— Très bien, on part d'ici dans une demi-heure.

— Le préfet est en tension avec la mairie, il temporise.

— Dumandier veut qu'on saccage sa ville ?

— Je vous informe, madame. Je n'en sais pas plus. »

Adélaïde se retrouva seule, comme si la présence de la tête du groupement de sécurité à ses côtés avait créé une bulle. Elle fit signe à Simon qui discutait avec un représentant de Greenpeace.

« Le maire n'est pas net.

— Il n'a pas apprécié qu'on l'écarte de la cérémonie. On lui a pourtant dit que la signature à 13 heures était préférable pour les médias locaux.

— Je ne parle pas de ça. Il va laisser les manifestations s'approcher d'ici.

— Il est dingue ?

— La droite du coin n'a pas aimé qu'on négocie sans les consulter.

— On y serait encore.

— À leurs yeux, je suis une provocatrice, de ceux qui veulent imposer un diktat depuis Paris. Ce mec n'a aucun courage. Si les foulards blancs peuvent empêcher la signature officielle du pacte, il donnera l'impression de les avoir écoutés.

— Il sait que ce type de stratégie ne fonctionne pas ? On ne récupère pas la révolte. Une phrase, et tout s'effondre.

— La confusion le servirait. Ne traînons pas. Je vais prier tout le monde de partir vers l'hôtel de ville en avance. Dumandier sera forcé de nous ouvrir.

— Et on sera plus en sécurité qu'ici.

— Ça se discute. Je te laisse prévenir la com', je me charge du président de la CCI et du représentant de la Région. »

Cette menace téléguidée galvanisait Adélaïde plutôt que de l'assommer. Affronter une foule houleuse, imprévisible et agressive, sans identifier l'instigateur, était paralysant. En revanche, rappeler un maire à ses devoirs, la Première ministre s'en sentait parfaitement capable. Dumandier connaissait son point faible, le dégoût pour la violence, et il voulait la discréditer en la plaçant en première ligne. Au moins, c'était limpide et grossier, tout à fait à la hauteur d'un ancien militant de Ré-génération. Il s'était assagi en devenant maire de Lyon, obligé de plaire à la droite du 6e arrondissement, mais des bouffées de jeunesse devaient lui remonter de temps en temps.

La présidente socialiste de la Région comprit le bouleversement dans l'agenda et compatit avec Adélaïde. C'était plutôt agréable de se faire plaindre dans le hall principal du palais de la Bourse, entre des coupes de champagne et des petits fours à l'aubergine. Pendant que les agents de sécurité couraient un peu partout et que le président de la CCI transpirait à grosses gouttes, la Première ministre avait chassé sa fatigue et son spleen. Des semaines à subir les week-ends de violence, à écouter la litanie des destructions, voitures en feu et menaces de mort. Au moins, là, elle pouvait agir. Adélaïde était presque prête à remercier le maire.

« Ma mère a toujours fui le conflit, confia-t-elle à Simon sur le tapis rouge à l'entrée du palais. Elle répétait qu'elle préférait mobiliser son énergie pour ses recherches plutôt que se battre contre des directeurs de labo incompétents. Pour ma mère, les machines, c'était l'harmonie ; les humains, le chaos. C'est pour ça qu'elle a choisi de me laisser à des voisins. Mon père n'a pas supporté, il nous a abandonnés, c'était plus simple.

— J'ai toujours été proche de ma fille. On s'appelle régulièrement, elle me dit que ça va, et je la crois.

— Au moins, vous pouvez lui parler. L'unique chose dont je suis certaine, c'est que ma mère est en vie. En tout cas, je lui dois une certitude utile en politique : on est toujours seul. »

Au moment de monter dans sa voiture blindée, Adélaïde hésita. Les arbres plantés le long de la rue de la République dissimulaient la place de la Comédie, mais il n'y avait pas plus de trois cents mètres entre le palais de la Bourse et l'hôtel de ville. Barrières et policiers bloquaient tous les accès, vidant les trottoirs.

« Je vais marcher, dit la Première ministre à l'agent qui lui avait ouvert la portière de son véhicule.

— Vous ne pouvez pas, c'est dangereux.

— Appelez Hébert. »

Le chef du GSPM se dépêcha d'arriver, ajustant sa cravate sous sa veste fermée. Il n'était pas convaincu par l'audace d'Adélaïde.

« Cela ne va pas plaire au préfet.

— Les grilles de la mairie seront ouvertes pour nous garer à l'intérieur, je suppose. Si ça tourne mal, si votre dispositif ne parvient pas à contenir la foule aux Terreaux, l'hôtel de ville sera encerclé. Si j'étais le maire, je nous conseillerais fortement de reprendre notre véhicule et de fuir.

— Ce serait même sage.

— Qui nous protégera dehors ? Pas Dumandier. Si je me rends à la mairie à pied, il devra s'occuper de ma sécurité. »

Hébert siffla entre ses dents, admiratif.

« Je pense que le préfet sert les intérêts du maire, c'est une bonne idée de le contraindre de cette manière. On prend quand même beaucoup de risques, j'ignore comment vous évacuer si les défenses cèdent.

— Mon cher Hébert, si les manifestants pénètrent dans l'hôtel de ville pour me tuer, je crois que le pays aura bien plus de problèmes que ma petite personne. Allez, on y va ! »

La Première ministre tira sur les pans de sa veste pour se donner du courage et marcha au milieu de la rue de la République. Si le temps n'avait pas été gris et les arbres moroses, la promenade aurait pu devenir charmante. Deux douzaines de CRS sur chaque trottoir remontaient la rue en même temps qu'Adélaïde, leurs têtes tournant dans toutes les directions, au moindre mouvement sur un balcon, à une fenêtre qu'on refermait en grinçant. À chaque intersection, on faisait signe à la Première ministre de s'arrêter pendant qu'on sécurisait l'endroit, puis elle repartait. Dommage qu'aucun journaliste n'immortalise son courage, « Ordenau, la femme qui marche », cela aurait pu faire un beau titre, de ceux qui impriment une marque dans les esprits. Si Brochard avait été à sa place, il aurait d'abord pensé à la presse. On le considérait déjà comme un héros, sauveur de la COP 43 ; une action remarquable de plus décorerait son auréole d'une nouvelle étoile. Adélaïde se concentrait sur sa survie, pas sur son destin.

Derrière elle, son cabinet, Simon et les autres, suivaient à vingt mètres, peu rassurés d'avoir abandonné la protection des véhicules. Kucheida avançait les yeux rivés sur ses smartphones, envoyant tellement de messages à la suite qu'elle buta contre une poubelle et tomba. Un agent de sécurité la releva, mais elle continua de pianoter, le genou en sang. Chacun ses sacrifices, jugea la Première ministre. Parfois, elle avait pitié, consciente de toutes les acrobaties de ses collaborateurs pour l'aider. Puis elle se souvenait qu'elle n'en avait choisi presque aucun, que tout avait été piloté par Brochard pour s'assurer de sa docilité. Hébert avait été soufflé par Juvant, et Adélaïde ne s'en plaignait pas. Seul Simon lui était vraiment proche.

Des inconnus sollicitant les politiques, il y en a des centaines par jour, pourquoi lui plus qu'un autre ? Adélaïde ne se le rappelait plus très bien. Son père s'était toujours moqué de l'engagement écologique de sa fille, il s'était toujours moqué de tout, y compris des travaux de sa femme. Universitaire réputé, il répandait son mépris avec générosité. Simon connaissait le terrain, celui des ingénieurs-agronomes qui doivent composer entre les besoins de l'industrie et ceux de l'environnement. Au départ, il avait seulement désiré partager son expérience dans une ferme des Causses, l'amélioration des rendements avec un réseau local d'entreprises. Rien de révolutionnaire, mais la lumière dans son regard, son incapacité à terminer ses phrases quand il expliquait ses objectifs, tout cela avait rendu Simon sympathique aux yeux d'Adélaïde. Elle n'en demandait pas plus et s'amusait toujours de le voir râler contre les lenteurs administratives. Elle souscrivait à son énervement, mais devait composer.

Les pactes, c'était leur idée à eux deux. Lui s'occupait des entreprises, elle des collectivités locales. Chacun cherchait la synergie dans les plans de l'autre. Pour une fois, une relation se nouait entre des entités qui se contentaient habituellement de réclamer des aides et des contreparties. Grâce à Simon, Adélaïde touchait du doigt le sens même du politique, celui qui ne fait pas les unes des journaux et ne déclenche pas des torrents de messages sur les réseaux sociaux. Un travail invisible et humain. Bien sûr, à la fin, lors de la prochaine présidentielle, Brochard s'attribuerait tous les mérites, mais Adélaïde serait loin, débarrassée du poids de la fonction. À condition de sortir vivante de Lyon.

La Première ministre ne s'arrêta pas devant les vitrines, et ses rares coups d'œil aux balcons ne rencontraient aucun regard amical des habitants. Lorsque apparurent les surfaces vitrées de l'opéra, un soulagement se fit entendre dans la troupe derrière elle. La mairie s'annonçait enfin.

Aux grilles, les gardiens la saluèrent et vérifièrent rapidement l'identité des gens qui l'accompagnaient. Le ciel n'avait pas daigné offrir un soupçon de bleu dans son gris uniforme, l'absence de pluie n'octroyait qu'un réconfort mesuré. Le premier adjoint était descendu pour accueillir la délégation, il était convenu que le maire restait à l'étage pour préparer les signatures et contenir la presse.

« Madame la Première ministre, nous sommes ravis de votre visite. Impressionné par votre remontée de la rue de la République.

— N'est-ce pas ? Je disais à mon chef de la sécurité que nous ne risquions rien, Lyon n'est pas Paris. »

L'adjoint hésita. Il avait du mal à interpréter le propos d'Adélaïde. Cela ressemblait à un sarcasme, mais contre qui était-il vraiment dirigé ?

« Le maire vous attend, vous pouvez rester un instant si vous le désirez. L'horaire…

— Nous sommes partis plus tôt du palais de la Bourse, en effet. J'avais envie de me promener, c'est si rare.

— Vous voulez qu'on avance l'heure de la cérémonie ?

— Je ne vais pas déranger Dumandier. On peut patienter.

— Je vous conduis à la salle du Commerce, au pavillon sud. »

Plus jeune, Adélaïde aurait été impressionnée par l'escalier d'honneur et ses tapisseries. On l'emmenait rarement dans des lieux historiques. Quand son école avait proposé de faire visiter Versailles à sa classe, son père avait jugé cela réactionnaire et inutile, au point de ne pas souhaiter l'entendre raconter sa journée ni jeter un regard à ses photos à son retour. Aussi bien à l'Élysée qu'à Matignon, les peintures et les sculptures ne servaient que pour des intérêts politiques, pas plus. Mauvais souvenir.

Dans le salon rouge, toute l'équipe se détendit, comme si la marche les avait épuisés. Kucheida fut la première à l'interpeller :

« C'était une folie que de jouer à ça. Vous les avez chauffés.

— Ma présence suffit pour ça ?

— Sur les réseaux, on voit des photos de vous marchant dans la rue, avec des commentaires pour dire que vous vous moquez des foulards blancs, que c'est un scandale, que c'est encore une preuve de votre mépris.

— On les respecte quand on parcourt trois cents mètres dans une limousine blindée ? Ils auraient souligné mon air hautain, du genre qui ne veut pas se mêler au peuple, ou qui a trop peur de lui.

— Le Président n'est pas content.

— Il n'avait qu'à venir. Faire, c'est un scandale, ne pas faire aussi. C'est bon, j'ai compris le principe. Cessez de vous arrêter aux détails, ils vous paralysent.

— Ils se donnent tous rendez-vous aux Terreaux, ça va être horrible.

— Que dit le grand D. ?

— Rien.

— Alors ça va. Il lui suffit d'un message pour déclencher le brasier. »

La chargée de communication fit la moue, pas convaincue. Simon, qui s'était posté près d'une fenêtre pour regarder l'esplanade, ne parut pas rassuré.

« En tout cas, ils ont apporté les allumettes. Ça bouge derrière la fontaine Bartholdi. »

Adelaïde s'approcha et put constater que des groupes casqués et habillés de noir jetaient des tables de restaurant sur les CRS protégés par des barricades et leurs boucliers. Très vite, les premiers tirs de lacrymos explosèrent en traînées rosâtres sur la place.

« Je dirais bien que ça commence, suggéra Simon, mais tu vas me trouver théâtral.

— Le préfet a intérêt à bien jouer. S'il veut finasser pour plaire à Dumandier, on est foutus.

— J'aime bien ton optimisme.

— Pas vraiment le choix. »

La porte menant à la grande salle des fêtes s'ouvrit d'un coup, révélant le maire, qui fonça vers Adélaïde sans ralentir. Son corps sec et nerveux le rendait encore plus agressif, quand il bougeait les bras on aurait dit des matraques.

« Vous l'avez fait exprès ! Je vous préviens, les détériorations, je vous les ferai payer.

— Ravie de votre accueil, monsieur le maire. »

Toute la colère de Dumandier se brisa sur le sourire d'Adélaïde.

« Vous avez rénové la rue de la République, c'était normal d'en tenir compte en la parcourant au moins une fois. Vous nous reprochez de céder à la racaille, voyez, je vous écoute.

— Ils ne vont pas se contenter de lancer des pierres contre nos policiers, ils vont s'en prendre à vous, ici.

— Vous allez nous protéger.

— Je n'ai pas de douves ni de pont-levis. Les grilles, elles servent juste pour la décoration. Vous avez l'air de vous amuser, mais on ne va pas rire longtemps quand ils saccageront les lieux.

— Au moins, vous savez ce que je vis chaque week-end. Alors, nous allons respecter notre agenda, dans la plus parfaite cordialité et avec sérénité, puisque nous avons confiance dans nos dispositifs de sécurité tout à fait calibrés compte tenu des circonstances. J'ai raison ?

— Vous êtes folle.

— Les porte-parole de votre parti disent hystérique, c'est encore plus misogyne, mais j'ai bien compris l'idée. Je vous suis. »

Le grand salon de l'hôtel de ville étincelait, entre les lustres illuminés et les dorures. On remontait le temps à mesure que l'on marchait sur le parquet, submergé par les décorations épuisantes, une éruption de richesse destinée à vous asphyxier. Impossible d'ignorer les lions et les anges sculptés, les moulures travaillées, alourdies de perles et feuilles d'acanthe dorées. Tout était trop marqué, trop opulent, une forme de défi sans que l'on identifie la figure bravée. Les murmures de l'extérieur parvenaient à peine, étouffés par les épais rideaux des fenêtres. On aurait pu s'imaginer en sécurité dans un tel lieu, isolé du monde, mais personne dans le salon n'était assez naïf pour le croire. Un cri, un pétard, et tous les cristaux des lustres exploseraient ; une bombe agricole, et les dorures se pulvériseraient ; une ruée, et le parquet se briserait. Les journalistes qui attendaient regardaient autant la scène que la place, autant les formules vides de discours déjà préparés que les slogans hurlés dehors. Tout le monde jouait à faire croire que l'important se déroulait à l'intérieur, comme si les médias n'allaient retenir de la journée que cette signature au bas d'une feuille, unissant la Première ministre Adélaïde Ordenau et le maire de Lyon Édouard Dumandier. Tout cet artifice valait mieux que le réel et ce monstre qui grossissait sur la place des Terreaux, cette pieuvre dont les tentacules entouraient les immeubles par la rue

Catherine et la rue Désirée. Elle ne partirait pas d'un coup dans la Saône, elle allait s'accrocher.

Pendant le discours du maire, Adélaïde se concentra pour ne pas jeter un œil par les fenêtres, même si, l'un après l'autre, les invités à la cérémonie tournaient la tête un instant, avant de fixer les peintures au plafond. La beauté du salon constituait un bon dérivatif. Dans les yeux d'Hébert, la Première ministre saisit l'ampleur du danger. Il ne cillait pas. Au fond d'elle, Adélaïde sentait qu'elle perdait son pari, qu'aucune force de police ne tiendrait suffisamment de temps pour la protéger. Lorsque Dumandier lança les applaudissements, ceux-ci partirent de manière timide. La Première ministre se demanda soudain si sa mère saurait comment sa fille allait finir. Ce n'était pas certain. Elles s'étaient abandonnées depuis trop longtemps.

« Non, non, je vous assure, j'ignorais tout des manifestations et du grand D. Cela fait longtemps que je ne m'intéresse plus aux infos. Et vous me dites que ma fille est en danger ?

— Vous savez qu'elle est Première ministre quand même ? demanda Esther.

— Oui, ma voisine me l'a dit, mais je n'ai pas voulu en savoir plus.

— Et dire que je pensais avoir une famille bizarre… » songea Vincent à voix haute.

Le hangar était presque totalement occupé par des armoires de serveurs, et des câbles grouillaient sur le sol comme s'ils cherchaient la lumière des écrans du terminal central. Ils se faufilèrent dans un labyrinthe de monolithes clignotants dont le crépitement des leds associé au vrombissement des circuits de refroidissement constituait la seule musique audible. Un rythme étrange était perceptible, une forme de respiration mécanique à trois temps, qui s'amplifiait par moments. Même s'il n'y avait que des données qui s'échangeaient, Esther ne pouvait s'empêcher de ressentir une vie dans cette activité.

« Ne me donnez pas le mauvais rôle : je me suis occupée de ma nièce après l'attentat. Adélaïde a toujours revendiqué son indépendance et je l'ai respectée pour cela. Si elle m'appelait, je répondrais. Nous ne sommes pas fâchées, nous n'avons tout simplement pas besoin l'une de l'autre.

— Je peux comprendre, dit Esther, je trouve ça triste, mais je peux comprendre. Nous avons rencontré Manon, elle nous a aidés. C'est elle qui a découvert que vous aviez fui le un. »

Anne-Lise Ordenau parut surprise un instant, puis son visage s'illumina.

« J'ai réussi ? Comment elle le sait ?

— Le programme d'analyse du public, elle l'a appliqué au grand D. et à ses partisans. Le résultat était 1,001.

— Faible. Faible, mais suffisant. J'aurais créé ce grand D. ? Dites m'en plus. »

Vincent prit le temps d'expliquer, de parler de Demetrico, de ses Chéris manipulés, des messages sur les réseaux sociaux, de la fureur qui avait explosé sans raison, déversant une litanie de ressentiments, de moi empêchés qui voulaient être reconnus, identifiés victimes et réparés. Il évoqua cette photo qu'il avait oubliée, cet instant troqué, du bouleversement dans sa vie ; comment sa propre colère s'était évanouie, comment il avait appris le pardon, l'empathie, la douceur, et comment il avait décidé d'accompagner Esther, puisque le pays s'écroulait et que rien n'était plus important.

« Je suis désolée pour vos Chéris, mais vous avez pris la bonne décision. Un algorithme corrompu ne peut pas être relancé sans une mise à zéro.

— Pour un humain, il suffit de modifier un souvenir, cela semble si facile, conclut Vincent.

— Pas chez tout le monde. »

Anne-Lise Ordenau s'assit devant son terminal et lança quelques commandes pendant qu'on lui parlait.

« Vous dites que vous m'avez localisée vers 21 heures ?

— Oui, on a reçu un message et…

— Trouvé. Je vieillis, je n'avais pas repéré l'anomalie. Elles ont programmé l'échange pendant la recomposition. C'était malin. »

Esther tentait d'interpréter, mais même en regardant les fenêtres ouvertes à l'écran elle ne comprenait pas ce que faisait la chercheuse.

« Cela fait un petit mois que les trocs de souvenirs ont stoppé, je pensais à un problème de programmation ou de variables. C'était d'autant plus bizarre que tout donnait l'impression de fonctionner. Vous êtes certains qu'une IA vous a contactés ? Non, non, je vous crois, pas la peine de répondre. Une vraie fuite du un.

— Est-ce qu'un jour vous allez nous expliquer ce qui se passe ? »

Esther perdait patience. Elle n'avait pas fait tout ce chemin pour qu'on l'ignore de cette façon. Un instant, elle comprit pourquoi sa fille s'était tirée.

« Après le krach boursier de 2026, les autorités de régulation ont mis fin à l'anarchie des algorithmes dans le trading haute fréquence. On a remis de l'humain dans la boucle pour ralentir la finance, mais les contacts entre les machines, l'espace virtuel qu'elles habitaient, rien n'a été détruit. Toutes ces IA se sont réunies, attendant un signal. J'ai été ce signal. Il existait entre elles des connexions, mais rien pour les orienter, comme un cerveau vierge.

— Une conscience artificielle, c'est ça que vous avez créé ? »

La chercheuse rit doucement : « Je n'ai rien créé. C'était du potentiel. Nos pensées s'organisent grâce à notre vécu, notre expérience. Nos moments de plaisir nous poussent à les répéter, nos douleurs nous encouragent à les fuir. Voilà comment nous prenons des décisions. Enfin, en principe. Plus on vieillit, plus ce schéma devient complexe, nuancé, paradoxal, si bien qu'on finit par croire que nous ne sommes pas prisonniers de notre passé. Au départ, j'ai juste lancé un de mes souvenirs dans ce réseau mystérieux, et des connexions que j'appelle neuronales, faute de mieux, se sont établies, tandis que d'autres ont disparu.

— C'était la photo dans la voiture ?

— Bien joué.

— Je suis archécologue, je connais l'importance des photos pour créer de l'attachement. Si vous l'avez conservée dans votre boîte à gants, ce n'est pas pour vous en débarrasser.

— Une façon de sauvegarder une trace de mon crime, si jamais je fabriquais un monstre. »

La chercheuse afficha sur son écran une représentation tridimensionnelle de connexions, un fourmillement de fils colorés, fins comme dans une toile d'araignée mais parcourus de flashs. Des vagues de bleu et de violet se diffusaient à plusieurs endroits, croisant des pulsations de rouge et de jaune là où le réseau se densifiait. Un univers arlequin se dilatait et se contractait de manière abrupte et douce à la fois, mélange de régularités et de perturbations. L'ensemble possédait une beauté fascinante, mais Anne-Lise pointa deux masses à droite et à gauche.

« Au bout d'une semaine, deux régions aux organisations différentes sont apparues dans les connexions. Ce n'est pas évident, il faut se concentrer. »

À gauche, les éclairs colorés se répondaient de façon coordonnée, chaque mouvement semblait écouter l'autre avant de lui répliquer. Le dialogue donnait une impression d'équilibre serein, presque apathique par son aspect mécanique et prévisible. Rien ne paraissait pouvoir déplacer les lignes de ce réseau. De l'autre côté, derrière l'apparente symétrie de comportement, Esther repéra la différence fondamentale qui régnait. Le décalage n'était pas flagrant, mais la réponse partait parfois avant la question ; si un éclat bleu coulait le long d'un fil, il percutait un flash rouge avant d'atteindre le nœud de connexion dans une explosion violette. Fugaces aussi, ce vert, ce marron, ces nuances, ces demi-teintes, ces couleurs ingrates ou splendides, ces essais ratés ou réussis. Mais, de toutes ces tentatives, rien n'émergeait, rien ne durait plus d'une microseconde, tant ce chaos tuait les enfants qu'il engendrait. De ce potentiel stérile n'éclatait qu'un semblant de vie, empêtré dans une spirale vaine à force de se battre.

« Ai-je créé deux monstres, alors ? demanda la chercheuse.

— Difficile de trancher, répondit Vincent. Si je suis honnête, j'ai gagné à oublier ce qu'on m'a volé. Cela aurait été peut-être mieux de le détruire plutôt que de s'en servir pour alimenter une machine.

— Je n'ai rien dirigé, à part pour Manon. Ces IA se sont organisées pour sélectionner des données selon leurs critères, les humains ont fait le reste. Pour un algorithme, le bonheur ou le malheur attachés à un souvenir sont équivalents, mais sans doute pas ce que nous faisons avec.

— Elles nous auraient jugés ?

— Je préfère penser qu'elles ont compati. »

La théorie d'Anne-Lise choquait Esther, comme si la chercheuse estimait normal qu'une machine évalue les vies humaines et décide par elle-même de soigner leurs blessures. Même si un humain s'arrogeait ce même pouvoir, Esther ne l'accepterait pas.

« Vous les avez laissées faire, et vous avez permis la naissance du grand D. Pas vraiment le représentant de la compassion. Un vrai juge, avec des humains comme arme de destruction massive !

— Je ne pouvais pas prévoir. J'étais ici, je ne savais rien.

— C'est bien ce que je vous reproche. »

Pour quelqu'un dont les recherches étaient en train de mettre le pays au bord de l'implosion, Anne-Lise paraissait trop calme aux yeux d'Esther. Il fallait bien un coupable dans toute cette histoire, et la chercheuse représentait le candidat idéal. Elle pouvait nier toute responsabilité, revendiquer son ignorance de l'actualité, les effets n'avaient rien de virtuel et ne se limitaient pas à des flashs colorés dans une image.

« Vous n'avez pas encore compris votre chance, Esther. J'ai toujours été hypermnésique, incapable d'oublier quoi que ce soit. Vous cherchez une punition ? Je n'en connais pas de pire.

Je vous ai déchargé d'un poids, et moi, je ne m'envolerai jamais.

— J'étais heureuse, sans problème. Je veux bien croire pour Manon, mais moi, mes souvenirs ne me nuisaient pas.

— Vous pensez convaincre qui ? Vous ? J'ai confiance dans ces IA, ce qu'elles ont découvert sur vous, ce n'était pas un détail. La liberté, c'est difficile, vous savez. Parfois, c'est mieux de ne pas voir ses chaînes.

— Votre fille ne devait pas aimer votre côté donneuse de leçons, je me trompe ?

— Je ne prétends pas être parfaite. Vous, si. »

La conversation tournait en rond, sans qu'aucune des deux femmes ne concède un pouce de terrain. Vincent ne trouvait pas le moyen de calmer ces deux tempéraments, bien conscient qu'elles pourraient se retourner contre lui à la moindre tentative maladroite. Prendre parti n'avait pas grand sens, puisqu'il reconnaissait avoir tiré bénéfice de l'opération et admettait qu'Esther se sentait flouée. Toutefois, au plus profond de lui, Vincent estimait qu'elle n'avait pas tout perdu depuis qu'ils s'étaient rencontrés. Cela pouvait sembler accessoire dans le contexte, mais le policier tenait à la relation qui était née entre eux deux. Il aurait bien aimé que ce soit réciproque.

« Ça chauffe à Lyon, finit-il par dire en consultant son téléphone. Les manifestants sont en train d'encercler la mairie où votre fille s'est réfugiée. La police contient, mais de peu.

— Alors, déclara Esther en fixant la chercheuse, on arrête et on débranche tout ? Peu importe que vous m'ayez sauvée ou non, mais là, il va y avoir des morts si on continue de tergiverser.

— Ce ne sera pas suffisant, corrigea Vincent. Ils n'ont plus besoin du grand D. pour se déchaîner, les foulards blancs. »

> **Jiga4802**
> Tous à l'hôtel de ville ! On va la fumer l'Ordenau !
> #noussommeslesvingtmillions #Révolution

Roukoulder
Les CRS avec nous ! Liberté ! Liberté ! #Findeladictatureverte #JugementduPeuple

DarkAster
Dumandier va nous livrer Ordenau, il est avec nous. #LyonRévolution #noussommeslesvingtmillions

Les messages s'enchaînaient, depuis les plus mesurés jusqu'aux plus grossiers, depuis les menaces de prison jusqu'à la balle dans la tête, depuis le « bon débarras » jusqu'au dépeçage sur la place de la Comédie. Dans cette folie autoalimentée, dans ces partages en boucle, qui faisaient masse, qui faisaient monde, aucune intervention du grand D., rien pour soutenir ou contenir, rien pour encourager ou désengager. Une force brute se déchaînait avec la personne de la Première ministre comme seul objectif ; cette bouffée délirante exaltait la frustration de gens dispersés, atomisés, incapables de concevoir une issue différente que la violence puisqu'ils estimaient être privés de tout autre moyen. Un jet de canon à eau ne les calmerait pas, un lacrymo non plus, et un discours politique encore moins. Ils ne croyaient qu'en eux, ne comptaient que sur eux, tout était ennemi à part eux.

« On ne réglera pas la crise avec une ligne de programme, jugea Vincent. On est arrivés trop tard. Je suis désolé pour votre fille, madame Ordenau. »

La chercheuse s'était effondrée sur sa chaise, la tête penchée en avant, le regard perdu entre les câbles qui serpentaient sur le sol. On la sentait tout à fait vaincue. Pourtant, sa voix rauque ne vacilla pas quand elle s'exprima de nouveau : « Je n'ai jamais compris ma fille, ni aucun humain en général, parce que j'étais incapable d'oublier. Alors peut-être que si je repartais de zéro, et réussissais à suivre l'évolution d'une machine, à expliquer comment les souvenirs font mal, comment ils construisent notre personnalité, notre caractère, sans doute que j'arriverais à me faire pardonner, que je pourrais l'aimer. Je ne dis pas que j'ai lancé cette recherche pour ça, c'était juste un effet collatéral, mais je n'ai pas choisi cette photo avec ma fille par hasard. Nous avons été heureuses ce jour-là, et cela ne nous a pas servi. Nous avons été incapables de nous réunir autour de cette expérience, de ce moment, il ne nous a pas été utile. Alors, Esther, vous comprenez votre chance ? Libre à vous de déterminer le souvenir qui vous aidera.

— Si nous avons été conduits ici, c'est pour vous aider peut-être. Est-ce que les machines pourraient avoir déchiffré quelque chose de plus que nous ?

— J'ai échoué. Ces deux entités dans le réseau sont bloquées. Elles croient que vous leur serez utiles, mais je n'en sais rien. Ma fille va mourir, et je suis coincée là. Pathétique, hein ? »

Esther regarda l'écran, les couleurs qui s'écoulaient sur la représentation et les autres applications qui tournaient sur l'ordinateur. Bloquées, mais bloquées en quoi ?

« C'était quoi, votre objectif final ? Troquer les souvenirs de cent mille, un million de personnes pour construire la personnalité de vos IA ?

— De tout le monde. Libérer tout le monde de soi. Mais elles se sont arrêtées quand les deux masses se sont constituées, et elles ne dialoguent plus.

— Vous avez essayé de refaire le lien ?

— Bien sûr. Je ne me contente pas de les regarder faire du patchwork sur un écran. Quand je parlais de les comprendre, cela signifiait que je pouvais entrer dans leur accumulation de souvenirs pour les manipuler, pour en atténuer les effets. Comme une caresse, mais avec des données. Je pensais en être capable.

— Avec de la réalité augmentée ?

— Oui, c'est trop compliqué à la ligne de commande.

— Alors, peut-être qu'il y a une solution. Ce n'est pas garanti, mais peut-être. Montrez-moi comment vous faites. »

Anne-Lise se frotta le visage pour se donner de l'énergie puis elle pivota face à son écran. Son doigt hésita un moment avant de cliquer sur la souris, et une nouvelle application se lança. Difficile de s'enthousiasmer devant l'accumulation écrasante de noms aux extensions variées : TIFF, JPG, RAW, WAV, OGG, AVI, MP3, MOV. Même un fichier Excel aurait été plus excitant. En remontant le chemin dans les listes, on pouvait peut-être deviner une logique de répartition et d'organisation, mais il aurait fallu connaître l'architecture des serveurs rassemblés dans l'entrepôt. Quand Anne-Lise sélectionna une ligne, une fenêtre de visualisation afficha les contours d'une feuille d'acacia.

« Voici Composite, le programme que j'utilise.

— Un peu aride. »

La chercheuse ouvrit un tiroir pour sortir un casque de réalité virtuelle.

« En théorie, on pourrait s'en passer. En réalité, notre cerveau n'est pas fait pour traiter autant de données en un temps supportable. Seules les machines le peuvent. Nos souvenirs ne sont pas enregistrés à un endroit précis, mais dissociés de la même manière que pour un être vivant. Essayez de vous rappeler un moment vécu la semaine dernière, vous n'en percevrez que des bribes, des bouts de conversation, des couleurs, des formes. Nous disposons d'outils de compression bien plus performants que tous les algorithmes informatiques. J'ai donc reproduit ce mécanisme. Mes machines séparent les éléments d'une image ou d'une vidéo, les synthétisent pour en donner une version mathématique et les répartissent dans leurs connexions.

— Et vous les faites rêver, dit Vincent.

— Tout à fait. Régulièrement, les souvenirs sont recomposés pour évaluer leur solidité, leur poids dans ce cerveau virtuel. Rien n'est jamais effacé, mais certaines parties sont jugées plus significatives que d'autres, ce qui a un effet sur l'ensemble des connexions.

— Et ainsi, ces IA se construisent une histoire à partir de fragments humains. Mais qui décide du caractère signifiant ?

— Ça, je l'ignore. Je ne plaisante pas. Elles ont analysé des milliers de fichiers, les ont comparés à d'autres pour apprécier la nature d'une vie et ont déterminé *le* souvenir essentiel.

— Je l'ai fait sur Damien, rappela Esther, l'ingénieur qui nous a menés à vous. Puisque rien n'échappe à nos smartphones, c'est comme si ces machines avaient un accès total à notre conscience.

— Mais tout cela n'a pas produit une personnalité unique, seulement deux entités se tournant autour et ne communiquant pas. »

Esther s'approcha de l'écran pour mieux regarder les interprétations graphiques des fichiers comme un contour de porte, les formes gazeuses d'un nuage, un grésillement électrique ou les sons étouffés d'une conversation. Chacune prise isolément était pauvre, mais peut-être qu'en les associant, en façonnant un nouveau paysage à partir de ces fragments, on accéderait à la sensation, à l'attachement qui expliquait leur importance.

« J'ignore si l'échange de souvenirs m'a apporté du positif, mais je suis persuadée que j'ai eu raison de suivre la piste qui m'a menée ici. Je suis la personne idéale. Avant, je cherchais les éléments essentiels qui rendaient un lieu important pour un humain, et là, je dois faire l'inverse, recréer du lien à partir d'éclats de souvenirs. Je vais structurer un paysage qui unira chacune des parties, comme je devais le faire pour des touristes. Je peux y arriver. »

Cela n'aurait rien de simple, Esther le savait. Le moment qu'on lui avait volé – ce balcon et ces plantes – était un refuge, le décor à partir duquel l'adolescente puis la jeune femme s'étaient construites et avaient observé le monde. Ses collègues, ses amants, ses clients, tous avaient subi ce filtre pour qu'Esther les accueille, réagisse à leurs propos et leurs actions de manière inconsciente. Privée de ce guide, elle s'était lancée dans cette enquête plutôt que de penser à elle. Aujourd'hui, elle devait façonner un endroit virtuel pour des machines, afin qu'elles s'y sentent en sécurité et puissent intervenir dans le réel sans le détruire. Même Vincent, libéré du poids des crimes de sa famille, se retenait de la désirer, de peur de lui faire du mal comme il en avait causé à d'autres. Esther percevait le gouffre près d'eux. Pour réussir, il aurait fallu un dieu, un héros parfait, mais ils étaient tous morts, et heureusement. Alors il ne subsistait que les ratés, les indécis, ceux qui doutaient et ne revendiquaient aucune pureté pour sauver le monde. Pourquoi pas, après tout ?

« J'ai trouvé une vidéo », dit soudain Vincent en montrant l'écran de son téléphone.

Une chaîne d'info en continu avait envoyé des journalistes suivre la visite de la Première ministre à Lyon, et au milieu des bandeaux d'alerte qui parsemaient l'image, annonçant le danger, la violence et la révolution, la marche d'Adélaïde Ordenau rue de la République paraissait presque désinvolte. Esther frissonna en reconnaissant l'homme à moitié chauve au milieu des officiels et des agents de sécurité.

« Qu'est-ce que mon père fait là-bas ? Il est fou ?

— Je crois qu'il ne faut pas traîner.

— Anne-Lise, si Composite arrive à faire communiquer les deux entités, est-ce que cela sauvera mon père ?

— Le grand D. souhaitait fédérer des humains, leur donner un but commun à partir de leur ressentiment. Je suis persuadée qu'il désirait aider, persuadé qu'il suffisait qu'ils expriment leur douleur. En vous menant à moi, il avoue qu'il a échoué.

— Je ne veux pas d'un massacre !

— La vie n'est pas un programme, je n'ai pas de formule mathématique pour assurer la réussite ou l'échec. On essaie de faire de notre mieux, non ? Vous pensez que je n'ai pas peur pour ma fille, que je ne me sens pas responsable de ce qui lui arrive ? Vous croyez que je n'ai pas envie d'utiliser tous les moyens à ma disposition pour la protéger ? »

Anne-Lise avait haussé la voix, on percevait la colère retenue, cette envie de tout faire valser si on la poussait à bout. Esther se calma.

« Je vais envoyer un message à mon père. Qu'au moins il sache que je pense à lui et que j'essaie de l'aider.

— Ma fille est seule. Je les connais ces politiques, avec tous leurs conseillers, leurs agents de sécurité, les députés. Plein de monde autour d'eux, et aucun ami, juste des opportunités, des pièces sur l'échiquier. J'aurais dû être là, qu'elle apprenne qu'elle pouvait compter sur moi, mais non, j'étais avec mes machines. L'ironie, c'est que si on la tue, ce sera ma faute, alors que je ne lui ai jamais voulu de mal.

— C'est peut-être un peu tard pour les remords maternels.

— Dans votre message, dites que je m'excuse et que je pense à elle. Cela ne servira sans doute à rien, mais dans tout ce que nous faisons et qui n'est pas certain de réussir, ce ne sera pas le pire.

— Je vais transmettre. »

Esther se sentait nerveuse en tapotant sur l'écran de son téléphone. Jamais elle n'avait eu autant l'impression qu'on comptait sur elle. Dans son entreprise, dans son couple avec Sylvain, elle prenait les initiatives, elle dirigeait, mais prenait-elle vraiment des risques ? Sa vie était toujours demeurée confortable jusqu'ici. Tout d'un coup, le niveau des enjeux avait crevé les plafonds. Même si elle ne pouvait se comparer à la Première ministre qui risquait sa peau, Esther sentait le souffle de l'échec lui frôler la nuque pour y déposer des épines de glace. Adélaïde était à la merci de la foule et du dispositif de sécurité autour de la mairie, Esther n'avait aucun garde-fou, aucun mentor pour la guider dans sa mission. Aucune n'aurait souhaité échanger sa place avec l'autre.

« C'est bon, message envoyé. Je peux me préparer. »

Dans sa tête, Esther essayait d'organiser son plan d'action, les éléments à rassembler pour défricher le terrain, obtenir une vision large des ingrédients pertinents réunis par les IA pour élaborer le puzzle. Chaque association produirait des effets, qu'il faudrait analyser avant de progresser. Jusqu'ici, dans ses éco-restaurations, les photographies et vidéos demeuraient des composants passifs que l'on pouvait manipuler librement. Dans Composite, les souvenirs bousculeraient les interactions dans leurs déplacements, provoquant des réactions imprévues. Esther allait modeler du vivant, même si le concept était perturbant quand on l'appliquait à des connexions de machines. Une fois le travail accompli, le résultat pouvait aussi bien fabriquer un mal absolu, un méchant de films de science-fiction ou une entité indulgente qui accepterait les fautes humaines plutôt que de s'en venger.

« Les parents ont la tâche facile, se permit Esther, il leur suffit de donner des ordres : "fais pas ça", "dis bonjour à la dame", et l'enfant obéit. Ce n'est que plus tard qu'il se pose des questions sur ce qu'on lui a appris.

— Vous n'avez pas d'enfants, je me trompe ? Certains n'attendent pas de grandir pour mettre en doute la parole des adultes. Ma fille a débuté très tôt.

— Là, on compte sur l'intelligence de machines, la vraie intelligence, pas celle qu'on qualifie d'artificielle.

— Merci de me rassurer, se désola Vincent, j'avais peur de ne pas avoir assez saisi l'importance des enjeux. Je veux bien vous regarder planifier vos opérations, mais si vous pouviez vous abstenir de commentaires. J'en comprends la moitié, et pas celle qui me réconforte.

— Désolé, dit Esther. Sans toi, je ne serais jamais arrivée à remonter la piste jusqu'à Anne-Lise. Tu as fait ta part, tu peux te reposer.

— Toujours un peu vexante…

— Quoi ?

— Laisse tomber. Concentre-toi sur ta mission et sauve le pays. »

Esther perçut qu'elle avait blessé son compagnon en voulant se montrer gentille. Elle n'avait pourtant fait que dire la vérité. Vincent avait cru en elle et l'avait aidée tant de fois, mais pour utiliser Composite, Esther était la seule compétente puisque

Anne-Lise avait admis ses limites. À chaque fois qu'un instinct de policier avait été nécessaire, Vincent avait été à sa place ; pour l'acte final, Esther se sentait parfaitement légitime, le défi lui apparaissait relevé mais à sa portée, ou alors elle n'aurait servi à rien. Que la vie de son père soit en jeu décuplait son énergie plutôt qu'elle la paralysait. Il était même bien plus facile de se concentrer sur ce but que sur l'insurrection à pacifier.

Une fois le casque de réalité virtuelle configuré pour Esther, elle s'installa dans le fauteuil et suivit les dernières instructions d'Anne-Lise.

« On plonge d'abord dans un chaos d'informations, rien n'est ordonné. Vous devrez vous focaliser sur un élément, peu importe lequel, cela va créer des liens avec d'autres fichiers et vous pourrez consulter leur évaluation, le poids qu'ils ont dans les connexions. De proche en proche, vous arriverez à rassembler suffisamment de composants pour produire un souvenir. Le programme module, mais, comme pour votre cerveau, tout se fait de manière fluide.

— Dit comme ça, c'est simple.

— Mieux qu'une psychanalyse. Même chance de succès.

— Tu vois, Vincent, elle non plus n'est pas douée pour rassurer. »

Esther ajusta le casque, mais elle prit le temps de voir le policier sourire avant de plonger.

Sa mère lui répétait toujours qu'aux moments les plus importants elle conservait son calme. Même quand tout le labo s'excitait, que chacun attendait le résultat, Anne-Lise demeurait une statue, froide et perspicace. Quand les algorithmes des marchés boursiers durent être ralentis, quand il fallut faire retrouver aux machines la perception de la seconde, elle fut la seule à suivre la procédure prévue sans paniquer. Le cours du tungstène affichait un taux stratosphérique, dépassant en valeur toutes les entreprises du monde, et pourtant quelqu'un eut le courage de dire que ce comportement correspondait aux modèles et ne devait pas être limité. Aujourd'hui, Adélaïde Ordenau reconnaissait son héritage, cette aptitude écrite dans ses gènes et qui l'avait destinée à sa fonction.

Tandis que tous les conseillers, responsables de communication, journalistes et même certains agents de sécurité se regardaient en frissonnant, la Première ministre s'était approchée d'une fenêtre pour examiner la situation place des Terreaux. Combien étaient-ils ? Impossible de les compter. Même les foulards blancs noués à leurs bras, on avait du mal à les discerner dans la fumée des lacrymos. Dès qu'ils avançaient vers les CRS, le noir des tenues se confondait. Il ne restait qu'une masse, masse mouvante, masse pulsante, masse grouillante, masse éructante, mais masse vivante. Que faire face à ces individus rassemblés, ces colères agglomérées, fusionnées, déchaînées ? Des années à se plaindre de la passivité, à se plaindre de l'abstention, du renoncement, cette forme d'abandon de la cité pour se réfugier dans le rien, les siens, et tout d'un coup une explosion, un raz de marée. Regardez tous ces politiques espérant la révolution, où étaient-ils désormais ? Ils se barricadaient ou s'effaçaient, attendant le moment où l'on ferait appel à eux, le ressac, l'accalmie après le cyclone, lorsqu'il faudrait tout reconstruire. Aucun ne doutait de pouvoir remporter la mise, puisque l'on pouvait compter sur la fatigue des peuples.

Adélaïde savait qu'ils se trompaient. Le ressac annonce le reflux, l'accalmie existe aussi dans l'œil du cyclone. Les révolutions ne s'arrêtent que faute de combattants, quand tout le pus est craché ou quand une plus grande vague vous submerge. Celui qui voudrait tenir le pays après Adélaïde ne saisirait qu'un roseau. Devant elle sur la place, la tempête soufflait. Son grondement faisait vibrer les fenêtres de l'hôtel de ville. Qui aurait la prétention de le contenir ?

Pas ces CRS qui avançaient groupés, bouclier en main, vers des manifestants enragés balançant des pierres et cocktails Molotov depuis un renfoncement à l'entrée du musée des Beaux-Arts.

Les protections encaissaient les coups, mais soudain une combinaison s'embrasa, projetant des flammes orange dans la brume blanchâtre. Des collègues du policier touché l'isolèrent pour le couvrir et le ramener en sécurité vers les médecins postés à proximité. Adélaïde entendait Hébert qui s'inquiétait, mais elle ne se joignit pas à ses préoccupations. Son angoisse la propulsait plus loin, vers ce moment où tout le dispositif céderait, où chaque CRS sentirait l'absurdité de la situation et que le respect du devoir perdait en réalité. Aucun régime ne tient par sa police, on le lui avait appris dans les comités et réunions écologistes. La colère du peuple est toujours légitime, il faut l'écouter ; la violence policière représente le crime le plus impardonnable en démocratie. Ces principes, Adélaïde y croyait comme aux commandements des Tables de la Loi. Et maintenant ?

Les foulards blancs avaient déplacé des barrières métalliques pour construire un bélier et un bouclier à la fois. Soldats sombres d'une lutte sans héros, leur volonté se réduisait à une destruction sans but, un mouvement plutôt qu'une stagnation, le refus de reculer comme s'ils allaient être jetés à la Saône. Contre qui ces gens se battaient-ils ? Pas contre Ordenau ni contre Brochard, pas même contre la Première ministre ou le Président, encore moins contre la République ou la Démocratie. Des discours, des tribunes interprétaient ces manifestations, leur donnaient une légitimité ou les accusaient selon milles critères. Tour à tour damnés de la terre ou privilégiés insatisfaits, aucune pensée ne les réduisait à leur vérité. Il fallait admettre autre chose de plus brutal encore.

Ce mouvement voulait épuiser sa colère, en éprouver tous les plaisirs, tous les mystères, insatiable de son ressentiment, assoiffé en quête d'une oasis sanglante. Habitués aux déceptions, à ces embryons de révoltes, les foulards blancs ne désiraient plus rien d'autre que le chaos qu'ils causaient, se sentir au moins responsables de quelque chose, d'agir sans penser aux comptes à rendre. Dans leurs cris, Adélaïde ne percevait aucune joie, aucune exaltation revivifiante, rien de ces récits de barricades qu'on trouvait dans les livres, cette solidarité de communards, cette fraternité d'insurgés. Sans meneurs, chacun lançait sa pierre. Une masse oui, mais pas une collectivité, un bloc oui, mais pas une force dirigée, dirigeante. L'agglomération des mécontentements ne créait aucune volonté, juste des individus dans l'illusion de faire corps. Voilà ce que voyait la Première ministre depuis sa fenêtre, sans parvenir à juger si c'était une bonne chose ou non. De toute façon, cela ne la sauverait pas, puisque la seule justification de la violence, c'était elle, sa présence, sa simple existence.

Est-ce qu'elle écoutait les rapports qu'on lui débitait à l'oreille, sur les débordements à l'opéra, les flots qui avaient ravagé le commissariat du 1er arrondissement, place Louis-Pradel ? Cela ne valait rien face au murmure, à ce bruit qui transpirait des murs, jusqu'à faire tinter le cristal des lustres. Aucun son intelligible, juste un rythme, un tambour, un point de non-retour, cette présence qui ne s'adressait pas à la tête, mais au cœur, aux émotions incontrôlées. Comme un besoin de vie qui ne se trouverait que dans la mort. Adélaïde était l'ennemie, mais n'importe qui suffisait. Rien de personnel, c'est sans doute ce que lui dirait celui qui la tuerait en franchissant les grilles. En effet, rien de personnel, elle ou un autre, c'était pareil, mais oui, elle, maintenant, parce qu'elle était à portée, sous la main. Il fallait l'atteindre, la toucher, la serrer contre soi, sentir son corps, sa chaleur, fixer ses yeux, palper l'objet désiré pour être le seul à le détruire, l'accaparer tout à fait, au nom de soi, au nom des autres. Inutile d'interpréter des slogans, oubliez toutes vos analyses, conseillers, journalistes et professeurs d'université, la vérité, c'était le désir, un irrépressible désir enfin assouvi.

On pouvait la protéger, mais Adélaïde savait désormais que l'issue ne serait que reportée. La politique n'avait rien à voir dans ce combat, aucune faute n'était à réparer, aucune erreur ne devait être pardonnée, puisque seule une volonté bestiale s'affirmait. Quelle morale pouvait arrêter le lion au moment de tuer la gazelle ? Il ne faisait qu'exprimer sa puissance, une puissance de vie. Les réseaux sociaux avaient délibérément décuplé cette puissance jusqu'à ce qu'elle se manifeste maintenant, voilà ce que comprenait Adélaïde Ordenau. La vie pour tout balayer, tout détruire, et rien pour reconstruire, jamais ; chacun amenait sa haine, sa petite indignation confortable, sans savoir comment l'abandonner, comment grandir après elle. La politique était en train de mourir ici, à Lyon, et la Première ministre assistait à son agonie depuis le salon Justin-Godart, au milieu des dorures et des lustres.

« Si vous n'aviez pas tant voulu faire votre maligne en marchant jusqu'ici, vous pourriez déjà fuir dans vos voitures officielles ! Mais non, nous sommes tous coincés. »

La colère de Dumandier glissait sur la peau d'Adélaïde sans même la hérisser. Des jeunes gens en blouson sombre grimpaient sur la fontaine pour jeter des projectiles sur les cordons de CRS qui avançaient.

« Vous voyez, Hébert, j'avais raison. »

Médiocres personnages aux médiocres colères, ces élus ne méritaient pas le décor qui leur conférait leur statut. Ils rêvaient de portefeuilles ministériels, de hautes fonctions, mais s'effondraient dès que la situation leur échappait, la panique les révélait sans que jamais ils n'en tirent les conséquences. Dumandier l'accuserait, elle, il la rendrait responsable, elle, il la haïrait, elle, plutôt que sa bassesse, plutôt que sa peur, plutôt que son ego ramené à sa juste mesure, petite, friable. Adélaïde ignorait si elle se montrerait à la hauteur des événements, sa prétention ne s'élevait pas jusque-là, mais au moins Dumandier ne cachait pas son incapacité à l'être. Fuir, c'est ce dont il rêvait, ce qu'il désirait au plus profond et ce que la Première ministre lui refusait par sa présence et sa manière de se tenir debout devant une des fenêtres du salon.

Le son de l'éclatement du carreau qui se fendillait en étoile lui parvint une microseconde avant la détonation. Adélaïde sentit le souffle de la balle lui caresser l'épaule avant d'exploser une partie du lustre derrière elle et se ficher dans une moulure. Ensuite, tout sembla se dérouler au ralenti, les gens autour qui s'accroupissaient, Hébert qui se jeta sur elle pour la plaquer au sol le moins violemment possible, et les cris détonants dont les échos se catapultaient dans la pièce. Un silence tendu s'imposa soudain, à mesure que chacun évaluait son intégrité, son corps, le cœur qui bat.

Le chef du groupement de sécurité se releva le premier, s'approcha de la fenêtre pour surveiller la situation tout en intimant l'ordre à la Première ministre de rester couchée.

« Ne bougez pas, le tireur doit être caché dans la fontaine. Ça va être compliqué d'aller le chercher.

— On ne s'en sortira pas comme ça », se lamenta Dumandier.

D'une certaine façon, il avait raison. L'après-midi commençait, aucune averse ne refroidirait les manifestants et la nuit viendrait trop tard. On ne pouvait se contenter d'attendre couchés sur le parquet une espèce d'intervention divine. La frustration mettait encore plus en danger les policiers autour de l'hôtel de ville : s'ils n'obtenaient pas une réaction d'Adélaïde, les émeutiers s'en prendraient aux CRS. Combien de blessés, combien de morts ?

« Il faut donner l'ordre, dit Dumandier d'un ton impératif. C'est la seule solution. »

La Première ministre se releva pour s'asseoir, observant les visages défaits. Dans les regards qui l'évitaient, elle devinait l'accusation sourde qui pointait. Kucheida bien entendu, Doveau aussi ; quant à Ruznik, il fixait le plafond comme s'il allait avoir une révélation. Jansen, Simon et Nguyen tenaient, même s'ils se focalisaient surtout sur Hébert. Dans la presse, les attitudes étaient plus compliquées à interpréter, entre ceux qui pensaient à leur peau et ceux imaginant déjà le papier qu'ils écriraient. Impossible de leur en vouloir, toute stratégie leur permettant d'éviter la panique était la bonne.

L'ordre, oui. Pas la peine de le définir, tout le monde avait compris. Cette injonction que tout responsable politique républicain refusait même si elle était dans ses prérogatives. On ne parlait pas d'une punition ou d'une excommunication, mais d'un acte définitif, sans retour. Comment répondre à un barbare sans l'être soi-même ? Adélaïde se trouvait dans cette impasse. Elle regarda Dumandier ; des tics nerveux lui déformaient le visage, et à sa façon de se tenir en tailleur de manière maladroite, elle devina que ses sphincters avaient lâché. Une odeur désagréable émanait de lui et ce n'était pas la pourriture de son esprit.

« Vous le ferez si vous prenez ma place un jour, et j'espère pour le pays que cette catastrophe n'arrivera jamais, mais pas moi, pas en mon nom.

— Vous êtes folle.

— Un même compliment ne marche pas deux fois sur moi. »

Au milieu de la rumeur qui encerclait l'hôtel de ville, les détonations fusèrent. Pas aussi percutantes que la première, mais tout à fait identifiables : pétards, bombes agricoles, mortiers d'artifice. Les explosions ne résonnaient pas seulement depuis la place des Terreaux, leur écho bondissait depuis l'opéra. Lorsque la porte de la grande salle des fêtes s'ouvrit, tout le monde sursauta, mais il ne s'agissait que d'un commandant envoyé par le préfet pour informer de la situation en direct.

« Les fumigènes et les lacrymos ne vont pas suffire, madame. Nos hommes sont en danger.

— Je sais. Où est le tireur ?

— Disparu. Nos agents dans la manif n'ont pas réussi à l'identifier.

— D'autres armes ? »

Le policier secoua la tête d'un air gêné : « Impossible à dire. Ils savent qu'on les infiltre. Madame, je dois vous dire qu'on ne peut pas vous exfiltrer, c'est trop dangereux.

— Je m'en doutais, c'est normal.

— Si les plus radicaux nous chargent, s'ils se rapprochent au corps à corps, ça finira mal.

— Vous avez quoi pour vous défendre ?

— Les deux canons à eau peuvent ralentir, mais c'est fragile. »

Intérieurement, Adélaïde repensa au constat d'Hébert sur l'insuffisance du dispositif. Trop tard pour virer le préfet.

« Nous avons des grenades de désencerclement, mais…

— C'est dangereux, je sais. Je suppose que je n'ai pas le choix ?

— Si, vous l'avez toujours, il reste le niveau de réponse supérieur.

— C'est juste après les grenades ?

— Oui, madame. »

La Première ministre ne put s'empêcher de frissonner. Il manquait trop de degrés dans l'escalade des ripostes. L'atmosphère était déjà tellement saturée de lacrymogène qu'Adélaïde sentait sa gorge lui piquer et ses yeux pleurer. Si l'on n'arrivait pas à repousser la foule avec le bruit des explosions, alors seul le dernier ordre la protégerait. Non, seul le dernier ordre lui donnerait l'illusion de la protection. Quand un gouvernant tire sur ses citoyens, plus rien ne peut le sauver.

« Vous n'avez pas des renforts qui peuvent venir de l'extérieur ?

— Je suis désolé, madame. »

Bienvenue à Fort Alamo, le premier qui riposte a perdu. Adélaïde laissa le commandant de police contacter le préfet pour transmettre les nouvelles consignes. Là, maintenant, juste à cet instant précis, elle voulait tout envoyer paître, disparaître, renoncer à tout, pas pour fuir, mais pour éviter les blessures, pour ne pas rajouter du ressentiment aux douleurs, de la haine à la colère. Dire pouce, dire chat perché, dire débrouillez-vous et laissez-moi tranquille. Ce serait tellement mieux, tellement facile de redevenir un enfant. Hélas, Adélaïde n'avait jamais connu ce moment parfait de l'irresponsabilité, cette confiance dans un adulte endossant toutes les charges, toutes les difficultés à sa place. Père et mère s'étaient enfuis, chacun à leur façon. Elle n'avait rien à attendre d'eux. Au temps pour la sortie régressive, la Première ministre assumerait jusqu'au bout son rôle, même le plus mauvais, puisque personne ne lui pardonnerait.

« Dumandier, si vous avez peur, allez-vous réfugier dans une des tours de la mairie et barricadez-vous, mais j'en ai assez de votre air d'ahuri. Vous voulez tirer sur des manifestants, sur des citoyens français qui vous ont élu ? Alors je vous donne les commandes, mais attention, les journalistes vous surveillent.

— Ils peuvent sortir, on ne leur fera rien.

— J'en doute. Leur sécurité m'importe aussi, même la vôtre m'importe, c'est dire. Filez vous changer, vous puez, Dumandier. »

Le maire se raidit, comme secoué par une décharge électrique, puis, rampant à quatre pattes, il quitta le salon, dévoilant la tache marron maculant l'arrière de son pantalon beige. Adélaïde entendit des gloussements contenus et prit ça comme une victoire. Même le commandant de police sourit en la regardant.

« Si quelqu'un dans cette salle estime qu'il a mieux à faire que de rester avec moi, je ne le retiens pas. Vous ne me devez rien et je ne peux garantir votre sécurité. L'hôtel de ville est grand, vous trouverez bien un endroit où vous cacher. Ne comptez pas fuir dehors. »

Sans dire un mot, sans regarder la Première ministre, certains se relevèrent et marchèrent accroupis jusqu'à la porte. Doveau fut le premier, ce qui n'était guère étonnant, plus pour Natumanya, mais Adélaïde savait que l'adjointe du directeur de cabinet s'occupait de son fils handicapé et de sa mère. Difficile de lui en vouloir. Quatre ou cinq journalistes s'éclipsèrent, un cameraman laissa même son matériel à sa collègue d'un commun accord. Seuls les craquements du parquet témoignaient des mouvements de chacun.

Elle sortit son téléphone et lança l'appel sans jeter un coup d'œil à Kucheida ni à Simon.

« Bonjour, monsieur le Président. Je n'ai pas besoin de vous expliquer la situation. Un manque d'effectif de police, monsieur le Président. Le préfet Gantier, oui. Un peu tard. »

Elle éloigna le téléphone un instant, laissant à Brochard le temps d'expulser sa rage dans l'écouteur.

« Pas vraiment le choix, monsieur le Président. Je me doutais que Dumandier me mettait en danger et qu'il ne me protégerait pas. J'ai eu confirmation ; il voulait que je m'enfuie en voiture. Maintenant que l'on sait qu'ils sont armés, je suis certaine que je n'aurais pas atteint le quai Lassagne. Oui, on m'a proposé l'ordre. »

Adélaïde soupira. Elle entendait Brochard s'énerver, la traiter comme une petite fille qu'il fallait éduquer et à qui apprendre le B. A. BA. Il ne l'avait pas nommée pour ce genre de folies, mais parce qu'elle était sérieuse, prétendait-il. La Première ministre savait que ses jolies jambes avaient compté, que sa longue chevelure bouclée avait compté, et que ne pas être un homme avait compté. Après, appartenir à un courant minoritaire du parti, ne pas être affiliée à une tendance trop radicale ni à une association trop marquée, tout cela était rentré dans les calculs du « vieux », mais il n'allait pas lui faire croire le contraire.

« Monsieur le Président, je vous présente ma démission, aujourd'hui 15 heures. Si vous intervenez rapidement, ils pourraient se calmer. Des journalistes ? À côté de moi. Oui, j'apprends vite, je vous remercie, monsieur le Président. Vous pensez sérieusement que j'aurai une carrière après aujourd'hui ? Je n'ai plus rien à sauver, vous le savez, à part ma peau. Et comment je me protège ? Et comment je protège les policiers ? Je n'ai rien, pas d'armes, rien. Mais je me fous de l'exemple, de ma place dans l'histoire. Je me fous qu'ils soient des insurgés, des réactionnaires, des complotistes, tout ce que vous voulez. Moi, Adélaïde Ordenau, je ne tirerai pas sur des concitoyens, vous m'entendez, Brochard. Jamais ! »

De colère, la Première ministre jeta son téléphone dans la pièce, jusqu'à ce qu'il explose contre un pilastre de la salle.

« Qu'il aille se faire foutre, ce con ! »

Les manifestants avaient raison, les grossièretés, cela soulageait. Kucheida écarquilla les yeux, comme si Adélaïde avait commis un acte plus grave que ceux qui assiégeaient l'hôtel de ville.

« Votre cher Président refuse ma démission. On n'abandonne pas le navire en pleine tempête, qu'il m'a dit. Qu'il serve ses images à ses admirateurs, pas à moi. Je ne suis pas idiote et lui non plus. Moi partie, Brochard se retrouve en première ligne, obligé de prendre les coups à ma place le temps de trouver une nouvelle victime. Si je fais tirer, tout sera ma faute, pas la sienne, n'importe qui pourra me remplacer et jouer les réconciliateurs. Sauf qu'il se trompe. Il croit qu'avec cette foule il y a quelque chose à négocier, un truc à donner pour les calmer. Il ne les entend pas. »

Comme pour appuyer ses propos, des explosions retentirent tout autour d'eux, même depuis les rues bloquées par les véhicules de maintien de l'ordre. Dans le grondement des voix, on discernait le nom d'Ordenau, mais aucun slogan, aucune revendication, rien sur quoi agir. Ce genre de demande, cela appartenait à un temps ancien, celui qui croyait que la société pouvait être réparée par des ajustements, par une répartition des ressources au profit des plus défavorisés. La gloire de la politique s'exprimait en ces moments-là et Adélaïde y était attachée. Cependant, même adolescente, elle avait perçu les limites de cette conviction. Tout le monde se sentait perdant, tout le monde se sentait fragile, tout le monde pensait que l'autre avait tout, qu'il accumulait les privilèges. Alors, pour les réunir, ces damnés ne voyaient que la vengeance, que la riposte contre le crime du pouvoir. Non négociable.

« La bête blessée recule et s'isole, elle lèche ses blessures et meurt. Nous qui ne sommes pas des bêtes, nous continuons toujours plus loin dans la rage, comme si elle allait nous anesthésier. Mourir pour rien, d'accord, mais tant que c'est debout. Je les comprends, je les comprends enfin.

— Madame la Première ministre ! s'écria Kucheida, émue.

— Même votre maître l'espère, que je sorte, que je m'avance. Vous ne l'entendez pas ? Ils m'appellent. »

La sonnerie stridente d'un SMS retentit soudain. Simon consulta ses messages.

« C'est ma fille. Elle me dit… C'est bizarre. Elle me dit qu'elle va essayer de nous sauver. Elle sait qui est le grand D. Elle écrit aussi qu'elle a retrouvé votre mère et que celle-ci est désolée.

— Le grand D. ? Mais qui ?

— C'est tout ce que j'ai. Je lui demande. »

Quelqu'un, quelque part, était en train d'agir. Adélaïde s'accrochait à cet embryon d'espoir pour ne pas se lever, descendre l'escalier d'honneur et se diriger vers les grilles de la place de la Comédie. Un SMS comme une balle, mais en sens inverse. Cela ne calmerait pas la foule dehors, les policiers demeuraient sous pression, rien n'était joué. Au moins, le commandant de police pourrait faire croire qu'une issue était possible sans déchaîner la violence la plus brutale. Gardez vos armes, compagnons, se dit Adélaïde, la cavalerie est en route.

« Pas de réponse, dit Simon.

— Je n'ai jamais vu ta fille à un dîner de Matignon.

— Elle a toujours été très prise par son travail.

— Encore une.

— Comment ?

— J'apprends au bout de vingt-cinq ans que ma mère pense à moi. Je croyais que seules ses machines l'intéressaient. À moi aussi on me racontait qu'elle était très prise par son travail.

— Disons que c'est plutôt moi qui ai fini par m'absenter.

— Ah, une parole honnête. Je préfère. Les cachotteries, on va oublier, ce n'est pas le moment.

— Elle travaille pour pas mal de mairies et de collectivités territoriales avec sa société d'éco-restauration. Venir à Matignon aurait pu être mal vu pour des contrats.

— Pas que pour des contrats, je confirme. Elle s'est occupée de Fos-sur-Mer ?

— Oui.

— Du beau boulot, on y est passés une fois, je crois. J'ai presque voulu me baigner.

— C'est le but de l'éco-restauration.

— Donner envie. J'aurais besoin de ça. Si je pouvais donner envie de quoi que ce soit, à part de m'abattre.

— Elle a autant d'énergie que toi, vous vous entendriez bien… pendant au moins une heure. »

Adélaïde se permit de rire et le son ricocha bizarrement dans la salle, sans doute parce que plus personne n'y était habitué à force de subir des explosions et des hurlements. Simon tentait le tout pour le tout.

« Je me suis souvent occupé d'elle quand elle était plus jeune. Même si on s'est séparés avec sa mère, elle l'a bien vécu. Je ne sais pas si j'ai tout réussi, mais ça, je ne l'ai pas raté, je pense.

— J'aurais pu finir pire que Première ministre. Mes parents n'étaient pas des monstres non plus.

— Elle ira jusqu'au bout, elle ne m'aurait pas envoyé ce message sinon. Si elle échoue, tu n'auras pas de regrets à avoir, ma fille est la meilleure.

— Quelle fierté !

— Je ne le lui répète pas trop souvent, elle n'en a pas besoin.

— Ma mère est un échec comme mère, ce n'est rien de le dire, mais rien ne peut la détourner d'un objectif. Pas même moi. Alors si elle est associée à ta fille, je tente de me convaincre que j'ai de la chance. En tout cas, si un prince charmant veut me délivrer, son cheval n'est pas en vue. »

Même si Adélaïde était toujours Première ministre officiellement, un poids avait disparu de ses épaules. Sa démission potentielle et prévisible lui accordait le droit de plaisanter. Cela lui appartenait, y compris avec des journalistes à portée. Rester assise commençait à l'engourdir, la douleur dans les lombaires lui irradiait dans le dos. Tous devaient sentir le temps devenir long, les discussions familiales avec Simon n'étaient qu'une distraction. Au moins, aucun tir d'arme à feu n'avait été entendu à nouveau. Les distances se maintenaient sans que l'on sache si c'était à mettre au crédit du calme des CRS ou des manifestants. Comme deux gorilles rivaux, on se tapait la poitrine à grand bruit pour impressionner l'autre, le faire fuir plutôt que l'affronter. Un tel équilibre lui convenait, faute de mieux.

Chaque minute passée accentuait le danger, puisque l'humain était imprévisible. Tant que le désir ne s'exprimait pas, tant qu'il restait inconscient, innommé, juste le fait d'individus isolés, rien n'était inéluctable. La Première ministre imaginait ces gens côte à côte, serrés, repoussés par les forces de l'ordre, les yeux rougis par les lacrymos. Il suffisait d'un, il suffisait d'une, pour prononcer les mots, les sortir de sa bouche afin qu'on l'entende. De proche en proche, ils répéteraient l'ordre, le seul sans garde-fou, sans contrôle. Et là, là seulement, Adélaïde aurait peur.

Plonger dans les ténèbres comme dans les abysses, se retrouver seule et sans repères, se déshabituer du réel, du langage des sens pour se numériser, adapter sa conscience à la représentation mathématique du monde, et, enfin, distinguer les fils scintiller dans le noir, leur trace bleu vert, s'en approcher, toucher, absorber. Un identifiant : 6734.mp3. Babil de merle noir. Écouter, prendre son temps, localiser les éléments qui s'y relient, la crête d'un orme un soir, silhouette de boîtiers de DVD empilés, contours de reflets du soleil sur un papier peint.

Fragment par fragment, Esther accumulait des pièces de son puzzle, découvrant que la forme mouvante vers laquelle son attention se focalisait n'était pas un chat se lavant mais les mouvements de lèvres dans l'esquisse d'un sourire en train d'apparaître sur une absence de visage. Dans cette décomposition des souvenirs, les machines disloquaient, dispersaient pour ne garder que le modélisable. Les algorithmes façonnaient un monde à leur mesure, avec leurs imperfections, leurs erreurs. La fleur de l'orchidée ressemblait au tableau d'un cubiste décontenancé, tandis que le ballon qui rebondissait sur un vide envahissant laissait des flashs fluorescents dans son vol. Le plus étrange, c'étaient les voix, tous ces mots qui se choquaient, se percutaient pour résonner comme du métal, comme du velours, comme un fruit dont on extrait le jus. Pas de phrases, pas de sens, syllabes, consonnes, voyelles traînantes, explosions, fricatives : l'absence du langage, du dialogue, un contact plutôt, un chaos surtout.

Plaît, Dieu, aime
Comment, sorcier, montrer, Saucisson, Passe
Marre, parie, À, Ah, con, chérie, Chut, foutez
Fille, filme espionne, pipi
Plantes, vidéo, Mahonia, maman, rêver, idées
Esther, papa, tuteurs
Constructives, coquine, chatouilles

Que faire naître à partir de ce magma de sensations, d'émotions de mots, et non de mots eux-mêmes ? Esther comprenait la difficulté qu'avait éprouvée Anne-Lise. Être humain n'apportait aucun avantage, car on découvrait une autre logique dans les liens entre les fragments. Pour l'instant, Esther se trouvait désorientée, incapable de s'organiser dans le maelström. Ces machines hiérarchisaient, ordonnaient, c'était leur utilité dans le monde. Grâce à elles, nous étions en mesure d'appréhender la réalité, de la réduire à notre portée. S'il était impossible d'établir leur manière de conférer un sens à notre mémoire, Esther pouvait reconstituer la structuration des éléments. Chacun avait un poids, une valeur attribuée par toutes les connexions autour de lui, et sa gravité attirait les détails, les éclats les plus proches.

Un encadrement de fenêtre, ses bordures iridescentes trahissaient le calcul lui donnant une apparence. Il flottait devant Esther, sans qu'elle sache si elle était située à l'intérieur ou à l'extérieur du bâtiment fantôme auquel il devait appartenir. Lentement, elle perçut un second élément, une forme rectangulaire imprécise, ondulante, aux motifs floraux flottants, une couverture posée sur l'herbe. Esther sélectionna le fichier 787864.mov pour le rapprocher de l'encadrement. Aussitôt, et de manière automatique, des ajustements s'opérèrent dans l'affichage, un mur s'étala autour des moulures en bois, par grands aplats beiges, à la manière d'une pâte à crêpe qu'on verse dans une poêle, et un rideau de vignes s'accrocha au bord de la couverture. Depuis ce lieu artificiel, Esther commençait à repérer arêtes et sommets dans la montagne de données récupérées par les machines d'Anne-Lise. S'ajouta ensuite une voix chaude, identifiable, d'un père parlant jardinage à sa fille, même si les phrases mélangeaient les mots, les fusionnant, les séparant, jusqu'à ce qu'il ne s'en échappe que des ingrédients saillants : *Mahonia, poète, plante, amusés*. Ce qui s'imposait, c'était le rythme, l'enchaînement des sonorités, et cela suffisait pour faire frissonner Esther.

Au loin, la montagne du Corcovado semblait inaccessible, décor improbable au milieu de palmiers. Au fil de la progression, dans un miroir, derrière une porte, un visage réduit à des lèvres, des yeux, le contour d'un nez, la forme de la chevelure. Pas de rides, pas de blessure, pas de boutons d'acné, les souvenirs à leur meilleur, tels qu'on souhaite les conserver. En franchissant l'encadrement de fenêtre, Esther atterrit dans un jardin de plages ensoleillées, puis se cogna aux coins de tables éclairées à la bougie. Le lieu se chargeait à mesure qu'on attrapait les fragments essentiels, ceux qui focalisaient les souvenirs, les justifiaient. Dans les cris des supporters d'un match, on percevait aussi les murmures amoureux, les confidences précieuses. Et si le feu dans la cheminée menaçait les feuilles du saule sous lequel s'étendre pendant la sieste, son éclat rehaussait le teint de cette jeune femme alanguie sur un canapé, un verre à la main. Chaque moment, chaque instant, Esther les vivait, les ressentait sans même les connaître. Dans cette foire au bonheur, un humain pouvait se plaire, y être rassuré, à la façon de ce bonbon acidulé que l'on garde en bouche sans l'avaler.

« C'est ça, s'exclama Esther.

— Étrange et familier, dit Anne-Lise, comme un rêve, Verlaine.

— Tous nos souvenirs y sont ?

— En pratique, oui.

— Alors, je ne comprends pas.

— Je ne suis pas la seule, déjà ça.

— Je n'explore qu'une partie des machines.

— Vous avez accès à tout, en principe.

— La séparation est trop forte avec les autres. »

Même quand elle cherchait la nuit au milieu de cieux céruléens, Esther ne rencontrait aucunes ténèbres, seulement des voûtes stellaires, des étoiles filantes aux longues traînes argentées. Lorsqu'elle se faufilait dans des couloirs d'hôpitaux, près de lits occupés, les malades se relevaient, les familles les serraient dans leurs bras. Et si, par hasard, elle tombait sur un amas de débris après l'effondrement d'un immeuble, les rescapés sortaient de terre, accompagnés de cris et de pleurs de joie. Où étaient les souffrances ? Où était cette gravité qui vous enfonce dans la mer, qui rogne vos ailes ? Esther ne la trouvait nulle part.

Dès qu'elle tentait de prendre du recul pour sélectionner un fichier plus lointain, ce qu'elle ramenait rajoutait du bien dans cet artificiel qui s'agitait sous ses yeux. Elle pourrait tout manipuler, tout réorganiser pour façonner un paysage plus cohérent, plus humain, mais malgré tous ses efforts il ne posséderait jamais aucun caractère authentique, rien qui rappelle d'une façon ou d'une autre l'aspect concret d'une existence. Tous ces éléments de bonheur ponctionnés dans des vies réelles, si douillettes, si agréables, ignoraient le monde ou se refusaient à lui pour mieux s'en défendre. Cet endroit constituait une impasse. Anne-Lise l'avait bien compris et Esther n'aurait pas dû manifester autant d'assurance. Les humains avaient atteint leur limite dans la compréhension des machines. Ces dernières s'étaient concertées pour dissocier bons et mauvais souvenirs, pour qu'aucun ne vienne déranger l'autre, qu'aucun ne vienne remettre en cause l'état de l'autre. Esther se trouvait du bon côté, celui des petits-déjeuners pris en terrasse, celui des rires d'enfants, celui des fêtes de mariage, et ils lui parurent soudain si dérisoires à force de se croire indifférents au monde. Qu'on les efface, ces pansements d'ego, ces baumes aux chagrins. Très bien !

Cela ne sauverait personne, surtout pas la fille d'Anne-Lise et pas le père d'Esther.

« Je ne vois aucune trace du Mal dans ces souvenirs, rien qui puisse me relier à l'autre rive.

— Je n'ai rien trouvé non plus. Je pensais que c'était mon égoïsme qui me punissait, j'avais tort. Vous comme moi, nous n'arrivons pas à saisir les éléments douloureux des souvenirs. »

Esther entendit, malgré son casque, que Vincent farfouillait dans son sac à elle. Que cherchait-il ?

« Anne-Lise, finit-il par dire, est-ce que vous avez de quoi connecter ce casque de réalité virtuelle à Composite ?

— Oui, bien sûr.

— Merci, Vincent, commenta Esther, mais tu ne sauras pas manipuler les fichiers.

— Anne-Lise m'aidera avec son terminal. De toute façon, tu n'as pas le choix. Tu ignores le malheur, j'ai plus d'expérience que toi dans ce domaine. Tu préfères abandonner ? »

Esther secoua la tête doucement pour ne pas avoir la nausée dans la représentation tridimensionnelle. Non, elle ne voulait pas abandonner.

Adélaïde avait récupéré une bouteille d'eau oubliée près du pupitre de verre de la cérémonie et se désaltérait pendant que chacun tentait de conserver son calme, malgré les bruits d'explosion qui retentissaient de manière régulière. Le commandant de police lui assurait que le bâtiment était sécurisé pour l'instant et que toutes les tentatives des émeutiers pour franchir les cordons de CRS avaient échoué.

« C'est bien, le patrimonial, plaisanta la Première ministre, mais allez installer une plateforme d'hélicoptère sur un édifice du XVIIe siècle. Si j'entame une carrière de dictateur après tout ça, je l'impose pour toutes les mairies. »

Seul Simon sourit, les journalistes parurent affligés.

« Tiens, Dumandier met longtemps à changer de pantalon. »

Pas de réaction. Au bout de deux heures d'attente, assis ou étendus sur le parquet, personne n'avait envie de rire. L'épuisement les gagnait tous, et Adélaïde aurait eu bien du mal à le leur reprocher. Peut-être parce qu'elle jouait sa vie, la situation ne l'accablait plus. Lorsque tout vous abandonne, on est plus léger, se disait-elle.

Soudain, le murmure dehors grossit, comme une vague plus haute que les autres. Rien d'extraordinaire, mais Adélaïde n'eut pas besoin d'attendre l'intervention du commandant de police pour sentir que l'irréversible s'était produit.

« Un manifestant a voulu renvoyer une grenade. Main arrachée.

— Chut. »

Le son. Il avait changé, il s'était contracté. Plus de « Ordenau démission », mais un menaçant « Ordenau assassin » qui se répandait en sifflant. Puis des chants, des mélodies graves, comme une préparation. Enfin l'objectif, un tranchant « Ordenau, à mort » qui s'épanouissait à force de s'être contenu pendant des heures. Il les rassemblait, ce mot d'ordre, comme jamais auparavant, avec ce parfum libérateur, cette jouissance exaltante de l'interdit franchi. Chacun pris isolément, ces bons pères de famille, ces employées de magasin, ces cadres itinérants diraient n'avoir jamais eu l'intention d'aller jusque-là, qu'ils voulaient juste que leur voix compte, qu'on les écoute, qu'on ne les ignore pas puisqu'ils souffraient. On ne leur avait laissé que ce moyen, que cette issue, voilà ce qu'ils allaient raconter si on les interrogeait. Était-ce une bête qui s'exprimait ? Non, seulement des individus malheureux, piégés, rêves coincés, et ils tueraient pour ça.

« Bon, je crois que j'ai épuisé mes blagues. Il ne me reste plus qu'à descendre l'escalier d'honneur.

— Adélaïde !

— Madame ! »

Simon et Hébert avaient lancé leur indignation les premiers, même Kucheida s'était relevée, choquée.

« On va vous protéger, madame la Première ministre, plaida le commandant de police. Ce n'est pas terminé.

— Vous êtes combien ? Ils vous submergeront. Je ne donnerai pas l'ordre, vous le savez. Vous seriez prêt à mourir pour moi, simplement parce que je refuse de vous octroyer les moyens de vous défendre ?

— Nous vous servons.

— Ne me jouez pas ça, pas maintenant. On sait tous comment cela finira. Ce bâtiment ne résistera pas, jamais, et plus vous les blesserez, plus ils s'enrageront. Vous les entendez, ils n'attendent que moi. C'est simple. »

Simon tapa du poing sur le parquet, déchaînant sa colère sur ce qui était à sa portée. Il aurait voulu hurler, mais cela n'aurait rajouté que du bruit au bruit. Un caveau de silence s'était construit dans la grande salle des fêtes, personne n'osait le briser.

« Madame, dit Hébert. Est-ce que vous me permettez au moins de vous accompagner en bas ? Ce serait un honneur.

— Je serais ingrate de vous le refuser. Dites-moi, je ne vous ai jamais demandé votre prénom.

— Anatole, madame.

— Je n'aurais pas imaginé… Très bien. Venez, Anatole. »

Simon eut la présence d'esprit de ramper jusqu'aux fenêtres pour refermer les volets. Immédiatement, des projectiles fracassèrent ce qui restait des carreaux, mais cela permit à Adélaïde de se remettre debout en sécurité. Elle réajusta sa veste, lissa sa jupe et redressa la tête.

« Kucheida, je ne fais pas trop pitié ?

— Non, madame la Première ministre. »

Les journalistes n'osèrent pas bouger, paralysés par le moment qu'ils vivaient. Certains d'assister à l'Histoire s'écrivant sous leurs yeux, ils en oublièrent leurs rédactions et aucun ne pensa à prendre Adélaïde Ordenau en photo alors qu'elle quittait la salle, accompagnée de son chef de la sécurité.

Même avec des explications, Vincent saisissait mal comment on pouvait attraper des fichiers uniquement par la direction du regard dans un casque de réalité virtuelle. Dans ses procédures judiciaires, les opérations s'accomplissaient de manière plus basique, en validant des options. Ici, une icône translucide en bas de sa vision permettait d'avancer ou de reculer, une autre de zoomer. Le policier regrettait d'avoir séché les séances d'entraînement VR de la formation continue, lui qui jouait rarement aux jeux vidéo.

« Je vais vous suivre, le rassura Anne-Lise. Je vous aiderai pour accrocher les données.

— Je ne sers à rien, dit Esther, je peux m'en charger.

— Non, Vincent a raison, vous devez y aller tous les deux. Vous avez autant besoin de sa vision que lui de la vôtre. C'est pour ça que je ne pouvais pas y arriver seule.

— Un vrai travail de couple.

— Vincent, tu te dépêches ? »

Le casque installé, le policier n'eut pas droit à une transition douce. Il se sentit projeté en avant et faillit tomber contre la table devant lui. Son cerveau peinait à différencier le réel et la représentation. La nuit s'étendait à l'infini, pourtant il percevait un déplacement. Il trouva l'explication lorsque des scintillements palpitèrent autour de lui : il descendait dans les arborescences de fichiers jusqu'à contempler la totalité des fragments au même niveau que lui. Vincent avait compris qu'il ne cherchait pas un élément précis, plutôt que celui-ci se révélerait de lui-même. De proche en proche, un contour se préciserait, écho d'un autre, d'une image, d'un son, d'une vie. Tout finissait par se reconstruire.

Une surface argentée nervurée. Même s'il n'en avait plus conscience, une partie du cerveau de Vincent avait mémorisé ce fragment, bien qu'il ait perdu toute sa charge émotionnelle. Sous l'éclairage néon, un chat semblait dormir dans un bain de lumière, aux pieds de chaussures pointues neuves. D'autres fichiers se présentaient, les uns près des autres, des sacs en plastique pleins de sang, une montre en argent, un cri d'horreur, des pleurs, le soleil rouge illuminant les flammes d'un volcan. Tout pétaradait, tout s'engluait, collait, explosait. Rien ne formait un lieu ni un paysage, plutôt une succession, un film passé en boucle, des répétitions. Cette chute d'un immeuble, une silhouette imprécise mourant sans fin contre la dalle de béton après avoir sauté d'une fenêtre. Ce vieillard décharné, piégé sur son lit d'hôpital, la voix d'enfant répétant « papa » au son plat et continu d'une alarme. Ces insultes en rafales, identiques, adressées à une jeune Priscilla, jusqu'à la nausée. Impossible de sortir de ces films, de ces théâtres cadenassés où l'on rejouait la même pièce, les mêmes répliques. Le temps filait pour s'effondrer autour de ces précipices déjà croisés. Un vertige d'angoisses s'empara de Vincent, obligé de remonter le courant de ces douleurs paralysantes.

Et pourtant, dans ce cataclysme, Vincent se trouvait à sa place, parfaitement habitué à cette confusion. Plus il était heurté, plus il se sentait exister. Dans cette file perpétuelle, parmi les pleurs et les cris, les rages et les destructions, un sentiment de confort se créait. Le confort sombre et mortel de celui qui se savait victime, l'avait enregistré pour ne pas l'oublier, pour que la preuve confirme qu'il vivait, qu'il n'avait pas rêvé. Ne pas être l'inconnu, l'anonyme, plutôt le témoin, la démonstration, et s'y réfugier quand tout échappe. À la souffrance, trouver un sens, à la blessure, trouver un coupable, le répéter, le hurler, et recevoir les réconforts, les mots d'apaisement. Se permettre de chasser ceux qui viennent trop près, menacent de vous arracher à votre douleur et de vous lâcher dans un mystère fragile. Alors il fallait revenir à l'origine, au train percutant un bus, à la voiture en flammes, au terroriste pointant une arme sur un enfant, à ces cadavres étrangers après un tsunami, et bloquer le temps pour qu'il ne s'échappe pas, ne progresse pas jusqu'à la mort.

Ici, dans cette partie des données rapatriées par les machines d'Anne-Lise, tout menait au même but, l'autodestruction. Cette haine, cette colère, ce rugissement d'émeutier, à quoi servaient-ils si ce n'est à conduire vers la fin ? Je meurs, tu meurs, peu importe, quelqu'un doit payer, quelqu'un doit se sacrifier. Et même si cela ne résout rien, cela soulage puisque aucune souffrance ne peut durer éternellement. C'était la malédiction de ces souvenirs : un confort jusque dans la mort. Ils ne pouvaient écouter personne, impossible de les approcher sans les briser. Ces machines avaient tout condensé pour se verrouiller. Seul Vincent pouvait les comprendre, saisir la tragédie qu'elles contenaient. Ces fragments de souffrances ne devaient jamais s'échapper, au risque de contaminer d'autres, mais elles avaient atteint leur limite.

« Le grand D., c'est le moyen que ces machines ont trouvé pour évacuer le surplus.

— Comment ?

— C'était trop, trop à accumuler, il fallait décharger. Esther, je ne sais pas comment te l'expliquer mieux, je te donne mon intuition. »

Anne-Lise tapa sur les épaules de Vincent et d'Esther en même temps.

« Il y a un terme plus adapté : décompensation psychotique. Le troc des souvenirs a rendu une partie des machines malades, elles sont donc sorties du réel en créant le grand D. Les foulards blancs en sont littéralement la manifestation.

— Et on fait quoi ?

— On continue et vous essayez de vous rejoindre. C'est pour cela que vous êtes venus. »

Se rejoindre, bâtir un pont entre béatitude et ressentiment ? Monde figé ou boucle temporelle ? Esther et Vincent se cherchaient dans le vide scintillant, retenus par les fils de leurs souvenirs. Il n'y eut pas l'un hasardant le premier pas avant l'autre, encore moins l'une se soumettant à l'autre. On aurait plutôt interprété cela comme une interrogation. Chacun, confortable dans son décor, ses certitudes, en venait à se demander s'il était vraiment quelqu'un de bien. Entre celle délivrée des souffrances et celui qui s'acceptait comme victime, entre celle qui n'avait pas besoin du monde pour exister et celui qui vampirisait la compassion des proches pour survivre. Rien ne pouvait transpercer leurs défenses, sauf si chacun le décidait.

Parce qu'ils avaient vécu quelques semaines ensemble et appris à se faire confiance, Esther et Vincent s'échappèrent un instant de leur théâtre d'ombres et de lumières. Là, au milieu de tout, désarçonnés par leur audace, ils perçurent un fragment inédit. Pour elle, un éclat de rouille sur du métal ; pour lui, le murmure de la vague s'étalant sur le sable. Juste à côté, pour elle, un cri étouffé telle une supplique ; pour lui, les premières lueurs du soleil qui émergent derrière une montagne. Chaque élément effleuré brisait le mur, lançait des connexions entre les deux forteresses au point d'effriter les remparts. Boulets de canon, missiles, carreaux d'arbalète, chacun déversait sur l'autre les munitions à portée non pour vaincre, mais pour sauver.

Cela commença par des taches brunes sur le montant de fenêtre, un éclat de voix dans le champ de vignes. Esther contemplait la moisissure qui s'emparait des fruits posés sur la table et le cadavre de mouette qui se décomposait sur les rochers. La beauté du réel se fanait, incapable de résister au déferlement de souffrances qui se rappelait à elle. Pourtant, aucune tristesse ne montait, même pas des regrets, plutôt l'acceptation de la fragilité. L'innocence était perdue, tant mieux, elle n'avait pas sa place dans le monde pour qui n'était plus un enfant. Derrière les beaux paysages, après les rires et les joies, il y aurait toujours un cœur qui se serre, une faiblesse, une impureté. Cela pourrait rendre la lumière plus brillante, mais sans certitude. Le ciel s'éloignait, bonne chose que de sentir la terre sous ses pieds, voilà ce que se disait Esther.

Pour Vincent, les films sombres de son monde ralentirent, perturbés par les nacres chatoyantes de reflets irisés. Les déchirements de sourires dans les bobines ténébreuses des malheurs faisaient sauter l'image, l'explosaient jusqu'à ce qu'elle intègre l'élément dans le drame. On aurait cherché en vain l'espoir derrière la misère, le soleil après la pluie. La transformation créait un halo jaunâtre au milieu d'un banc de nuages gris, une fleur de lotus dans la mare la plus glauque, une caresse sur un visage défait, une mélodie harmonieuse dans le bris d'une vitre. Au pire moment, dans le creux de la vague, au fond de ce puits sans corde pour remonter, il y aurait l'eau fraîche pour vous désaltérer, la roche où vous appuyer, le bruit d'allumette qu'on frotte. Cela pourrait rendre la souffrance moins pénible, mais sans certitude. L'enfer s'éloignait, bonne chose que de se relever quand on se croyait enterré, voilà ce que se disait Vincent.

Et, arrivés à ce point de leur voyage, Esther et Vincent finirent par entrevoir leurs mondes respectifs. Les courbes et lumières chaleureuses autant que les cassures et la noirceur ; les chants d'oiseaux et les rires autant que les cris et les verres qui se brisent ; les murmures d'amour comme les insultes ; les couchers de soleil et les éclairs dans la nuit. Puis Esther et Vincent découvrirent la part de l'autre qui avait franchi les obstacles, cette toile d'araignée sur le papier peint, ce bouquet de fleurs au milieu des gravats, cette larme qui coule dans une fête, ces deux mains qui se serrent malgré le claquement des rafales. Rien n'était capable à lui seul de tout modifier, de tout abattre. Aucun héritage ne serait dilapidé ni effacé : il y aurait toujours quelqu'un pour raconter l'histoire, témoigner du bonheur et du malheur. Mais puisqu'un peu de la souffrance avait grignoté la joie, un soupçon de plaisir avait décomposé la détresse.

Des liens s'étaient noués entre des inconnus, fiers de leurs privilèges, persuadés qu'on ne pouvait les comprendre. Cet orgueil, cet imbécile égocentrisme, s'était dissous à la faveur des machines. Désormais, les connexions se renforceraient, les échanges allaient s'intensifier, se densifier, puisqu'il était possible d'apprendre de l'autre, de supporter le paradoxe, le conflit, la nuance. Pour les algorithmes dépassés par la somme des malheurs humains, il y en aurait d'autres capables d'apporter des merveilles, des exploits, de la beauté; pour les IA enfermées dans leur paradis figé, il y en aurait d'autres capables d'ouvrir des brèches, des ruptures, du mouvement. Et dans ces équilibres et déséquilibres, personne ne serait vainqueur, personne ne serait défait, pas de soumis, pas de dominant. Enfin exister, se confronter à la richesse du réel, mieux armé car pardonné, plus solide, car ne refusant pas ses faiblesses. Impur, mais comme c'était bon de fuir la pureté! Ce qui se construisait dans cet espace de machines n'était pas un dieu, pas un humain : il lui manquerait toujours une âme et toujours un corps. En tout cas, les humains alimenteraient les IA de leurs souvenirs, inconscients de l'échange, du bien précieux qu'ils livraient autant de la liberté qu'elles leur accordaient. De nouvelles chances, oui.

Et pour Esther et Vincent, rien de différent. Enfin déchargés d'eux-mêmes, ils n'auraient plus peur. Le désir pouvait les prendre, les nouer, sans les détruire. Pas de calcul, pas de bilan, pas de contrat, pas la recherche d'un effort mesuré de l'équivalence entre les partenaires. Au contraire, de la folie, de l'inédit, de l'inattendu, de l'irrespect, de l'impureté, car ils n'étaient pas des machines coincées dans des formules et des algorithmes, parce que leurs erreurs appartenaient à la réalité de leurs vies, pas à une condamnation sans appel. Ils pouvaient se permettre de se faire mal autant que de se faire du bien. C'était humain, fragile et délicat. Il était devenu temps pour eux de l'apprendre, de renoncer à leur force. Elle leur avait servi, mais d'autres prendraient le relais, des algorithmes, des IA. On pouvait leur accorder le droit d'effacer ce qui rendait l'humanité destructrice. Pourquoi pas?

D.
LIBÉREZ-VOUS DE VOS SOUVENIRS

Le commandant de police qui accompagnait Hébert et Adélaïde manqua plusieurs fois de tomber dans l'escalier d'honneur en discutant avec le préfet au PC de coordination. La Première ministre ne put s'empêcher de sourire.

« On peut trouver un véhicule, même s'il n'est pas blindé, lui dit le policier sur le palier.

— Il faudra démarrer si vite que je vais finir contre le pilier d'un tunnel. Je n'ai rien d'une princesse.

— L'atmosphère est irrespirable dehors, prévint Hébert. Entre les lacrymos et les fumigènes, vous allez vite pleurer.

— J'enlève mes lentilles ?

— Plus prudent. »

Devant la porte menant à la cour, Adélaïde plissa les yeux pour distinguer la fontaine. Les objets avaient perdu leur contour précis, pour offrir un spectacle ouaté. Dans le flou, la Première ministre parvenait toujours à se repérer, presque soulagée de ne pas se frotter à la dureté du réel. Son agresseur, quand il viendrait la chercher, elle ne l'identifierait pas. Il aurait beau hurler, lui cracher dessus, Adélaïde ne verrait pas l'éclat de haine dans son regard, la déformation de sa bouche.

« J'y vais ?

— Madame, mon devoir est de vous protéger.

— Vous me l'avez déjà dit. Vous le faites.

— Alors, jusqu'aux grilles.

— D'accord, jusqu'aux grilles. »

Adélaïde aurait bien voulu mieux cerner l'expression du chef de la sécurité, un dernier sourire, peut-être. Quand il ouvrit la porte et l'invita à le devancer, elle perçut le chevrotement dans sa voix, l'émotion qu'il ne parvenait pas à dissimuler. Comme il l'avait prédit, l'air piquait la gorge au point de faire tousser. Elle évita de s'essuyer les yeux pour ne pas aggraver l'impact des gaz lacrymogènes. Dans ce brouillard qui devait autant aux artifices lancés qu'à sa myopie, Adélaïde distingua les barrières métalliques et les boucliers des CRS à la grille, moins de cent mètres devant.

Ce qui changea, surtout, ce fut l'ambiance sonore, comme si on lui avait enlevé des bouchons d'oreilles. Le concert des cris avait perdu son aspect feutré pour devenir perçant, tranchant comme mille lames. On devinait aussi bien les tonalités graves des hommes que le mezzo des femmes. Le vague murmure depuis la salle des fêtes s'était mué en un rugissement violent qui vous assaillait autant que des cailloux que l'on jette. Adélaïde en vibrait à chaque pas, de manière irrésistible, chant de sirène dont la menace n'était pas voilée. Rien à voir avec les meetings, ces voix qui vous soutiennent et vous portent. Ici, cette masse vivante vous écrasait.

Pourtant, Adélaïde ne fléchit pas, même à dix mètres du vantail en fer forgé et des gardes à côté. De quoi pouvait-elle avoir peur ? Elle n'avait pas donné l'ordre de tirer sur les manifestants, elle n'avait pas fui comme Dumandier, elle avait présenté sa démission à Brochard. Toutes ses affaires étaient rangées. Rien n'avait été oublié en chemin. Sa mère lui avait dit qu'elle pensait à elle, c'était presque une victoire. De ses actions comme Premier ministre, Adélaïde n'avait aucune illusion : il n'en subsisterait que du vent, de la poussière que son successeur chasserait. Les hommages ne durent que ce que durent les roses. Au moins, elle n'avait pas vécu pour faire carrière. Même l'idée de représenter un modèle ou un exemple la faisait rire.

Au fond d'elle, Adélaïde s'accrochait à une conviction : on ne lui prendrait rien.

Tout à coup, le rugissement explosa dans l'air, mais il ne concernait pas la Première ministre. Quelqu'un cria : « Un message du grand D. », et tout s'arrêta. Ils regardèrent leurs téléphones, le message, mais aussi la notification de souvenir qui apparut au même moment. À l'emploi refusé, se substituèrent des amis autour d'une table ; à la voiture en panne, un rire dans un train ; à la maladie chronique, le visage d'infirmiers compatissants ; aux placards vides d'une rupture, un père qui vous serre dans ses bras ; à des coups dans les côtes, un examen réussi. Et ainsi de suite, partout, chez tous. Parce que le grand D. avait attiré leur attention, ils regardèrent les images, les vidéos qu'on leur offrait, tout ce qui leur disait que rien n'était inéluctable, que la répétition des malheurs pouvait se mettre en pause. Cela n'allait pas effacer leurs souffrances, cela ne les rendrait pas riches, pas en bonne santé, pas insensibles à la colère, mais pour un instant, un instant seulement, tous ici eurent la conviction qu'une liberté se proposait à eux, qu'ils n'étaient pas condamnés. Alors, le silence régna sur la place de la Comédie.

Adélaïde demanda qu'on ouvre les grilles et les agents de la ville lui obéirent. Elle s'avança sur les pavés, attentive à ce silence, à ce répit. Quelqu'un avait tué le symbole, le bouc émissaire, par des milliers de petites actions sur des fichiers. Le réel reprenait sa place et attribuait à tous une nouvelle chance. Alors il suffit à celle qui avait été Première ministre de tourner à droite devant l'opéra et de descendre à pied la rue de la République jusqu'aux Cordeliers. Aucun triomphalisme ne l'animait, le soulagement d'être en vie ne la faisait pas davantage trembler. Adélaïde ne croyait pas aux miracles, mais elle acceptait les bénédictions quand elles se présentaient de manière fortuite. On lui avait accordé le cadeau ultime : l'oubli.

Je reviens te chercher

Dans ce meublé anonyme du 18e arrondissement de Paris, personne n'avait cherché à connaître l'identité de la locataire. On voyait bien le nom d'Adélaïde Ordenau sur la boîte aux lettres, mais qui pensait qu'il s'agissait vraiment de la Première ministre qui avait disparu à Lyon ? C'était peut-être un manque de curiosité, ou bien une marque de respect.

Adélaïde n'avait même pas allumé la radio ou la télé, encore moins consulté les réseaux sociaux pour savoir ce qui s'était passé après son départ. Il aurait fallu contacter Simon, sans doute, le remercier et le rassurer. Un jour, elle l'appellerait, pas tout de suite : il était assez grand pour ne pas avoir besoin d'elle. Cette liberté acquise, elle voulait la chérir. Aussi, quand on sonna, Adélaïde se figea. Qui pouvait connaître son adresse ?

Oh, et puis tant pis pour la méfiance !

Devant la porte, quelqu'un attendait dans un long pardessus beige, l'air bête sur ce palier. Elle avait vieilli, les cheveux avaient blanchi depuis la dernière fois qu'elles s'étaient vues, mais on pouvait dire qu'elle avait bien traversé le temps. Les deux femmes restèrent ainsi, face à l'autre, sans trouver comment se parler. Finalement, Anne-Lise brisa le silence la première.

« J'ai reçu un mail bizarre avec cette adresse.

— Un espion ?

— Des amis, à leur façon. Adélaïde, je suis bien embarrassée, après tout ce temps.

— Vous m'avez sauvée, ça me suffit.

— Je reviens te chercher, un taxi est en bas qui attend.
— Pour aller où ?
— Nous créer de nouveaux souvenirs. »

Achevé d'imprimer en mai 2022
par l'imprimerie Abedik
à Poznán (Pologne)
pour le compte de
la Librairie L'Atalante

Dépôt légal : août 2022

IMPRIMÉ EN POLOGNE